William C. Collar, Henry R. Heatley, Herbert N. Kingdon

The New Gradatim

A Revision - with many additions and omissions

William C. Collar, Henry R. Heatley, Herbert N. Kingdon

The New Gradatim
A Revision - with many additions and omissions

ISBN/EAN: 9783337187965

Printed in Europe, USA, Canada, Australia, Japan

Cover: Foto ©Andreas Hilbeck / pixelio.de

More available books at **www.hansebooks.com**

THE

NEW GRADATIM

A REVISION, WITH MANY ADDITIONS AND OMISSIONS, OF

"GRADATIM,"

AN EASY LATIN TRANSLATION BOOK
FOR BEGINNERS

BY

H. R. HEATLEY, M.A.

BEAUDESERT PARK SCHOOL, HENLEY-IN-ARDEN

AND

H. N. KINGDON, M.A.

HEAD-MASTER OF THE GRAMMAR SCHOOL, DORCHESTER

PREPARED BY

WM. C. COLLAR

HEAD-MASTER OF THE ROXBURY LATIN SCHOOL, BOSTON

BOSTON, U.S.A., AND LONDON

GINN & COMPANY, PUBLISHERS

1900

NOTE TO THE REVISED EDITION OF 1889.

I HAVE found *Gradatim* to be a most useful book to accompany and supplement the first year's work in Latin. The Latin is pure, simple, and idiomatic, easily understood by the young learners, interesting, and even amusing. If Cæsar must be read as the first classical author, this book may be very happily used for some weeks to smooth the way, by giving practice in translating easy Latin. The enormous sale of the book in England shows how helpful it has proved to teachers in Latin there. The work of revision has consisted mainly in rewriting the first twenty anecdotes, — in which the authors made the unhappy experiment of writing the Latin in English order, — marking the quantity of long vowels everywhere, and correcting the vocabulary, which was unusually rich in mistakes.

WM. C. COLLAR.

ROXBURY LATIN SCHOOL,
June, 1889.

THE above note shows at what point this second revision has been taken up. It was my purpose to do little more than correct errors that had been overlooked in previous impressions, and make certain omissions; but prolonged examination suggested other changes, together with additions so various and important that it has seemed necessary to modify the title in order to distinguish this edition from the book in its earlier form.

Thirty-four anecdotes have been omitted. Some of these seemed rather pointless, others a little questionable in tone or taste.

By permission of the author of *Fabulae Faciles*, Mr. F. Ritchie, the Story of the Argonauts and the Story of Ulysses, amounting to nearly thirty pages, have been added.

Some important principles of grammar have been added, emphasized, or expanded.

Notes explaining such difficulties as it has been found embarrass and delay young pupils are given at the end of the reading lessons.

Finally, immediately following each anecdote, from two to ten of the words that occur in the text are set down, chosen out as likely to be the least familiar to the learner, and either defined by more familiar Latin words, or having references to places where they have occurred in preceding anecdotes. It is most important to encourage students in every way to form the habit, when they meet with what seems a new word, or a familiar word in a new sense, of trying to recall its previous occurrence, instead of turning at once to the vocabulary, or to a lexicon.

The need of putting some easy Latin into the hands of pupils very. early in their study, to accompany and supplement the learning of forms and the elements of syntax, is now happily coming to be realized, and it is hoped that *The New Gradatim* will be found to supply exactly that want.

The Stories of the Argonauts and of Ulysses, abounding as they do in the words, idioms, and constructions of Cæsar's *Gallic War*, ought to make it easy for the pupil to pass from them to *The Gate to Cæsar;* but it will generally be better to interpose not a little easy and rapid reading for the sake of an enlarged vocabulary.

WM. C. COLLAR.

ROXBURY LATIN SCHOOL,
    June, 1895.

CONTENTS.

HINTS TO BEGINNERS.

TABLE OF STORIES.

THE NEW GRADATIM.

1.   *Vowels.*

ā like last *a* in *aha'*.   ĭ like *i* in *pin*.

ă "   first *a* in *aha'*.   ō "   *o* in *holy*.

ē "   *e* in *they*.   ŏ "   *o* in *wholly*.[1]

ě "   *e* in *met*.   ū "   *oo* in *boot*.

ī "   *i* in *machine*.   ŭ[2] "   *oo* in *foot*.

2.   *Diphthongs.*

ae like *ai* in *aisle*.   oe like *oi* in *boil*.

au "   *ou* in *our*.   eu "   *eu* in *feud*.

ei "   *ei* in *eight*.   ui "   *we*.

3.   *Consonants.*

Consonants generally have the same sounds as in English. But observe the following:—

c like *c* in *come*.   s like *s* in *sun*.[4]

g "   *g* in *get*.   t "   *t* in *time*.[5]

i[3] "   *y* in *yet*.   v "   *w* in *wine*.

ch like *k* in *kite*.

---

[1] That is, as the word is commonly pronounced; the sound heard in *holy*, shortened.

[2] In *qu*, and also commonly in *gu* and *su* before a vowel, *u* is a semi-vowel or consonant, is pronounced like *w*, and joined in utterance with the preceding letter.

[3] *I-consonant*, that is, before a vowel in the same syllable.

[4] Never like *z*.

[5] Never like *sh*.

DECLENSION.

4. Nouns are the *Names* of Things.
In English we say, —

> The *wasp* killed the bee.
> The *bee* killed the wasp.

In these sentences the words "wasp" and "bee" are unchanged; though in one the "wasp" *does* the action, and the "bee" *suffers* the action. In the other the opposite is true. The order only has been altered.

In Latin this difference is expressed, not by altering the order, but by changes in the form of the word called case-endings.

> NOMINATIVE. **vespa, apis,** when the wasp or the bee *does* the action.
>
> ACCUSATIVE. **vespam, apem,** when the wasp or the bee *suffers* the action.

> **Vespa apem necāvit.** *The wasp killed the bee.*
> **Vespam apis necāvit.** *The bee killed the wasp.*

Pronouns are the only words in English which have different forms for nominative and accusative.

> NOM. I; who.
> ACC. me; whom.

5. Besides the nominative and accusative, Latin has three other cases,

Genitive, Dative, Ablative,

the meaning of which is expressed in English by prepositions, *of, to, by,* etc.

> GENITIVE. **hastārum,** *of spears.*
>
> DATIVE. **hastae,** *to a spear.*
>
> ABLATIVE. **hastā,** *with a spear.*

6. There are thus in Latin five cases in the singular, each with its own ending, and the same number in the plural.

To give these changes in the form of a noun is called *declining* a noun.

There are also two other cases, the *vocative* and the *locative.* The *vocative* is used of the person addressed, but it has always the same form as the nominative, except in nouns in *-us* of the second declension. The *locative* is almost confined to names of towns, and expresses the idea of *at, in, on.*

CONJUGATION.

7. Verbs express actions.

Actions are done by different persons : we express this difference in *English* by placing pronouns before the verb, sometimes (but not often) altering its form also.

> *I love, you love, he* (or *she*) *loves.*

In *Latin* there is a special form for each person, both in the singular and the plural, therefore the pronoun need not be used.

amō, *I love;* **amās**, *you love;* **amat**, *he loves.*

All nouns are of the third person; if, therefore, a noun is used, the verb will be in the third person.

avēs cantant, *birds sing.*

8. Actions differ also in the time in which they are done; they may be *present*, *past*, or *future.* In English, to express this difference, we use other verbs, called *auxiliary* or helping verbs, though there is also a special form for *past* time.

PRESENT. *I love, am loving,* or *do love.*
PAST. *I was loving, used to love, did love, loved.*
FUTURE. *I shall love.*

In Latin there are special *tense-forms* to express these differences of time.

PRESENT. **amō**, *I love, am loving,* or *do love.*
PAST. **amābam**, *I was loving, used to love, did love, loved.*
FUTURE. **amābō**, *I shall love.*

To give these special tense-forms is called *conjugating* a verb.

In Latin the present is often used of a past act, as in English, for the sake of greater vividness. See examples in the first and second anecdotes.

SUBJECT AND PREDICATE.

9. Sentences are divided into *subject* and *predicate*.

The *subject* is the person or thing talked about.
The *predicate* is what is said about the subject.

The subject may be —

> *Simple:* One noun.
> > *Birds sing.*

> *Qualified:* Noun with words added to it to tell you something more about the subject.
> > *Small birds sing.*

> *Composite:* Two or more nouns.
> > *Blackbirds and thrushes sing.*

The predicate may be —

> One verb.
> > *Birds sing.*

> Verb with qualifying word or words.
> > *Birds sing sweetly.*

> Verb with governed word or words.
> > *Birds sing sweet songs.*

In Latin the subject and predicate may both be contained in a single word.

> **cantāmus,** *we sing.*

10. Special attention must be paid in *Latin* to certain RULES, which are not so necessary in English.

RULE I. — The verb must be of the same person and number as its nominative.

corvī cantant, *ravens croak.*

corvī cantō would mean, *ravens I croak*, which would be nonsense.

SUBJECT AND PREDICATE IN ONE WORD.
1. **rīdēmus,** *we laugh.*
2. **ambulābātis,** *you were walking.*
3. **manēbimus,** *we shall remain.*
4. **vidēbis,** *you will see.*
5. **dabant,** *they were giving.*
6. **erimus,** *we shall be.*
7. **tenētis,** *you hold.*
8. **vulnerābitis,** *you will wound.*

SUBJECT DISTINCT FROM PREDICATE.

SUBJECT.	PREDICATE.
1. **puerī**	**manēbant,** *boys were remaining.*
2. **servī**	**rīdēbunt,** *slaves will laugh.*
3. **ego et nūntius**	**manēbimus,** *the messenger and I shall remain.*
4. **tū et puella**	**cantābitis,** *you and the girl will sing.*
5. **taurus**	**appāret,** *a bull appears.*

INTRANSITIVE VERBS.

11. When an action affects only the doer the verb is called *intransitive*, because its action does not *pass across* from the doer to anything else.

maneō, *I remain.*

TRANSITIVE VERBS.

But when an action affects some person or thing besides the doer the verb is called *transitive*, because the action *passes across* from the doer to the other person or thing, and this latter is put into the accusative case.

RULE 2. — When used *transitively*, verbs govern the accusative case.

1. **periculum vidēbitis,** *you will see danger.*
2. **timēmus lupum,** *we fear the wolf.*
3. **amīcōs advocāmus,** *we call to friends.*
4. **intrō aquam,** *I enter the water.*

SUBJECT.	PREDICATE.
1. puer	**taurum vulnerābit,** *the boy will wound the bull.*
2. taurus	**vulnerat puerum,** *the bull wounds the boy.*
3. magister	**puellam docēbit,** *the master will teach the girl.*
4. fossae	**agrōs terminant,** *ditches bound the fields.*

12. Care must be taken not to confuse the accusative case with the dative. These are easily confused in English, since the preposition *to*, which is the sign of the *dative*, is frequently left out.

RULE 3. — The dative is the case of the recipient, or the person (or thing) who is interested in an action but does not actually suffer it.

I give sugar *to the wasp.*
I give *the wasp* sugar.

What I give is *sugar;* the *wasp* receives it, and is interested in what I do.

SUBJECT.	PREDICATE.
1. **magister**	**fābulam puerīs nārrat,** *the master tells a story to the boys.*
2. **agricola**	**dabit pōma amīcīs,** *the farmer will give apples to his friends.*
3. **advena**	**puellae cibum praebet,** *the stranger furnishes the girl food.*
4. **fūrtum**	**dominō appāret,** *the theft is apparent to the master.*
5. **praefectus**	**oppidō praeerat,** *the governor was in charge of the town.*

ADJECTIVES.

13. An **adjective** is a word added to a noun to distinguish it from others like it.

In English, adjectives have only one form.

In Latin, many adjectives have three terminations in each case, one for each of the three genders, — masculine, feminine, and neuter.

Possessive adjectives agree in Latin with the *thing possessed*, and are not affected as in English by the gender of the *possessor*.

taurus vulnerāvit suam dominam, *the bull wounded his mistress.*

Rule 4.— An adjective must be put in the same gender, number, and case as the noun with which it is used.

> **saevus oculus,** *savage eye.*
> **clāra aqua,** *clear water.*
> **vir est bonus,** *the man is good.*

In English the gender of a word is always settled by the *meaning*, but in Latin there is more difficulty, for it is settled generally, not by the meaning, but by the *form* of a word.

> *eye* is neuter in English.
> **oculus** is masculine in Latin.

SUBJECT.	PREDICATE.	
	Copula.	*Complement.*
1. templa	sunt	sacra, *temples are sacred.*
2. agricolae	erant	probi, *farmers were honest.*
3. servus	est	piger, *the servant is lazy.*

SUBJECT.	PREDICATE.
1. multae puellae	canōram fistulam amant, *many girls love a melodious fife.*
2. niger servus	timēbat cornigerum taurum, *the black slave feared the horned bull.*
3. maesti agricolae	saevum bellum timēbunt, *the sad farmers will fear cruel war.*

14. The genitive case of a noun can often be used instead of an adjective.

$$My \ father's \ gardens \begin{cases} \textbf{paterni horti.} \\ \textbf{patris horti.} \end{cases}$$

SUBJECT.	PREDICATE.
1. nūntius deōrum	adest, *the messenger of the gods is present.*
2. rīpae rīvī	sunt altae, *the banks of the river are high.*
3. verba amicōrum	sunt grāta, *the words of friends are pleasing.*
4. fēminārum īra	est acerba, *the anger of women is bitter.*
5. ōceanī undae	terram inundābunt, *the waves of the ocean will deluge the land.*

RULE 5.—A noun used to limit or define another, and not meaning the same person or thing, is put in the genitive.

APPOSITION.

15. RULE 6.—When a descriptive noun is joined to another, meaning the same person or thing, it is called an **appositive.** An appositive agrees in case with the noun which it limits.

1. verberābō Cāium, malum puerum, *I shall beat Caius, a bad boy.*
2. membra Pompēī, servī Āfrī, sunt nigra, *the limbs of Pompey, the African slave, are black.*
3. Rōmānī oppidum Vēiōs oppūgnābunt, *the Romans will besiege the town Veii.*
4. dabimus argentum poëtae, nostrō amicō, *we shall give silver to the poet, our friend.*

16. The ablative case generally qualifies a verb like an adverb, and answers the questions, how? why? when? where?

> He slew him, *with a sword, from hatred, at night, in the street.*

Obs. 1.— The conjunction -que, *and*, cannot stand by itself, but is joined to the end of the word to which it belongs.

> **puerī puellaeque.**   **puerī et puellae**

Obs. 2.— Latin has no article; therefore in translating a noun think whether you ought to put in *a* or *the* before it or not.

Obs. 3.— The possessive pronouns *my, his, their*, etc., are often left out in Latin.

> **servī vidēbant dominum,** *the slaves saw their master.*

ORDER.

17. English, having so few case-endings, is tied down to a particular order of words.

> The man swallowed the fish
> *is different from*
> The fish swallowed the man.

Latin has much more freedom.

> homō dēvorāvit piscem,
> piscem homō dēvorāvit,
> piscem dēvorāvit homō,
> dēvorāvit piscem homō,

all mean, "The man swallowed the fish."

While —

piscis dēvorāvit hominem,
hóminem piscis dēvorāvit, *etc.,*

all mean, "The fish swallowed the man."

Thus the beginner must not be surprised to find —

(1) The accusative before the verb ;
(2) The nominative after the verb;
(3) The adjective after its noun.

RULE 7. — In making out the meaning, it is often best to take the words in the order in which they come ; but if this does not give the sense, look first for the verb ; it always points to, if it does not include, the nominative.

ANECDOTES FOR TRANSLATION.

The figures under the Anecdotes refer to the Anecdotes by number and line. These references are designed to remind the learner of the previous occurrence of the same word, or of a word of the same family. If he has forgotten the meaning, he should look back, instead of referring again to the vocabulary. If the former meaning does not seem appropriate, the vocabulary should be consulted and the meanings in the two sentences be compared. It will be apparent that only a few of the words that are repeated have been selected for comparison.

Latin words are occasionally defined by other Latin words, supposed to be more familiar to the learner, mainly for the purpose of giving him increased readiness in reading and writing Latin, but the words defined and the definitions are no more exact synonyms than in similar cases in English.

The abbreviation *cf.* stands for *confer,* i.e., *compare.*

1. The Naughty Boy.

Albertus, puer ignāvus, litterās nōn amābat. Magistrum suum saepe vītābat et agrōs pererrābat. At taurus saevus habitābat agrōs. Aliquandō puerum videt. Prīmō stat et advenam lūstrat saevīs oculīs. Albertus fugam tentat. Tum īnstat taurus. Mox miserī puerī tergum volnerābit mōnstrum cornigerum.

litterās, *librōs.*　　　　　　　　lūstrat, *spectat.*
saevus, *ferōx.*　　　　　　　　　īnstat, *persequitur.*

2. The Naughty Boy — *continued.*

Fossa lāta, līmō et aquā plēna, fōrte terminābat agrum. Puer miser locō appropinquat et aquae sē mandat temerē. Aqua nōn est alta, sed limus profundus membra cohibet. Taurus puerum videt sed aquae perīculum timet. Diū haeret Albertus; taurus vānā īrā captīvum lūstrat. At agricola fōrte agrum intrat. Statim baculō māgnō taurum dēturbat liberatque puerum.

diū, *longum tempus.*　　　　　　at, 1, 2.
lūstrat, 1, 4.　　　　　　　　　dēturbat, *fugat, dēpellit.*

3. The Rotten Apples.

Carolus, agricolae impigrī fīlius, bonus erat puer sed amīcōs amābat malōs. Agricola igitur puerō calathum pōmōrum plēnum dat. Bona continēbat calathus pōma, pauca tamen erant putrida. Puer dōnum dīligenter cūrat, sed pōma mala maculant bona, et mox mala sunt cūncta. Carolus maestus adversam fōrtūnam plōrat. Tum agricola fīlium ita monet : "Pōma mala maculant bona, certē malī amīcī maculābunt puerum bonum."

impiger, *nōn īgnāvus,* 1, 1.　　　cūncta, *omnia.*
plēnum, 2, 1.　　　　　　　　maestus, *trīstis.*
mox, 1, 5.　　　　　　　　　adversam, *malam.*

4. The Miser.

Plūtus, vir avārus, parvam fossam parat, atque ibi argentum cēlat multum. Servus fōrte agrum arābat. Subitō latebrās nūdat spoliatque argentum. Postrīdiē dominō appāret fūrtum, nam oculīs avidīs thēsaurum suum saepe spectābat. Miser Plūtus terram et caelum implet querēlīs. Mercurius, fīdus deōrum nūntius, subitō adest, et causam lacrimārum benīgnē postulat. Plūtus igitur fōrtūnam malam ita nārrat.

subitō, cf. *statim*, 2, 6. **implet,** cf. *plēnum*, 3, 3.
spectābat, *lūstrābat*, 1, 4. **adest,** *advenit*.

5. The Miser — *continued.*

"Sum vir egēnus, tamen parvum habēbam thēsaurum ; māgnā cūrā pecūniam meam semper servāvī. Nunc tamen nihil mihi manet." At deus maestum virī animum mulcet et fossam saxīs implet. Tum Plūtum admonet ita : "Tū quidem argentum semper lūstrābās, nec umquam attrectābās dīvitiās. Avārō dīvitiae nōn prōsunt ; saxa igitur argentī locum tibi supplēbunt."

egēnus, *pauper.* **implet,** 4, 6.
tamen, 3, 4. **admonet,** *monet*, 3, 7.
maestum, 3, 6. **attrectābās,** *tangēbās.*

6. The Broken Dike.

Cimbrī terram habitant mīram, nam ōceanus tēcta agrōsque agricolārum saepe inundat. Incolae fossīs tumulīsque māgnīs undārum violentiam coërcent ; aliquandō tamen aqua claustra dēturbat et vāstat terram. Fōrte erat tumulus nōn validus ; iam appāret parva rīma ; mox via māgna patēbit et terram superābunt undae. At

periculum videt puer parvus ; statim dextrā rīmam implet
coërcetque aquam.

coërcent, *cohibent,* 2, 4.   appāret, 4, 4.
dēturbat, 2, 7.   dextrā, supply *manū.*

7. The Broken Dike — *continued.*

Diū et cōnstanter servābat puer praesidium. Iam
rigēbant membra, at dextra parva aquam semper coërcēbat. Postrīdiē agricolae locō appropīnquant. Puer frīgidus et moribundus dextrā tamen aquam coërcet. Saxīs
celeriter tumulum cōnfīrmant, et līmō rīmam implent.
Tum umerīs puerum sublevant recreantque cibō. Tantam
cōnstantiam saepe commemorant Cimbrī, nārrantque līberīs suīs puerī factum.

diū, 2, 5.   postrīdiē, 4, 3.
dextra, 6, 7.   appropīnquant, 2, 2.
coërcēbat, 6, 3.   cōnstantiam, cf. *cōnstanter,* 7, 1.

8. The Piper's Slave.

Carolus, puer inhonestus, servus erat Clōdī, honestī
virī. Clōdius erat fistulā perītus et canōrīs sonīs amīcōs saepe dēlectābat ; at fistulam nōn amābat puer,
sed saepe erat dominō molestus. Fōrte agricola, Clōdī
vicīnus, nūptiās fīliae celebrat, vocatque et dominum et
servum. Cēna erat cōpiōsa ; mēnsa cāseum māgnum vix
sustinēbat ; hīc ōva, illīc pōma erant ; at convīvārum
oculōs praecipuē dēlectābat porculus.

hīc . , . illīc, *here . . . there.*   at, *sed,* 2, 3.
pōma, 3, 3.   praecipuē, *māximē.*

9. The Piper's Slave — *continued.*

Convīvae epulās exspectant cupidē ; mox splendidē
cēnābunt. Intereā saltant et dominus Carolī fistulā

cantat. At puer avidīs oculīs mēnsam lūstrat et videt porculum. Raptim dextrā tenet praedam et fugam tentat frūstrā. Nam Clōdius fugitīvum occupat, recuperat praedam ; baculō tergum servī malī verberat. Inde Carolus maestus et iēiūnus malī factī poenās dat.

convīvae, 8, 7.
epulās, cf. *cēna*, 8, 6.
mox, 3, 5.
cēnābunt, cf. *cēna*, 8, 6.

avidīs, 4, 4.
raptim, *statim*, 2, 6.
tentat, 1, 4.
baculō, 2, 6.

QUESTION.

18. To turn a simple statement into a question in English place the nominative after its verb.

statement, *you are* happy.
question, *are you* happy?

Sometimes *interrogative words* are used as well.

why are you happy?

In Latin *interrogative words* are always used. The most common are —

num, expecting the answer *no.*
nōnne, expecting the answer *yes*
-ne, expecting the answer *yes* or *no.*

-ne is always joined to the first word in the sentence.

STATEMENT.	QUESTION.
1. equus nōn habet pennās, *the horse has not wings.*	2. num equus habet pennās ? *has the horse wings, he has not, has he?*

3. pueri amant pōma, *boys like apples.*

4. nōnne pueri amant pōma ? *do not boys like apples ?*

5. medicus est aeger, *the doctor is sick.*

6. est-ne medicus aeger ? *is the doctor sick ?*

7. verberās canem, *you are beating the dog.*

8. cūr verberās canem ? *why are you beating the dog ?*

In translating questions into English the auxiliary verb *do* is often used.

cūr laudātis puerum ? *why do you praise the boy ?*

Double questions (*i.e.*, two questions expecting one answer) must have two interrogative words.

utrum mihi an meō frātrī dabis pōmum ? *will you give me or my brother an apple ?*

19. Prepositions when used in Latin govern the accusative or ablative case.

The following govern the ablative case :

ā, ab, absque, cōram, dē, palam, clam, cum, ex, *and* ē, sine, tenus, prō, *and* prae.

Sometimes in, sub, super, subter govern the ablative.

All the other prepositions govern the accusative case.

cum, *with*, is joined to personal, reflexive, and relative pronouns.

mē-*cum, with me*, vōbis-*cum, with you*, quibus-*cum, with whom*, etc.

ANECDOTES FOR TRANSLATION.

The following anecdotes require a knowledge of —

(*a*) Declensions I, II, III. Nouns.

(*b*) Present
Imperfect   } Indicative Active of the Third
Future Simple } and Fourth Conjugations.

10. The Young Doctor.

Medicus quondam longō labōre fessus breve ōtium apud rūsticam villam amīcī petēbat. Intereā fīliō cūram clientium committēbat. Iuvenis labōre superbus comitī iocōsō fōrtūnam ita nārrat : " Pater mihi clientēs suōs committit."   "At," respondet amīcus, " ubi pater urbem repetit, ex clientibus quot supererunt ? "

quondam, *aliquandō*, 1, 3.   ita, 3, 7 ; 5, 5.
intereā, 9, 2.   supererunt, *vīvī erunt.*

11. The Sporting Doctor.

Tīmōn medicus, vir benīgnus sed suae artis omnīnō īgnārus, nec causās nec remedia morbōrum intellegēbat. Itaque clientēs plērumque ē vītā discēdēbant. Tīmōn erat vēnātor, sēdulus quidem sed imperītus. Canēs et equōs habēbat multōs, sed iacula sagittāsque praecipuē amābat. Quondam dum tēla ante portam aedium parat, occurrit amīcus. " Hodiē saltem," inquit, " ō medice, nihil occīdēs."

benīgnus, 4, 7.   praecipuē, 8, 8.
itaque, *igitur*, 4, 8.   aedium, *domūs.*
imperītus, cf. *perītus*, 8, 2.   occīdēs, *necābis.*

12. Orchard-robbing.

In Hispāniā ōlim vīvēbat Nerō, puer inıprobus. Fōrte
erat vīcīnō in hortō arbor māgna mātūrīs pōmīs onusta.
Ubi puer arborem videt, māgna cupīdō praedae animum
occupat. "Num dominus mē vidēbit?" inquit puer
avidus. "Cūr arborem nōn statim ascendō?" Itaque
sine morā rāmum prehendit et in arborem sē trahit. Iam
inter pōma sedet ; iam dextrā frūgēs tenet grātās.
At subitō raucum clāmōrem audit. Ecce sub arbore
māgnum saevumque canem videt. Frūstrā Nerō sē
cēlat, nam canis fūrem sentit impletque agrōs clāmōre
raucō. Dēnique sub arbore iacet exspectatque puerum.

improbus, *inhonestus*, 8, 1.	avidus, 9, 3.
vīcīnō, 8, 5.	dextrā, 6, 7.
onusta, cf. *plēna*.	iam, 7, 1.
cupīdō, cf. *cupidē*, 9, 1.	subitō, 4, 3.
occupat, 9, 5.	frūstrā, 9, 5.

13. Orchard-robbing — *continued.*

Diū in altā sēde manet puer. Intereā cōnsilia multa
et callida in animō volvit. "Nōnne custōs saevus mox
dormiet? Nōnne cālīgō noctis mē līberābit?" Dēnique
quod canis praesidium nōn relinquit, dē salūte dēspērat.
At fōrtūna captīvum iuvat. Taurus niger agrum intrat.
Statim videt canem et torvā fronte inimīcum antīquum
petit. Nec pūgnam recūsat canis, sed dentibus saevīs
modo tergum modo frontem taurī tentat. Tum puer
occāsiōnem nōn praetermittit, at ex arbore dēsilit petitque
fugam. Adversāriī nec fugam sentiunt nec pūgnam relin-

quunt. Itaque Nerō ā tantō perīculō tūtus prō salūte
dīs agit grātiās.

sēde, cf. *sedet*, 12, 7.   dēnique, 12, 11.
manet, 5, 3.   torvā, *saevā*.
intereā, 10, 2.   sentiunt, 12, 10.
saevus, 1, 3.   dīs, from *deus*.

14. Faithful Caleb.

Tīmōn erat vir generōsus sed egēnus. In aedibus
māgnīs sed obsolētīs habitābat, et inopiam cibī saepe
tolerābat. Calebus, servus domesticus, multum amābat
Tīmōnem et paupertātem dominī cēlābat dīligenter.
Aliquandō viātōrēs multī hospitium ā Tīmōne petēbant.
Vir benīgnus portās aedium libenter aperit. Ubi hōra
cēnae adest, quod cibum habēbat nūllum, Calebus paulum haeret. Vīcīnus fōrte epulās celebrābat; subitō ad
locum currit Calebus et māgnā vōce, "Aedēs ārdent,"
exclāmat. Convīvae hūc illūc ērumpunt. At Calebus
sine morā ā mēnsā ānserem abstrahit nitidum appōnitque
viātōribus epulās māgnificās.

egēnus, 5, 1.   cēnae, 8, 6.
obsolētīs, *ruīnōsīs*.   haeret, 2, 5.
cēlābat, 4, 2.   vīcīnus, 8, 5.
viātōrēs, cf. *via*.   epulās, 9, 1.

15. Judge Gascoyne.

Henrīcus IV., rēx Britannōrum, pigrum prōdigumque
fīlium habēbat ; nam iuvenis comitēs malōs nimium amābat. Fōrte cīvēs Cāium, amīcum prīncipis, cōram iūdice
accūsant fūrtī. Prīnceps ad locum properat et dīrīs minīs
veniam dēlictī postulat. At iūdex, vir strēnuus, veniam
negat. Prīnceps igitur gladium stringit. Tum iūdex

catēnīs iuvenem vincit superbum. Post mortem patris iuvenis Henrīcus, iam rēx, iūdicī praemia dīgna dat habetque in amīcōrum numerō.

pigrum, cf. *impigrī*, 3, 1.   postulat, 4, 7.
fūrtī, 4, 4 ; cf. *fūrem*, 12, 10. dēlictī, *malī factī*, 9, 7. °

16. Alfred and the Cakes.

Aluredus, rēx Britannōrum, cum Dānīs saepe pūgnābat. Primum Dānī cōpiās rēgiās vincēbant, et rēx exsul hospitium ab incolīs parvae casae petit. Incolae figūrae rēgis insciī hospitī cēnam exiguam lectumque dūrum praebent. Postrīdiē ad labōrem pergunt. Agricola ovēs pāscit ; uxor verrit aedēs ; rēx īgnem incendit torretque lība. Mox tamen quod Aluredus multīs cūrīs ānxius labōrem praetermittit, flammae adūrunt lība. At uxor agricolae ubi factum videt īrā plēna hospitem pigrum increpat, et dextrā aurēs rēgiās verberat. Sed rēx poenam patienter tolerat.

petit, 14, 5.   cūrīs, 10, 2.
hospitī, from *hospes.* praetermittit, 13, 9.
exiguam, *parvam.*   adūrunt, *incendunt.*
aedēs, 11, 6.   rēgiās = rēgis.

17. Sir Walter Raleigh.

Elisabētha, rēgīna Brittanōrum, vestēs splendidās et pretiōsās semper gerēbat. Fōrte māgnā cum catervā comitum per vīcōs urbis ambulābat. Subitō ante pedēs multum videt lutum. Rēgīna, stat incerta quod viam lūbricam timet. At ex turbā exsilit iuvenis ; umerīs novum pallium dētrahit et locum tegit vestīmentō ; tum iterum ad sociōs recurrit. Laeta rēgīna super pallium ambulat nec pedem maculat. Statim grāta iuvenem in numerum amīcōrum ascrībit.

comitum, 15, 2.

lutum, *līmum*, 2, 1.

stat incerta, *haeret*, 14, 8.

in numerum amīcōrum, cf. 15, 9.

turbā, *catervā.*

umerīs, 7, 6.

maculat, 3, 5.

PARTITIVE GENITIVE.

20. RULE 8. — The name of a *whole*, of which a *part* is taken, is put in the genitive case.

multī Rōmānōrum, *many of the Romans.*

Especially after neuter words.

nihil argentī, *no money.*

tantum nummōrum, *so much money.*

ANECDOTES FOR TRANSLATION.

The following eight anecdotes require a knowledge - of —

(*a*) Declension III. $\begin{cases} \text{Nouns.} \\ \text{Adjectives.} \end{cases}$

(*b*) Indicative Imperative $\begin{cases} \text{active of the first and second} \\ \text{conjugations, and the same of} \\ \text{the verb } sum. \end{cases}$

18. Too Clever by Half.

Rōscius, praeclārus iūriscōnsultus, pūblicōs lūdōs quondam spectābat. Subitō vir rūsticus occurrit. " Dā mihi," inquit, " respōnsum, ō praeclāre Rōscī ; canis dīvitis vīcīnī meum agrum intrāvit, necāvitque trēs pullōs.

Quantam tū mulctam dominō canis impōnis?" "Quattuor assēs," respondit Rōscius. "Dā mihi igitur assēs," inquit vir, "tuus enim canis erat reus." "Rēs aequa est," iterum respondit Rōscius, " et libenter tibi quattuor assēs dabō. At tū prīmum numerā mihi quīnque assēs, numquam enim iūriscōnsultī sine mercēde dant respōnsa."

quondam, *aliquandō*, 1, 3.   dīvitis, from *dīves;* cf. dī-
occurrit, cf. *currit*, 14, 9.   *vitiās*, 5, 6.
                          igitur, 15, 6; 5, 7.

19. The Young Shaver.

Glaucus, puer Corinthius, adultōrum hominum mōrēs semper induēbat; nam togam virīlem volgō gerēbat et saepe tondēbat mollēs genās. Quondam intrāvit tabernam praeclārī tōnsōris, et māgnā vōce " Tondē," inquit, "meam barbam sine morā." Tōnsor, vir iocōsus, parat aquam ; obdūcit mentum iuvenis spūmā albā ; cultrum acuit ; postrēmō vādit ad portam, habetque sermōnem cum amīcīs. Prīmō Glaucus rem patienter tōlerābat ; tandem nōn continet īram, sed causam morae postulāvit. "At," respondit tōnsor, " tuam barbam exspectō."

gerēbat, 17, 2.   postrēmō, *dēnique*, 12, 11.
mollēs, *tenerās*.   tolerābat, 14, 3.
quondam, 18, 2.   tandem, *postrēmō.*
praeclārī, 18, 1.   continet, 3, 3.

20. Logic.

Rūsticus ōlim, nōmine Gellius, vir dīves sed indoctus, mittit fīlium ad lūdum Zēnōnis, praeclārī philosophī. Post aliquot annōs fīlius repetit paternum tēctum, et parentēs suā sapientiā dēlectat ; nam omnēs ingeniō et sermōne superābat. Mox tamen iuvenis disputat cum patre dē cultū arvōrum ; tandem īrātus baculō caput et umerōs senis verberat. "ō scelerāte," exclāmat Gellius, "num verberās patrem ? " "Equidem," respondit iuvenis "et rēctē ; nōnne tū mē parvum puerum verberābās ? " "At invītus verberābam tē, et prō tuā ūtilitāte." "Et ego hodiē verberō tē prō tuā ūtilitāte, et invītus."

rūsticus, 18, 2.
dīves, 18, 4.
repetit, 10, 6 ; cf. *petit*, 10, 2.
tēctum, *aedēs*, 14, 1.

senis, from *senex*.
num, 12, 4 ; cf. *nōnne*, 13, 2.
verberat, 16, 10.
hodiē, cf. *postrīdiē*, 16, 5.

21. Wat Tyler.

Ricardus, adhūc iuvenis, succēdit rēgnō Britannōrum. Mox erat gravis sēditiō plēbis. Vir rūsticus, nōmine Figulus, sēditiōsam turbam dūcēbat. Iamque ingēns caterva intrāverat urbem Londinium et omnia spoliābat. Inde dum cīvēs claudunt tabernās et fugam tentant, subitō rēx iuvenis cum paucīs equitibus adest. Figulus autem prehendit equī rēgis habēnās. Sine morā magister equitum stringit gladium occīditque hominem audācem. Statim omnēs sūmunt arma tenduntque arcūs. Rēx autem prōcēdit in medium. "Comitēs," inquit, "hīc iacet vester dux, nec umquam resurget. Dēpōnite tēla ; ego posthāc erō vōbīs dux."

adhūc, *ad hoc tempus.*
turbam, 17, 5.
caterva, 17, 2.
spoliābat, 4, 3.
claudunt, opp. *patent*, 6, 6.

prehendit, 12, 6.
stringit, 15, 6.
comitēs, *amīcī.*
iacet, 12, 11.
tēla, 11, 6.

22. The Miser's Shoes.

Senex, nōmine Abulus, dīves sed avārus, antīquās sordidāsque vestēs gerēbat. Omnēs cīvēs cōgnōscēbant pannōsōs avārī calceōs. Ōlim senex lavābat membra apud pūblicās thermās. Fōrte vir iocōsus locum intrāverat. Ubi videt vestīmenta Abulī, sine morā mūtat calceōs senis avārī cum purpureīs soleīs cōnsulis. (Nam cōnsul ibīdem fōrte sē lavābat.) Mox Abulus ex aquā ēmergit. Nēscius fraudis, dīs agit grātiās prō tantō mīrāculō, et cum purpureīs soleīs discēdit. At ubi cōnsul sentit fūrtum et cōgnōscit calceōs Abulī, vix continet īram. Dēnique invītus foedōs calceōs induit.

vestēs, 17, 1.	vestīmenta, cf. *vestēs.*
gerēbat, 19, 2.	senis, 20, 7.
iocōsus, 19, 5.	dīs . . . gratiās, 13, 12.
ubi, 12, 3.	sentit, 12, 10.

23. The Miser's Shoes — *continued.*

Postrīdiē lictōrēs trahunt Abulum apud cōnsulem, atque hominem fūrtī accūsant. Īnfēlīx Abulus multīs cum lacrimīs veniam imprūdentis factī ōrat, at frūstrā. Nam cōnsul asperā vōce, "Dēligā," inquit, "lictor, ad pālum malum fūrem; verberā tergum saevīs virgīs." Lictōrēs haud invītī sūmunt poenam, calceōsque Abulō reddunt. Abulus vix trahit miserum corpus ad flūmen (māgnum flumen nōn procul aberat). Tum exclāmat, "Numquam iterum, īnfēlīcēs calceī, dominum perdētis." Inde aquae calceōs committit.

trahunt, 12, 6.	invītī, 20, 10.
fūrtī, 4, 4.	sūmunt, 21, 9.
veniam, 15, 5.	procul, *longē.*
haud, *nōn.*	numquam, cf. 21, 11.
aspera, opp. *mītis.*	inde, *tum.*

24. Cruel Frederick.

Fredericus, puer crūdēlis, nōn amāvit animālia ; saepe divellēbat ālās muscārum et corpora formīcārum acubus trānsfīgēbat. Aliquandō vēxābat Trāiānum, suum canem, saxīs et verberibus. Saepe pater Fredericum ita monuit : "Cavē canem, nōnne dentēs habet acūtōs ?" At puer verba patris neglegit et manū caudam miserī canis torquet. Diū Trāiānus rem patienter tolerat. Tandem īrātus mordet dextram puerī. Fredericus multīs cum lacrimīs patrem petit. "Cūr tandem," inquit pater, "meum cōn-silium neglegēbās ?"

verberibus, cf. *verberat,* 16, 10.   īrātus, cf. *īra,* 2, 5.
tolerat, 16, 11.   petit, 13, 7.
tandem, 20, 6.   inquit, 11, 7.

25. Follow the Leader.

Pāstor, nōmine Panurgius, multās ovēs habēbat ; at dīves vīcīnus vīgintī ex numerō subdūcit. Pāstor ad iūdicem properat fūremque accūsat. Sed iūdex, vir inhonestus, prae timōre dīvitis virī precēs pāstōris spernit. Tum pāstor humiliter accēdit ad fūrem : "Retinē," inquit, "ovēs, dā mihi tamen arietem, ducem gregis." Fūr incautus arietem dat. Iam pāstor tollit animal in umerōs et discēdit. At ovēs audiunt vōcem ducis et ūniversae nōtum ovīle suī dominī petunt.

dīves, opp. *egēnus,* 5, 1.   tamen, 20, 5.
vīcīnus, 8, 5.   umerōs, 7, 6.
properat, 15, 4.   ūniversae, *omnēs.*

DEMONSTRATIVE PRONOUNS.

21. Demonstrative Pronouns are used to point out or distinguish some person or thing.

They are either *substantival* — used instead of a noun — or *adjectival* — used with a noun.

The most common are, *is, hīc, ille, īdem, ipse.*

1. **vidēsne eum?** *do you see him?*
2. **vidēsne eum leōnem?** *do you see that lion?*
3. **is leō quem vidēs est fulvus,** the *lion which you see is tawny.*
4. **vidēsne ēius caudam?** *do you see his tail?*
5. **hōc ā tē petō,** *I ask you this favor.*
6. **Dēmosthenēs, ille ōrātor,** *Demosthenes,* the famous *orator.*
7. **hīc erat taciturnus, ille loquāx,** the latter *was silent,* the former *talkative.*
8. **ipse vēnit,** *he came himself.*
9. **eōdem modō omnia agis,** *you do everything in the* same *way.*

ANECDOTES FOR TRANSLATION.

The following ten anecdotes require a knowledge of —

(*a*) Nouns. Declensions III, IV, V.

(*b*) Pronouns. { Demonstrative. / Definitive. }

(*c*) Indicative / Imperative { active of the third and fourth / conjugations. }

26. The Vulture's Nest.

Voltur ōlim finxerat nīdum in altā et praeruptā rūpe.
Hīc diū impūne tenerōs pullōs alēbat. Saepe iuvenēs
dēscēnsum ad nīdum tentāverant, at frūstrā, quia praeceps
scopulus imminēbat et lūbrica saxa vestīgia fallēbant.
Tandem senex iuvenēs hīs verbīs dērīdet ; " Cūr, īgnāvī,
perīculum timētis? ecce ! mea parva fīlia ad locum
dēscendet." Iuvenēs etsī rem vix crēdunt, tamen mandāta ēius peragunt. Māgna quercus impendēbat scopu-
lō ; huīc fūnem aptant et omnia parant.

finxerat, from *fingō.*
hīc, *in hōc locō.*
tentāverant, 21, 5.

lūbrica, 17, 5.
īgnāvī, 1, 1.
ecce, 12, 8.

27. The Vulture's Nest — *continued.*

Iam senex tenerō corporī virginis fūnem cautē aptat.
Tum sex validī iuvenēs eam ex altā rūpe dēmittunt.
Omnēs tacitī ēventum exspectant ; at illa sēcūra āerium
iter pergit et māgnō contō dēfendit acūtōs scopulōs.
Iam pervenit ad nīdum et dextrā parvum voltuvem tenet.
Statim dat sīgnum reditūs. At pater voltur audit vōcem
prōlis et māgnō clangōre puellam petit. Illa tamen, etsī
saevī ālitis unguēs tenerās manūs dīlacerant, cultrō sē
dēfendit nec praedam dēmittit. Iam iuvenēs vident
perīculum puellae ingeminantque labōrem. Mox laetus
pater audācem fīliam amplexū tenet.

iam, 7, 1.
pergit, 16, 5.
acūtōs, cf. *acuit,* 19, 7.
prōlis, *pullōrum,* 26, 2.

petit, 13, 7
etsī, 26, 7.
ālitis, *avis.*
cultrō, 19, 6.

28. The Standard.

Ricardus, rēx Britannōrum, ōlim cum Solimānō bellum gerēbat. Multōs equitēs dīversārum gentium, sociōs adiūtōrēsque bellī, habēbat. Hī fortis rēgis timēbant virtūtem sed superbiam parum amābant. Fōrte rēx suum sīgnum in altō et insīgnī locō cōnstituerat. Id movēbat īram sociōrum et noctū sīgnum dīvellunt. Rēx igitur, ubi repōnit sīgnum, dēligit custōdem locī equitem, nōmine Cennetum. Nec ille tantum honōrem recūsat at laetus arma induit. Inde, etsī ipse haudquāquam hostem timēbat, canem fidēlem vigiliae comitem advocāvit.

gerēbat, 22, 2.   dīvellunt, 24, 2.
superbiam, cf. *superbus*, 10, 3.   tantum, 22, 8.
parum, *nōn multum*.   recūsat, 13, 7.

29. The Standard — *continued.*

Nox erat et lūna serēnō fulgēbat caelō. Diū et vigilanter Cennetus locum custōdiēbat. At subitō canis lātrātum ēdit. Iam ipse audit lēnem sonitum. Statim stringit gladium. At vōx nōta, " Dēpōne," inquit, " tēlum ; Cloelia, tua spōnsa, haud procul ab hōc locō tē exspectat ; venī igitur mēcum celeriter." Stultus eques fideī immemor statiōnem dēserit ; relinquit tamen canem custōdem locī. Dum abest, clangōrem armōrum audit, deinde gemitum. Dolōre furēns recurrit ad locum. Ēheu ! sīgnum abest et fidēlis custōs moribundus iacet.

caelō = *in caelō.*   nōta, 25, 9.
lēnem, opp. *acūtum*, 27, 4.   moribundus, 7, 4.

30. The Standard — *continued.*

Paucōs post diēs Ricardus cōpiās sociōrum recēnsēbat. Dum ipse in rēgiō soliō sedet, prīncipēs equitēsque cum multīs mīlibus mīlitum ante oculōs rēgis incēdēbant. Haud procul ab eō locō stābat Cennetus cum cane fidēlī (is enim vīrēs corporis recuperāverat). Iam ducēs singillātim rēgem salūtābant. Subitō canis cum saevō lātrātū equitem aurō et ostrō īnsīgnem ex equō in pulverem dēturbat. Comitēs cum clāmōre occurrunt. At rēx, "Cōnsistite," inquit, "amīcī ; iūsta est poena, hīc enim meum sīgnum violāvit."

recēnsēbat, *lūstrābat*, 1, 4.   īnsīgnem, 28, 5.
rēgiō, 16, 10.   dēturbat, 6, 4.
incēdēbant, *trānsībant.*   cōnsistite, *manēte.*
lātrātū, 29, 3.   iūsta, *aequa*, 18, 7.

31. The Faithful Hound.

Cambricus ōlim, ācer vēnātor, fidēlem habēbat canem, nōmine Gelertum. Dum ipse in silvīs abest, canem saepe relinquēbat parvī fīlī custōdem. Aliquandō mōre suō Gelertus dominum reducem cum laetō clāmōre. salūtābat. At subitō dominus pectus ēius et dentēs sanguine cruentōs notat ; perterritus cūnās parvī fīlī petit. Ēheu ! puerum nōn videt sed undique cruōrem, foedī certāminis indi cium. Statim caecō furōre canem, malī auctōrem, iaculō trānsfīgit. Gelertus cum gemitū exspīrat. Simul dominus in recessū aedium īnfantem videt salvum atque incolumem. Sed haud procul ab eō locō iacēbat ingēns lupus. Fidēlis enim custōs vītam īnfantis, ita servāverat.

vēnātor, 11, 4.   malī = *malī factī*, 9, 7.
clāmōre, *lātrātū*, 29, 3.   gemitū, 29, 9.
furōre, cf. *furēns*, 29, 9.   ingēns, cf. *māgnus.*

32. The Gossip.

Erat Tīmōnī uxor garrula. Haec aliquandō apud fēminam vīcīnam cēnābat. Diū Tīmōn uxōrem suam frūstrā exspectāverat. Tandem īrātus aedium portam obserat et petit cubīle. Mox tamen uxor redux ōstium vehementer pulsat. " Aperī celeriter portam," exclāmat illa, " nōnne uxōris tuae vōcem audīs ? " " Minimē," respondit ex cubīlī dominus ; " tū nōn mea uxor es nec vōcem tuam cōgnōscō ; mea enim uxor iam mēcum cubat."

apud, 10, 2.
obserat, cf. *claudit*, 21, 5.
redux, 31, 4.
ōstium, *portam*, 14, 6.

aperī, 14, 6.
cōgnōscō, 22, 2.
enim, 30, 10; cf. *nam*, 22, 6.
cubat, cf. *cubīle*.

33. The Gossip — *continued.*

Diū fēmina precēs prōdūcēbat, sed frūstrā ; tandem dolum parābat. " Nisi tū," inquit, " portam aperiēs, ego in hōc flūmen dēsiliam." Simul in aquam māgnum lapidem dēvolvit et sēsē nōn procul abdit. Vir sonitū territus ōstium aperit properatque ad rīpam. Prōtinus irrumpit in aedēs uxor obseratque portam. Frūstrā vir īnfēlīx ōstium pulsat ; " Discēde," inquit uxor, " tū enim, ut ipse dīxistī, nōn es meus coniūnx."

dēsiliam, 13, 9.
simul, *eōdem tempore*, 31, 9.
abdit, *cēlat*, 12, 10.

vir, *coniūnx*.
prōtinus, *statim*, 2, 6.
obserat, 32, 4.

34. The Siege of Calais.

Edvardus ōlim, rēx Britannōrum, urbem Gallicam oppūgnābat. Diū incolae cōpiārum rēgis impetum māgnā

cum virtūte sustinuerant. Tandem, ubi nihil cibī supererat, miserīque cīvēs mūrēs et pellēs edēbant, cum rēge dē
dēditiōne agēbant. At rēx, propter tantam hostium perti-
nāciam īrātus, saevās condiciōnēs pācis impōnit mortemque duodecim prīncipum postulat. Sine morā duodecim
virī sē prō patriā dēvovent. Inde comitēs maestī fūnibus
colla amīcōrum vinciunt eōsque ad rēgem dūcunt.

incolae, 6, 2.   **postulat,** 15, 5.
ubi, 22, 5.   **fūnibus,** 27, 1.
agēbant, 13, 12.   **vinciunt,** 15, 7.

35. The Siege of Calais — *continued.*

Rēx inter nōbilēs in praetōriō sedēbat. Iamque maesta
turba cīvium captīvōs ad locum dūcit ōmnēsque multīs
cum precibus ad pedēs vīctōris cadunt. At rēx dūrus
precēs eōrum spernit āvertitque voltum. Fōrte rēgīna
rem cōgnōscit ; statim ad praetōrium pioperat suāsque
lacrimās cum precibus cīvium iungit. " Dā mihi, rēx
māgne," inquit, " vītās hōrum fortium virōrum ; nōnne hī
rēctē suam patriam dēfendērunt ? " Rēx prīmō precēs
nōn audit, tandem lacrimae uxōris īram vincunt poenam-
que captīvīs remittit.

maesta, opp. *laeta,* 27, 10.   **dēfendērunt,** 27, 4.
precibus, 33, 1.   **poenam,** 9, 7.

COMPARISON.

22. (1) When two things are compared they are
put into the same case and coupled by *quam.*

amō tē magis quam eum, *I love you more than him.*

(2) If the *first* is either in the nominative or accusative, the *second* may be put into the ablative, leaving out the *quam*.

Iūlia sorōre pulchrior est, *Julia is more beautiful than her sister.*

The comparative can often be translated by *too*, *rather*, *comparatively*, etc.

tardius ambulāvit, *he walked* rather slowly.

longius ē nāvi errāvit, *he wandered* too far *from the ship.*

TIME.

23. (1) The time *during which* an action lasts is put into the accusative, sometimes with the preposition *per*.

tōtam hiemem in urbe manēbat, *he remained in the city during the whole of the winter.*

If the sentence is negative, the ablative is used.

tōtā hieme lupum nōn vidi, *I have not seen a wolf all the winter.*

(2) The time *when*, or *within which*, an action is done is put into the ablative without a preposition.

mediā hieme ab urbe discēssit, *he went away from the city in the middle of winter.*

Observe the phrases —

multīs post annīs, *many years afterwards.*

aliquot post mēnsēs, *several months afterwards.*

haud ita multō post, *not long after.*

ante annum, *a year before.*

ANECDOTES FOR TRANSLATION.

The following ten anecdotes require a knowledge of —

(*a*) Comparison of regular adjectives.
(*b*) Numeral and pronominal adjectives.
(*c*) Indicative } active of verbs in -*iō*, third conjuga-
Imperative } tion.

36. The Babes in the Wood.

Duo ōlim erant frātrēs, Verrēs et Tīmōn. Hōrum alterum gravis corripuerat morbus. Hīc iam moribundus frātrem ad lectum vocāvit eīque cūram parvōrum līberōrum mandāvit. Ille multīs cum lacrimīs mandātum accipit fidemque ūnum annum integram servaf. Secundō tamen annō, quod līberī erant agrīs nummīsque dīvitissimī, patruus aurī avidus īnsidiās nepōtibus struēbat. Itaque duōs latrōnēs ad sēsē appellat. "Interficite," inquit, "clam hōs īnfantēs; vōbīs māgnum pondus argentī, pretium caedis, dabō."

moribundus, 29, 10.   nummīs, *pecūniā.*
mandātum, 26, 7.   interficite, *occīdite,* 21, 8.

37. The Babes in the Wood — *continued.*

Postrīdiē Tīmōn malā fraude nepōtēs ad sē advocat. "Hodiē," inquit, "vīcīnae urbis incolae fēriās agunt; hī igitur ex meīs servīs fidēlissimī, dēliciārum causā et voluptātis, vōs ad locum dūcent." Simul manū duo latrōnēs ostendit. Līberī māgnō cum gaudiō discēdunt et iam animō mille laetitiās praecipiunt. Mox autem viātōrēs ad dēnsam silvam, locum ad caedem aptissimum, veniunt. Fōrte ūnus ex latrōnibus alterō erat mollior. Hūius pectus grāta vōx liberōrum lēnīverat. Hīc igitur, ubi ad locum veniunt, nōn modo factum abnuit sed etiam suā manū comitem crūdēliōrem interfēcit.

incolae, 34, 2.
agunt, *celebrant*, 8, 5.
laetitiās, *voluptātēs.*
caedem, 36, 10.

lēnīverat, cf. *lēnem*, 29, 3.
factum = *malum factum.*
abnuit, *recūsat*, 13, 7.
interfēcit, 36, 8.

38. The Babes in the Wood — *continued.*

Līberī gladiīs et cruōre perterritī lacrimās effundunt. Victor tamen timōrem mulcet eōsque in dēnsiōrem silvam dūcit. "Hīc," inquit, "manēte, dum ipse absum; mox vōbīs placentās lactisque cōpiam reportābō." Simul ā locō discēdit. Ūnam hōram līberī sine timōre flōrēs silvestrēs undique carpēbant. Mox quod famēs corpora premēbat reditum latrōnis miserē cupiēbant. Frūstrā tamen hūc illūc currunt et omne nemus maestō clāmōre implent, nēmō enim questūs eōrum audit. Tandem fessī cursū et fame languidī sēsē sub arbore dēiciunt. Mors benīgna celeriter fīnit labōrēs nec deërat honor sepulcrī, parvae enim avēs corpora frondibus tenerīs tēxērunt.

cruōre, 31, 7.
mulcet, 5, 4.
placentās, *lība*, 16, 8.
reditum, 27, 6.

hūc illūc, 14, 10.
questūs, *querēlās*, 4, 6.
deërat, from *dēsum.*
tēxērunt, from *tegō.*

39. The Rats in the Barn.

Erat ōlim in Germāniā mala famēs, messis enim eō annō fuerat nūlla. Māgna igitur turba cīvium cottīdiē ā

principe pānem vehementer petēbat. Tandem precibus
eōrum fessus princeps crūdēlis omnēs in horreum ingēns
vānā spē cibī indūxit. Mox, ubi horreum plēnum fuit,
flammās tēctō admōvit et omnēs ad ūnum dēlēvit. Inde
dum clāmōribus miserrimīs et caelum et terra resonant,
"Audite," inquit, "mūrium strīdōrem." Vix ea dīxerat,
cum vōcem māgnam comitēs audiunt. "At miser, paucīs
post diēbus iīdem mūrēs tuum corpus dēvorābunt."

famēs, 38, 6.   tēctō, cf. *tēxērunt*, 38, 12.
ingēns, 31, 11.   miser, *wretch*.

40. The Rats in the Barn — *continued*.

In mediō Rhēnō fōrte eō tempore stābat turris altis-
sima ; hūc princeps dīrā vōce perterritus fugit ; nihil enim
aquā tūtius habet. Hīc ūnum diem manēbat tūtus et
· alterum ; tertiā tamen nocte custōdēs mīlle pedum crepi-
tum audiunt. Mox ubi sōl noctis umbrās fugāvit, immāne
portentum vident. Utramque enim rīpam flūminis innumerābilis mūrium multitūdō complet. Iam mūrēs in
aquam dēsiliunt turrimque petunt. Frūstrā princeps
portās fenestrāsque obserat ; hī enim scandunt mūrōs, illī
acūtīs dentibus līgneās portās rōdunt. Passim in aedēs
irrumpunt et ūniversī in principem impetum faciunt.
Frūstrā is deōs invocat īrātōs, sēscentī enim hostēs ex
ossibus cutem divellunt et crūdēlis factī terribilem poenam
sūmunt.

dīrā, 15, 4.   obserat, 32, 4.
tūtus, *salvus*, 31, 10.   passim, *hūc illūc*, 14, 10.
immāne, *ingēns*, 39, 4.   sēscentī, *mīlia*.
dēsiliunt, 33, 3.   divellunt, 24, 2.

41. The Pied Piper.

Hamelīnam, urbem pulcherrimam, vēxābat ōlim dīra pestis; mūriuin enim innumerābilis multitūdō nōn modo omnia dēvorābat, sed etiam īnfantēs, dum iacent in cūnīs, oppūgnābat. Incolae omnia cōnsilia frūstrā tentāverant; dēnique māgnum pondus argentī prōpōnunt, tōtius generis exitī pretium. Hōc ipsō tempore vir pīctā veste īnsīgnis intrāvit urbem labōremque suscipit. Statim māgna caterva eum ad forum dēdūcit. Hūc ubi pervenit advena, ex sinū tībiam parvam dētrahit paucōsque modōs fingit. Vix id carmen cessāverat, ubi mīrum prōdigium ēvenit, undique enim ad sonum ingentī tumultū mūrēs concurrunt. Prīmō cōnsistunt, deinde omnēs, albī, nigrī, senēs, iuvenēs ad modōs tībiae saltant. Postrēmō ūnō impetū in flūmen ē cōnspectū dēsiliunt.

cūnīs, 31, 6.	fingit, 26, 1.
pondus, 36, 9.	prōdigium, *portentum*, 40, 6.
pretium, 36, 10.	cōnsistunt, 30, 9.
īnsīgnis, 28, 5.	impetū, 34, 2.

42. The Pied Piper. —*continued.*

Prīmō cīvēs rem vix crēdunt; deinde laetitiae ingentī sē dēdunt. Iamque tībīcen suī labōris praemium postulat. At cīvēs iam perīculī expertēs fidem ingrātī violant et māgnam partem argentī retinent. Itaque īrātus iterum tībiam corripit alterumque carmen priōre pulchrius fundit. Prōtinus ex omnibus domibus māgna puerōrum virginumque caterva virum cingit. Inde tībīcen, dum illī chorōs laetissimōs agunt, omnēs ad propinquum montem dēdūcit.

Tum miseri parentēs rem terribilem vident ; nam ipse dēhīscit mōns et immēnsō hiātū tōtam manum accipit.

laetitiae, 37, 6.   fidem, 36, 5.
tībīcen, cf. *tībiam*, 41, 9.   corripit, 36, 2.
expertēs, *līberātī.*   agunt, 37, 2.

43. Caught by the Tide.

Cānūtius, Icēnōrum rēx, longē sapientior erat aliīs rēgibus. Hūius ōlim opēs et auctōritātem ūnus ex adsentātōribus hōc modō laudābat. " Nōnne," inquit, " rēx māgne, et mare vāstum et celerēs ventī tua mandāta peragunt ? " Rēx nihil respondit sed posterō diē iūssū ēius servī ad lītus maritimum solium dēdūcunt. In hōc adsentātōrem locat et ipse in rūpe stat propīnquā. Fōrte aestus ex altō sē incitābat. Tum rēx, " Recurre," inquit, " mare superbum ; nōnne tū meus servus es ? Cūr igitur tuī flūctūs audācēs meum solium ita violant ? " Flūctūs tamen surdī mandāta rēgia nōn audiēbant sed sē in ipsum solium inlīdunt. Tum rēx, " Nēmō nisi Deus imperium maris tenet."

et . . . et, 39, 7; 8, 5.   posterō diē, *postrīdiē*, 37, 1.
mandāta, cf. *mandāvit*, 36, 4.   solium, 30, 2.
peragunt, 26, 8.   propīnquā, *vīcīnā*, 37, 2.

44. Rollo and the Two Sticks.

Apud Graecōs scrīptōrēs hōc invenīmus dē Rollōne, cane callidissimō. ˙Magister, dum ipse ambulat, semper canī comitī scīpiōnem suum aurātum committēbat. Hunc Rollō superbō ōre per vīcōs gerēbat. Fōrte tamen magister prō scīpiōne aurātō baculum sūmit˙ ligneum alterō turpius. Hōc mōre suō canī committit. At Rollō

propter tantum dēdecus īrātus diū labōrem recūsat.
Tandem ubi magister baculum inter dentēs īnseruit, canis
ē cōnspectū subitō fūgit; brevī tamen ad magistrum sine
baculō recurrit. Trēs inde mēnsēs magister frūstrā
baculum quaerēbat; quārtō tamen mēnse dum servī
fimum ex stabulīs in agrōs trānsportant, baculum sub
ingentī fimī acervō inveniunt.

scīpiōnem, *baculum.*   mōre suō, 31, 3.
vīcōs, 17, 3.   recūsat, *abnuit,* 37, 10.
gerēbat, *ferēbat.*   ē cōnspectū, 41, 14.
līgneum, 40, 10.   brevī = *brevī tempore.*

45. Buried Alive.

Dē eōdem Rollōne aliud et mīrābilius invenīmus.
Māgnus anatum grex in lacū fīnitimō natābat. Hārum
ūnam canis mīrō amōre fovēbat. Saepe iūssū magistrī
hanc suō ōre etiam ab ūlteriōre margine lacūs ad pedēs
ēius reportābat. Ea quidem rēs erat grātior canī et
dominō quam anatī; haec igitur pennīs pedibusque canis
impetum semper fugiēbat. Tandem Rollō tālī pervicāciā
dēfessus solum in hortō effōdit anatemque vīvam sepelīvit,
sīve lūdibriō, seu (ut magister crēdidit) quod eum locum
magis idōneum putāvit.

mīrābilius, cf. *mīrum,* 41, 10.   iūssū, 43, 5.
fīnitimō, *vīcīnō.*   lūdibriō, cf. *lūd-ōs,* 18, 1.

THE RELATIVE.

24. (*a*) The *Relative* is used to avoid repeating a
word (called its antecedent) already used once.

videō mūrum, quem Balbus aedificāvit, *I see the wall,* which
Balbus built.

If there were no relative, we should have to say,

videō mūrum et Balbus eum mūrum aedificāvit, *I see the wall and Balbus built that wall.*

Thus it has also the force of a conjunction and serves to connect sentences.

RULE 9.—The *Relative* agrees with its antecedent in gender, number, and person.

1. **nōs, quī fortēs sumus, pūgnābimus,** *we, who are brave, will fight.*
2. **tū, quae parva es puella, nūtrīcem amās,** *you, who are a little girl, love the nurse.*

RULE 10. — The *Relative* is not necessarily in the same case as its antecedent, but in the case which its antecedent would be in if repeated.

1. **habēs asinum quī (asinus) est labōris patiēns,** *you have an ass which is patient of labor.*
2. **equus quem (equum) habēmus est celer,** *the horse which we have is fast.*
3. **virum cūius (virī) fīlius es amāmus,** *we love the man whose son you are.*
4. **hīc est puer cui (puerō) pōma dedimus,** *this is the boy to whom we gave the apples.*
5. **hasta quā (hastā) hostem occidistī erat ācris,** *the spear with which you killed the enemy was sharp.*

(*b*) A sentence containing a relative word is often called an adjectival clause, because it qualifies a substantive like an adjective.

est mihi mēnsa quae est nigra, *I have a black table.*

A relative clause may be omitted without altering the construction of any other word in the sentence.

(*c*) A relative word is often omitted in English but never in Latin.

ubi est ea mēnsa quam herī vīdī? *where is the table I saw yesterday?*

(*d*) The relative always comes first in its own clause (except after prepositions), and generally next to the word it qualifies.

Relative words are —

> **quī, quālis, quantus,**
> **quō, quā, unde, ubi.**

ACTIVE AND PASSIVE.

25. The Verb has two voices —

(1) *Active*, when you do something;
(2) *Passive*, when something is done to you.

In turning a sentence from an *active* into a *passive* form

> accusative becomes nominative.
> nominative becomes ablative.

All other cases remain unchanged.

I.
> **ānserēs Manlium ē somnō excitāvērunt,** *geese woke Manlius from sleep.*
> **Manlius ē somnō ānseribus excitātus est,** *Manlius was wakened from sleep by geese.*

2. { puer necābit lupum, *the boy will kill a wolf.*
{ lupus necābitur ā puerō, *a wolf will be killed by a boy.*

3. { cīvēs mīlitibus cibum dabunt, *citizens will give soldiers food.*
{ cibus mīlitibus ā cīvibus dabitur, *food will be given to soldiers by citizens.*

4. { Caesar cīvitātī ducentōs imperat obsidēs, *Cæsar makes a demand upon the state for two hundred hostages.*
{ ducentī obsidēs cīvitātī imperantur ā Caesare, *two hundred hostages are demanded of the state by Cæsar.*

(1) If the doer of the act is a *person*, the preposition ā or **ab** is used with the ablative. It is then called the *Ablative of the Agent.*

(2) Transitive verbs become intransitive in the passive.

1. centaurus sagittā ab Hercule volnerātus ēst, *the Centaur was wounded with an arrow by Hercules.*

2. Herculēs sagittās venēnō tinxit, *Hercules stained arrows with poison.*

3. via montibus altissimīs continēbātur, *the road was hemmed in by very high mountains.*

4. praemium victōrī dēbētur, *a reward is due to the victor.*

5. numquam mihi hōc persuādēbitur, *never shall I be persuaded of this.*

ANECDOTES FOR TRANSLATION.

The following nine anecdotes require a knowledge of —

(*a*) Relative Pronouns.

(*b*) Passive of conjugations I. and II.

46. A Ride on a Centaur's Back.

Centaurī, quī in montibus Thessaliae habitābant, caput manūsque hūmānās equīnum tamen corpus habēbant. Herculēs ōlim per hās regiōnēs cum uxōre Dēianīrā, quam nūper dūxerat, iter faciēbat. Mox ad rīpās altī rapidīque flūminis viātōrēs perveniunt frūstrāque vadum petunt. Subitō occurrit centaurus quīdam, nōmine Nessus. "Multae," inquit, "anteā trāns hōc flūmen ā mē trānsportātae sunt. Tē quoque, ō pulcherrima Dēianira, sī cupis, lātō meō tergō libenter trānsportābō ;" simul fēminam haud invītam suscipit ; deinde perfidus māgnā celeritāte in montēs fugit.

nūper, opp. *ōlim.*　　　　quoque, cf. *etiam*, 45, 4.
viātōrēs, 37, 7.　　　　　haud invītam, *volentem.*

47. A Ride on a Centaur's Back —*continued.*

Herculēs autem, quem fraus centaurī nōn fallēbat, arcum rapuit et ūnā ex iīs sagittīs quās ipse sanguine Hȳdrae tinxerat fugitīvum volnerāvit. At moribundus fēminae cōnsilium hōc inīquissimum dat Nessus: "Accipe," inquit, "hanc tunicam, quam meus sanguis tinxit; haec tibi aliquandō amōrem coniugis restituet." Hīs verbīs centaurus occidit.

Paucōs post annōs Herculēs, Oechaliae vīctor, Iolēn captīvam Dēianīrā pulchriōrem adamāvit. Haec igitur verbōrum centaurī haud immemor, tunicam fātālem ad coniugem mīsit. Hanc Herculēs incautus induit et ipse necātur dīrā vī illīus venēnī quō ōlim suās sagittās tinxerat.

fallēbat, 26, 4.

rapuit, cf. *corripit*, 42, 5.

sanguine, *cruōre*, 38, 1.

tinxerat, from *tingō*.

inīquissimum, cf. *aequa*, 18, 7.

induit, 19, 2.

48. A Wonderful Dream.

Trēs ōlim viātōrēs ā Galliā ad Ītaliam iter faciēbant. Via erat et longa et difficillima, quod undique montibus altissimīs continēbātur. Saepe māgnam cibī inopiam viātōrēs tolerābant; tandem nihil illīs supererat nisi ūnus pānis, haud ita grandis, quem omnēs dīligentissimē servābant. Hunc sibi quisque vindicat. Dēnique fessī somnō sē dant pānemque prōpōnunt somnī īnsīgnissimī praemium. Māne suum quisque comitibus somnium nārrat. Prīmus ex viātōribus sīc incipit: "Mihi in somniō appārēbat rāpum ingentissimum; vix id trecentī virī ex agrō trahēbant. Num vōs aliquid hōc mīrābilius vidēbātis? Mihi certē praemium dēbētur."

tolerābant, 14, 3.

supererat, 10, 6.

prōpōnunt, 41, 5.

trahēbant, cf. *abstrahit*, 14, 11.

num, 12, 4.

mīrābilius, 45, 1.

49. A Wonderful Dream — *continued.*

Tum secundus, "Somnium quidem mīrum nārrāvistī; mihi tamen aliquid mīrābilius vīsum est. Nam vīdī in somniō vās ingentissimum, quod vix quīngentī hominēs

tōtius annī spatiō parāverant. Facillimē eō vāse istud
rāpum continēbātur. Nōnne hōc somnium mīrābilius illō
iūdicātis?" At tertius, quī haec tacitē audīverat, "Certē,"
inquit, "uterque vestrum rem mīrābilem nārrāvit pānemque bene meruit. Mihi tamen aliquid mīrum vīsum est.
Nam in somnō (ut vidēbātur) ēsuriēbam; pānem igitur
dēvorāvī."

vīsum est, fr. *videor.*   **eō vāse** = *in eō vāse.*
spatiō, *tempore.*   **ēsuriēbam,** *famem habēbam.*

50. The Lighthouse.

In eā parte Britanniae quae ad septentriōnēs spectat
lītus undique rūpibus asperrimīs continētur. Incolae
igitur, quod ibi multae nāvēs naufragium fēcērunt, turrim
altissimam, quae pharus appellātur, quādam in rūpe
aedificāvērunt. Hanc turrim habitābant senex et fīlia
ēius parva, quī noctū sempér incendēbant lucernam, cūius
lūmen saepe nautās dē perīculō praemonēbat. At nōn-
numquam vīs tempestātis labōrēs nautārum exsuperat,
et nāvis īnfēlīx aut sub undīs sē mergit, aut scopulīs
crūdēlibus adflīctātur.

turris, 40, 1.   **exsuperat,** cf. *superābunt,* 6, 6.
incendēbant, 16, 6.   **mergit,** 22, 7.
praemonēbat, cf. *monuit,* 24, 4. **scopulīs,** 26, 4.

51. The Lighthouse—*continued.*

Fuērunt ōlim multōs diēs continuae tempestātēs;
tandem diēs tranquillus succēdit. Iamque procul ē turrī
custōdēs māgnam aspiciunt nāvem, quae in scopulīs
haeret; mox etiam paucōs vident nautās, quī manibus
sīgna dant auxiliumque petunt. Tum virgō animōsa cum

patre parvam scapham dēdūcit et rēmīs vēlīsque nāvem ambō petunt. Undique ingentēs flūctūs surgēbant, vix enim cessāverat procella; nūllō tamen perīculō illī terrentur sed ē morte nautās ēripiunt omnēsque tūtōs ad turrim reportant.

haeret, 2, 5.	cessāverat, 41, 10.
animōsa, *fortis.*	procella, *tempestās.*

52. The Snowstorm.

Pāstōrī cuīdam duo erant fīliī, Brūtus et Nerō. Hīc, puer acūtus, ā parentibus praecipuē amābātur ; illum tamen annīs seniōrem omnēs stultum exīstimābant. Hī ōlim cum cane suō aliquās petēbant ovēs, quae per montēs dēviōs errāverant. Fōrte dum procul ā casā paternā absunt, eōs opprimit nox ; simul nix crēbra omnia operiēbat et spem reditūs ēripuit. Tandem fessī labōre sub saxō ingentī sēsē prōiciunt mortemque exspectant. Tum Brūtus ē collō frātris taeniam, dōnum mātris, dētrahit eāque cervīcem canis circumdat ; "Age," inquit, "patrem pete."

cuīdam, 46, 7.	· seniōrem, from *senex.*
acūtus, 24, 5.	operiēbat, *obdūcēbat,* 19, 6.
praecipuē, 8, 8.	prōiciunt, cf. *dēiciunt,* 38, 10

53. The Snowstorm — *continued.*

Intereā, quod puerī nōndum revēnerant, ingēns sollicitūdō pāstōris animum agitābat. Subitō lātrātum audit canis ; portam aperit ; videt canem, quī taeniam suī fīlī gerēbat. Hanc ubi vir āgnōscit sine mōrā facem accendit et cum cane fidēlī, duce viae, tandem ad ipsum pervenit scopulum, sub quō puerī iacēbant. Hīc vērō trīste spectāculum vīsum est ; Nerō enim, quem frāter suō palliō tēxerat, placidē dormiēbat, at Brūtus, quī suum corpus hōc modō nūdāverat, saevō gelū rigēbat ; nam puer fortis, quem propter sēgnitiam omnēs dērīdēbant, vītam suam frātrī condōnāverat.

sollicitūdō, *cūra,* 10, 2.	**palliō,** 17, 6.
aperit, 32, 5.	**rigēbat,** 7, 2.
āgnōscit, cf. *cōgnōscit,* 22, 10.	**sēgnitiam,** *stultitiam.*
accendit, cf. *incendēbant,* 50.	**dērīdēbant,** 26, 5.

54. A Noble Action.

Philippus, eques Britannicus, aliōs equitēs fortitūdine animī corporisque vīribus aequābat ; omnēs tamen comitāte et mānsuētūdine superābat. Fōrte Britannī cum Hispānīs bellum gerēbant atque equitēs utrīusque exercitūs fere cottīdiānīs pūgnīs vīrēs exercēbant. Aliquandō dum urbem quandam Britannī oppūgnant, Philippus cum paucīs comitibus māgnā manū hostium circumdatus est. Diū et ācriter nostrī Hispānōrum impetum sustinēbant. Tandem Philippus iaculō graviter volnerātus est. Post pūgnam dum comitēs maestī Philippum moribundum ad castra reportant, aliquis eī galeam aquae · plēnam dedit. Ille autem, etsī sitis faucēs ūrēbat, mīlitī, quī nōn procul iacēbat avidīsque oculīs aquam lūstrābat, pōculum dedit ; " Nōnne hūius volnera," inquit, "graviōra sunt meīs ? "

aequābat, cf. *aequa,* 18, 7.	**graviter,** cf. *gravis,* 36, 2.
utrīusque, 49, 7.	**maestī,** *trīstēs,* 53, 6.
cottīdiānīs, cf. *cottīdiē,* 39, 2.	**ūrēbat,** cf. *adūrunt,* 16, 8.

26. A dative is naturally used to complete the sense after such adjectives as —

> amicus, ūtilis, similis,
> propinquus, finitimus, pār.

"CUĪ" VERBS.

27. A few verbs, which we should expect to govern an accusative, for some reason or other prefer the dative. The most common are —

> parcō, pāreō, placeō,
> faveō, noceō, serviō,
> invideō, nūbō, ignōscō,
> maledicō, indulgeō.

magister, cui pārēmus, benignus est, *the master whom we obey is kind.*

parcit mihi, *he spares me.*

These verbs are called "cuī" verbs from the dative of the relative pronoun, with which they are sometimes used.

RULE II. — Many verbs compounded with *ad, ante, con, in, inter, ob, post, prae, prō, sub,* and *super,* take the dative.

PLACE.

28. (1) *Place where* is expressed by the ablative with the preposition *in.*

Exception. Names of towns use an old case called the Locative.

The locative in the singular of declensions I. and II. is the same form as the genitive, elsewhere commonly the ablative.

These locatives are also found,

domi, *at home,*
rūri, *in the country,*
humi, *on the ground.*

(2) *Place whither* is expressed by the accusative with *ad* or *in.*

Exception. Names of towns (also *domus* and *rūs*) omit the preposition.

" To," when it means *towards,* is never the sign of the dative, but always of the accusative.

(3) *Place whence* is expressed by the ablative with *ab* or *ex.*

Exception. Names of towns (also *domus* and *rūs*) omit the preposition.

The name of a *small island* is treated as if it were a town.

1. **nāvēs Tarenti aedificātae sunt,** *ships were built at Tarentum.*
2. **Periclēs Athēnis habitābat,** *Pericles lived at Athens.*
3. **exercitus in Hispāniam missus est,** *an army was sent to Spain.*
4. **posterō diē Corinthum pervēnit,** *on the next day he came to Corinth.*
5. **ex Hispāniā statim discessit,** *he departed at once from Spain.*

6. **Gallī Rōmā** haud procul aberant, *the Gauls were not distant from Rome.*
7. **domum ex urbe revēnit,** *he returned home from the city.*
8. **Cyprī multī erant servī,** *there were many slaves at Cyprus.*

ANECDOTES FOR TRANSLATION.

The following nine anecdotes require a knowledge of —

(*a*) Comparison of Adjectives (Irregular).

(*b*) Indicative } Passive of the Third and Fourth
Imperative }   Conjugations.

55. The Ugly Duckling.

Ingentī aliquandō gaudiō complēbantur incolae cūius-dam fundī, gallīna enim ex ōvīs pullōs nūper exclūserat. Ūnum tamen ex ōvīs, quod grandius erat cēterīs, adhūc integrum manēbat. Tum pāvō, quī māximus nātū erat omnium, hīs verbīs gallīnam admonet: "Iam satis labōrāvistī; tandem inūtile istud ōvum dēsere." At gallīna pertināx cōnsilium pāvōnis nōn audit multōsque inde diēs in locō manet. Dēnique post tantum labōrem parit pullum, quī ceteros magnitūdine quidem corporis superābat, sed speciē et fōrmā longē īnferior vidēbātur; nam erant eī turpēs pedēs, dēfōrme corpus, collum prōcērum.

gaudiō, 37, 5.   integrum, 36, 5.
cūiusdam, 52, 1.   inde, 44, 10.
pullōs, 26, 2.   quidem, *to be sure.*
exclūserat, from *exclūdō.*   turpēs, opp. *pulchrī.*
grandius, 48, 5.   prōcērum, *longum.*

56. The Ugly Duckling — *continued.*

Diū in hōc fundō anaticula turpis vītam īnfēlīcem agēbat; nēmō enim eī favēbat. Gallīnae quidem cum pāvōnibus miseram volucrem spernēbant, quod aquam ita amāvit. Anatēs autem et ānserēs dūrīs rōstrīs advenam suā aquā dēpellēbant. Tandem maesta et īnfēlīx ā fundō in locum dēsertum effūgit, quā sōla tōtam hiemem habitā-bat. At vēre novō ad lacum advēnit, in quō multī cȳgnī natābant. Hīs duo puerī frūsta pānis iactābant. Tum illa, quod iam mortem optābat, ad cȳgnōs ipsa natāvit, flēxitque caput ad īctum rōstrōrum. At attonita suam imāginem, quam aqua reddēbat, vīdit audīvitque vōcem puerōrum, quī cȳgnum cēterīs pulchriōrem laetī accipiē-bant. Anaticula enim turpis gracilis cȳgnus ēvāserat.

fundō, 55, 2.	**quā** = *quō in locō.*
anaticula = *parva anas.*	**hīs** = *hīs cȳgnīs.*
turpis, *dēfōrmis,* 55, 11.	**flēxit,** from *flectō.*
dēpellēbant, *dēturbābant,* 2, 7.	**ēvāserat,** from *ēvādō.*

57. The Touch of Gold.

Midās, rēx Phrygiae, quod ōlim Bacchō placuerat, ēgregiō mūnere ā deō dōnātus est. "Dēlige, rēx māgne," inquit deus, "id quod māximē cupis; hōc tibi libenter dabō." Tum vir avārus mīrum dōnum impetrāvit, omnia enim quae suō corpore tangēbat in aurum mūtāta sunt. Prōtinus rēx laetus rēgiam domum percurrēbat manūque vāsa, mēnsās, lectōs, omnia tangēbat. Inde ubi nihil lignī aut argentī in aedibus manēbat, grātiās prō tantō beneficiō Bacchō persolvit. Tandem labōre fessus cēnam poscit avidīsque oculīs dapēs splendidās lūstrat. Mox tamen ubi piscem ad ōs admovet, cibus in aurum statim mūtātus est ; rēx igitur, cūius in faucibus rigida haerēbat massa, vīnum poscit ; idem ēvenit. Tandem rēx ēsuriēns, quod nihil˙nec edēbat nec bibēbat complūribus diēbus, māximīs precibus Bacchum ōrat. Inde cum rīsū deus fātāle dōnum āmovet.

ēgregiō, *mīrō.*	dapēs, *epulās,* 9, 1.
mūnere, *dōnō.*	faucibus, 54, 12.
prōtinus, 33, 5.	haerēbat, 2, 5.
lignī, cf. *ligneās,* 40, 10.	ēsuriēns, 49, 9.
grātiās . . . persolvit, cf. 13, 12.	edēbat, 34, 4.

58. The Gossiping Trees.

Apollō ōlim, curvae lyrae inventor, cum Satyrō quōdam dē arte suā dēcertābat. Tandem tantī certāminis arbitrium ambō ad Midam rēgem (dē quō suprā dēmōnstrāvimus) commīsērunt. Rēx autem, quī numerōs omnīnō īgnōrābat, postquam carmina utrīusque audīverat, Satyrō palmam dedit. Deus igitur, tālī stultitiā īrātus, capitī rēgis asinī aurēs adfīxit. Tum rēx callidum cōnsilium concēpit; rēgium enim tōnsōrem ascīvit, cūius operā suum dēdecus ab oculīs omnium abditum est. At tōnsor, vir loquāx, quī, dum manet in urbe, rem vix cēlābat, rūs discessit, rēgisque fōrtūnam arboribus nārrāvit. Hae autem comārum susurrō, quod ventō rāmī agitātī sunt, hīs verbīs rem volgābant, "Sunt Midae aurēs asinī."

commīsērunt, from *committō.*	callidum, 44, 2.
numerōs, *modōs,* 41, 9.	tōnsōrem, 19, 4.
utrīusque, 54, 4.	ascīvit, *advocāvit.*
palmam, *praemium,* 48, 8.	comārum, *foliōrum.*

59. A Scape-Goat.

Volpēs sitiēns, quae dēsiluerat in puteum haud ita altum sed lateribus praeruptīs postquam omnem ratiōnem fugae frūstrā tentāverat, ab omnī spē reditūs interclūsa est. Mox tamen caper, quī aquam petēbat, quod fervidī sōlis radiī agrōs ūrēbant, ad eundem puteum advēnit. " Salvē," inquit, " dulcissima, nōnne aqua ista frīgida est et iūcunda ? " " At numquam iūcundiōrem bibī," respondit volpēs, " dēsilī igitur quam celerrimē, ego enim iam diū parcō aquae, quod tē exspectō." Hōc ubi audīvit stultum animal, in puteum dēsiluit. At volpēs callida in cornua amīcī prōsiluit, quōrum operā sēsē ad terram sublevāvit. Inde miserī amīcī immemor domum discessit.

sitiēns, cf. *sitis,* 54, 12.   reditūs, 52, 7.

dēsiluerat, 13, 9.   ūrēbant, 54, 12.

praeruptīs, 26, 1.   callida, 58, 7.

60. Ingratitude.

Apud antīquōs scrīptōrēs multa legimus dē quōdam equite, quī Philippum (dē quō suprā dēmōnstrāvimus) mānsuētūdine exsuperābat. Huīc enim, dum saucius humī iacet, aquam multō labōre apportāverat amīcus. Is autem īnsīgnī abstinentiā aquam ūnī ex hostibus, quī iūxtā iacēbat, integram praebuit. At perfidus hostis, dum dōnum accipit, cultrō manum quae pōculum porrigēbat volnerāvit. Tum eques ingrātō virī animō īrātus, postquam eum modicē culpāverat, partem aquae ipse bibit, partem tamen hostī iterum dedit.

mānsuētūdine, 54, 3.   integram, *tōtam.*

saucius, *volnerātus.*   cultrō, 27, 8.

īnsīgnī, *mīrābilī.*   bibit, 58, 7.

61. The Wolves.

Omnium animālium, quae Scythiam incolunt, taeterrimī
sunt lupī ; hī enim saepe ab omnī parte conveniunt per-
que silvās māgnō āgmine praedam exquīrunt. Fēmina
quaedam cum tribus līberīs per hās silvās in currū vehēbātur. Subitō lupōrum ululātum audiunt et mox dīrum
āgmen appāret. Frūstrā illa habēnās dat equō, equōs
enim facile cursū adsiduō exsuperant lupī. Vix breve
spatium interpōnitur miseraque fēmina linguās sanguineās, faucēs nigrās, dentēs crūdēlēs aspicit. Iam
fervidum spīritum saevōrum animālium ferē sentit. Tum
metū vēsānō māter ex currū minimum nātū līberōrum
dēicit et dōnō horribilī impetum lupōrum parumper
cohibet.

taeterrimī, *horribilēs.* sanguineās, cf. *sanguis*, 47, 5.
āgmine, *grege*, 25, 6. fervidus, 59, 4.
exquīrunt, *petunt.* vēsānō, *īnsānō.*
habēnās, 21, 7. parumper, opp. *diū*, 2, 5.

62. The Wolves — *continued.*

Prīmō atrōx cōnsilium successit, lupī enim, dum saevō
clāmōre praedam rapiunt, āgmen sistunt ; mox tamen
ubi carnem ex ossibus miserī īnfantis dīlaniāverant (nec
longus ille fuit labor) iterum fugientibus īnstābant. Iterum fēmina īnfēlīx idem facit alterumque īnfantem lupīs
concēdit. Iamque per arborēs, spectāculum grātissimum,
visa sunt tēcta aedium in quibus amīcī habitābant fessus-
que equus ingeminat cursum. Nec tamen domum advēnit,

antequam māter tertium īnfantem eōdem modō mortī obiēcit.

Inde ubi convocāverat propīnquōs fātum līberōrum suamque fugam nārrāvit. Tum māximus nātū, dum cēterī horrōre obstupefactī sunt ; " Tū tuīs īnfantibus," vōce inquit terribilī, "nōn parcēbās ; nec ego tibi nunc parcam." Haec ubi dīxerat, secūrī, quam manū tenēbat, caput impiae mātris percussit.

atrōx, *crūdēle*, 24, 1.	ingeminat, 27, 10.
dīlaniāverant, cf. *dīvellēbat*, 24, 2.	parcēbās, 59, 9.
īnstābant, 1, 5.	percussit, from *percutiō*.

63. A Cat's Paw.

Apiciō mercātōrī, qui Capuae vīvēbat, ex Aegyptō fēlem, sīmiam ex Libyā suae nāvēs trānsportāverant. Hae quidem bēstiae sub tēctō mercātōris concordissimē vīvēbant, longē tamen aliud fuit utrīusque ingenium. Illa nātūrā tardior māgnam diēī partem dormiēbat ; haec alacrior comitem stolidam saepe per ioca vēxābat. Fōrte Apicius castaneās aliquandō īgne torrēbat. Hās ubi videt sīmia, ad īgnem accēdit avidīsque oculīs nucēs observat. Diū haeret incerta ; dulcēs quamquam frūgēs animum adliciunt, fervidus īgnis ā fūrtō dēterret. Subitō manū fēlem, quae ante īgnem mōre suō dormiēbat, rapit et pede ēius castaneās singillātim ex īgne dētrahit. Deinde dum illa māgnō gemitū cāsum dēplōrat, ipsa nucēs sēcūra dēvorat.

aliud, *dissimile*.	accēdit, *appropīnquat*.
tardior, *stolidior*.	cāsum, *dolōrem*.
torrēbat, 16, 6.	sēcūra, 27, 3.

VERB.

29. Every Verb has two parts —

(1) *Finite*, limited by person.

> **amō,** *I* love.
>
> **amās,** *you* love.
>
> **amat,** *he* loves.

(2) *Non-finite*, not limited by person.

> **amāre,** *to* love.

The *Finite* part of the verb contains the indicative, subjunctive, and imperative moods.

The *Non-finite* part of the verb contains infinitives, gerunds, supines, and participles.

These are partly verb, partly substantive or adjective.

As Verb   (1) they govern cases.
              (2) they have tenses.

As Noun   ⌠ (1) they follow the ordinary rules of num-
   or   ⎨   ber, gender, and case.
Adjective ⌊ (2) they cannot form complete sentences.

INFINITIVE.

30. The *Infinitive* is used —

(1) Like the nominative of an ordinary noun, as subject to a verb ; *e.g.* —

1. ⌠ **hōc pōmum est iūcundum,** *this apple is pleasant.*
   ⌊ **edere est iūcundum,** *to eat is pleasant.*

2. { famēs nocet puerīs, *hunger is hurtful to boys.*
    nimium edere nocet puerīs, *to eat too much is hurtful to boys.*

3. vidēre est crēdere, *to see is to believe.*

4. dare quam accipere melius est, *to give is better than to receive.*

5. Catō dīcitur discessisse ex urbe, *Cato is said to have gone from the city.*

(2) As accusative to such verbs as *possum, volō, audeō, soleō, cōnor, incipiō, statuō*, etc., which are not often found with the accusative of ordinary nouns.

1. ex equīs pūgnāre solent, *they are accustomed to fight on horseback.*

2. potesne huic persuādēre? *are you able to persuade him?*

SPACE.

31. In measuring *distance, height, breadth*, etc., the accusative is used.

1. Britannia ā Galliā multa mīlia passuum abest, *Britain is many miles distant from Gaul.*

2. haec arbor est vīgintī duōs pedēs alta, *this tree is twenty-two feet high.*

But when two things are compared, the *difference* between them is put into the ablative.

1. multō plūrēs quam hostēs sumus, *we are much more numerous than the enemy.*

2. altus erat sex pedēs, pede altior quam soror, *he was six feet high, a foot taller than his sister.*

ANECDOTES FOR TRANSLATION.

The following anecdotes require a knowledge of —

(a) Indicative ⎫ passive of verbs in *-io*, third con-
    Imperative ⎭ jugation.

(b) Infinitive active of the four conjugations.

(c) Also *possum, volo, nolo, malo*.

64. A Breach of Discipline.

Fredericus, Germānōrum rēx, quod ab hostibus premēbātur, saevissimā disciplīnā mīlitēs cohibēbat. Rēx
saepe noctū sōlus per castra ambulābat et ipse custōdēs
in statiōnibus dispōnēbat. Aliquandō dum mōre suō
castra perlūstrat, videt lucernam quae in tabernāculō
finitimō ārdēbat. Rēx igitur, quī māximā īrā movēbātur,
quod īgnem mīlitibus interdīxerat, silenter tabernāculum
intrāvit. Hīc miles epistulam scrībēbat ad uxōrem. Dum
multīs verbīs dūra perīcula bellī, suam salūtem, amōrem-
que cōnstantem nārrat, subitō rēgem īrātum aspicit. Tum
rēx, "Iterum epistulam repete, haec tamen adde; valé,
ō cārissima, crās enim ego, quia imperātōrī male pāruī,
capitis damnābor."

premēbātur, 38, 7.   mōre suō, 31, 3.
cohibēbat, 61, ad fin.   lucernam, 50, 6.
statiōnibus, 29, 7.   ārdēbat, 14, 9.

65. A Bull's-eye.

Loxiās, quod vītam in silvīs semper dēgēbat, omnēs
aliōs sagittāriōs superābat. Saepe lupōs aquilāsque volu-
cribus sagittīs trānsfīgēbat, nec umquam frūstrā ab eō
tēlum mīssum est. Fōrte incolae urbis propīnquae lūdōs
sollemnēs celebrābant. Prīmō quadrīgās agitābant iuvenēs,
deinde pūgnīs certābant, postrēmō certāmen sagittāriōrum

īnstitūtum est. Diū Loxiās, quī cum cēterīs dēcertāre nōluit, sē ā certāmine abstinuit, nec arcum ab umerīs āmōvit. Dēnique quīdam ex rēgiīs sagittāriīs, cui nōmen erat Hubertus, sīve cāsū, seu quod ventus eī favēbat, mediam mētam sagittā trānsfīxit. Tum dēmum Loxiās arcum tendit et suō tēlō sagittam Hubertī in duās partēs findit. Ingēns ad caelum tollitur clāmor omnēsque Loxian vīctōrem salūtant.

dēgēbat, *agēbat*, 56, 1, 2.
sagittāriōs, cf. *sagitta*.
propīnquae, *fīnitimae*, 45, 2.

pūgnīs, from *pūgnus*.
certābant, *dēcertābant*, 58, 2.
arcum, 47, 2.

66. The Weather-wise Donkey.

Ludovīcus, rēx Gallōrum, fidem māximam habēbat eī generī hominum, quī astrologī vocantur, quod mōtū stellā-rum imbrēs ventōsque praedīcere solent. Rēx, quī multum in vēnātiōnibus erat, aliquandō dum māgnum cervum canibus per silvās agitat, celerī equō longē ante omnēs sociōs praetervēctus est. Intereā caelum nūbibus obscū-rātur gravisque imber cum multā grandine in terram dēcidit. Rēx igitur, quod parvam casam inter arborēs videt, tempestātis perfugium petit. Tum ubi is graviter incūsābat indoctōs illōs astrologōs, "Nūlla tamen tem-pestās," respondit agricola cūius casa erat, "mē incautum excipit; semper enim meus asinus, quī frūgēs hortī ad forum portāre solet, vōce raucā imbrem mihi praedīcit." "Nimīrum," cum rīsū respondit rēx, "sī tuus asinus tam bonus astrologus est, meōs astrologōs posthāc in numerō asinōrum habēbō."

vēnātiōnibus, cf. 11, 4.
agitat, 65, 5.
incūsābat, *increpābat*, 16, 9.

indoctōs, *ignārōs*, 11, 2.
raucā, 12, 8.
rīsū, 57, ad fin.

67. How to please Everybody!

Senex quidam, quī asinum vēndere voluit, cum filiō eum ad urbem dūcēbat. Mox occurrunt chorō virginum, quae dōna ad templum Minervae portābant. "Hercle," inquit ex his māxima nātū, "numquid potest esse stultius illīs, quī pedibus iter faciunt, nec asinō vehuntur?" Hōc ubi audīvit senex, filium asinum cōnscendere iussit et ipse alacrī gressū iter pergēbat. Nōn procul ab eō locō aliquī senēs sermōnem inter sē serēbant. Tum ūnus, "Ēheu," inquit, "quantum tempora mūtantur! Ubi nunc est ille senectūtis proprius honor? dēsilī ex asinō, puer impudēns, et patrī cēde." Inde iuvenis, quem pudor factī iam movet, celeriter id quod sibi imperātum est facit senexque invicem asinum cōnscendit.

occurrunt, 11, 6.   alacrī, *celerī.*
māxima nātū, cf. *minimum nātū*, 61, 11.   pergēbat, 27, 4.
vehuntur, cf. *praetervēctus est*, 66, 6.   dēsilī, 59, 8.

68. How to please Everybody! — *continued.*

Fōrte via secundum flūmen dūcēbat, in quō duae fēminae vestēs lavābant. Hae ubi viātōrēs vident, ūnā vōce crūdēlitātem patris fīlīque dūrum labōrem plōrant. Senex igitur, quī omnibus placēre vult, puerum post sē sedēre iubet. Nec tamen ea rēs prōsperē ēvenit, quod alius viātor iīs occurrit. "O impudentiam nefandam!" inquit, "facilius potestis asinum ipsī vehere, quam vōs miserum animal." Tum senex, quī nē id quidem ineptum putābat, postquam crūra asinī fūnibus ad magnum contum vinxerat, novum onus cum māximō labōre in suōs fīlīque umerōs sublevāvit. At asinus, cuī haec minimē placēbant, dum

ponte flūmen trānsmittunt, subitō nisū vincula rumpit et
in aquam praecipitātur.

ēvenit, 41, 10.	contum, 27, 4.
occurrit, 67, 2.	sublevāvit, 59, 12.
vehere, *portāre.*	trānsmittunt, *trānseunt.*

DOUBLE ACCUSATIVE.

32. Verbs which make sense with an accusative
either of the *person* or of the *thing*, sometimes use
both at once. This is called *Double Accusative.*

tē philosophiam docēbō, *I will teach you philosophy.*

(1) With some verbs the accusative of the *thing* is
generally expressed by the *present infinitive.*

docēbō tē tacēre, *I will teach you to be silent.*

quis tē vetuit canere, *who forbade your singing?*

omnēs discēdere iussit, *he ordered all to depart.*

Cimbrōs prohibuērunt suōs finēs vāstāre, *they kept the Cimbri
from laying waste their territories.*

(2) If converted into the passive —

Accusative of *person* becomes nominative.
Accusative of *thing* remains.

magister docet puerum litterās, *the master teaches the boy
letters.*

puer docētur litterās ā magistrō, *the boy is taught letters
by the master.*

patrēs cōnsulem exercitum scrībere iussērunt, *the fathers
ordered the consul to enroll an army.*

cōnsul ā patribus exercitum scrībere iūssus est, *the consul was ordered by the fathers to enroll an army.*

QUALITY.

33. A *quality* is something peculiar in a man which distinguishes him from others.

A man with a beard.

In English *quality* is expressed —

By an *adjective.*

A talented man.

By the equivalent of the Latin *genitive.*

A man of talents.

By the equivalent of the Latin *ablative.*

A man without talent.

In Latin, if the genitive or ablative is used, an *epithet* must always be put in.

> **vir ingeniōsus,** *a talented man.*
> **vir summī ingenī,** *a man of the highest talent.*
> **vir nūllō ingeniō,** *a man without any talent.*

ANECDOTES FOR TRANSLATION.

The following anecdotes require a knowledge of —

(*a*) Infinitive passive of the four conjugations.

(*b*) Also *ferō, fīō, eō.*

69. The Inexhaustible Purse.

Diē Diānae sacrō duo advenae sordidā veste et speciē humilī cibum petēbant ab Ephesiīs, quī templum deae celebrābant. Ubi ex tot divitibus nēmō precēs audīre voluit, piscātōrem pauperem, quī adstābat, auxilium rogāvērunt. "At," respondit ille, "est mihi nec cibus nec argentum domī, quod continuae tempestātēs piscēs ā nostrīs ōris iamdūdum dēpellunt. Sī tamen mēcum venīre vultis, hanc noctem sub meō tēctō requiēscere poteritis." Inde advenās, quī laetī beneficium accipiunt, domum ad uxōrem dūcit. Illa autem maesta, quod dīgnō hospitiō advenās nōn potest accipere, loculōs vacuōs, inopiae sīgnum, ostendit. Subitō ad terram dēcidunt assēs duo. Piscātor mīrāculō attonitus vīnum cibumque emit ; nec posthāc dūram paupertātem ferēbat, numquam enim loculiſ deërant divīnī assēs.

sordidā, *squalidā.*	**ōrīs,** *lītoribus,* 43, 6.
veste, *vestīmentō,* 17, 1.	**maesta,** *trīstis,* 53, 6.
dīvitibus, from *dīves.*	**dēcidunt,** 66, 8.
adstābat, *aderat.*	**paupertātem,** cf. *pauperem,* 4.
rogāvērunt, *petiërunt.*	**deërant,** from *dēsum.*

70. The Golden Loaf.

Lȳdōn, agricola pauper sed probus, aliquandō cum fīliō edēbat parvum pānem, quem tōtīus diēī mercēde vix ēmerat. Dum puer dentibus suam partem pānis frangit, complūrēs nummī aureī, quī in cibō occultī erant, in gremium ēius dēcidērunt. Hōc ubi videt puer, " Accipe," inquit laetā vōce, "pater, hōs nummōs, quōs deus aliquis tibi, paupertātis remedium, tribuit." " Minimē, cārissime," respondit pater, "pecūniam potius reddēmus pīstōrī, quī, dum pānem coquit, pecūniam cum farīnā nēsciō quō cāsū miscuit." Sine morā ambō ad pīstōrem properant remque nārrant. Tum ille, " Mācte virtūte,

Lȳdōn ; fōrtūnam quam bene meruistī carpe ; hunc enim
pānem iūssū rēgis eī quem invēnī probissimum libenter dō."

probus, opp. *inhonestus*, 8, 1.   dēcidērunt, 69, ad fin.
edēbat, 57, ad fin.   nēsciō quō = *aliquō.*
ēmerat, 69, ad fin.   cāsū, 63, ad fin.
nummī, 36, 6.   carpe, 38, 6.

71. Hospitality.

Multa audīvimus dē lūxū dīvitiīsque eōrum sacerdōtum
quī sacrīs Cereris praeërant. Ex hīs ūnus, cuī nōmen
erat Lycus, quamquam modicās modo dīvitiās habēbat,
omnēs aliōs benīgnitāte et līberālitāte superābat. Hīc
enim, quī cottīdiē cibum semel edēbat, semper ad frūgā-
lem cēnam bīnōs pauperēs vocābat. Aliquandō dum cum
duōbus pauperibus cēnāre incipit, tertius hospes, quem
ipse nōn vocāverat, domum intrāvit. Tum Lycus, quod
cēna quattuor convīvīs nōn suppetēbat, suum lectum
advenae concessit. (Rōmānī enim, dum cēnant, in lectīs
semper iacēbant.) "Tū," inquit, "hodiē cēnā ; equidem
herī cēnāvī ; crās quoque, sī dīs ita placet, cēnābō."

praeërant, from *praesum.*   convīvīs, 9, 1.
benīgnitāte, cf. *benīgnus*, 11, 1.   lectum, 57, 7.
pauperēs, 70, 1.   dīs, from *deus*, 13, ad fin.

72. Honesty is the Best Policy.

Padius, agricola probus, quī multō labōre aliquid argentī
conlēgerat, vaccam tandem ēmit, cūius lacte et sēsē et
līberōs alēbat. Complūrēs mēnsēs satis pābulī praebēbat
prātum haud ita māgnum ; at mediā aestāte, quod tōtus
ager ārdōre sōlis torrēbātur, illa fame miserē pressa est.
Hōc ubi sēnsit Padius, quod ācerrimō dolōre perturbātus

est, ad horreum dīvitis colōnī, quī nōn procul habitābat, noctū accessit. Hīc postquam umerōs māgnō fēnī pondere onerāvit, subitō suae virtūtis memor pābulum hīs verbīs ad terram dēiēcit ; " Māgna est probitās, nec malō fūrtō vaccam servāre volō." Postrīdiē colōnus, quem nec factum nec verba Padī fefellerant, dōnum ad eum mīsit tantum fēnī, quantum plaustrō vehī poterat, cum epistulā, in quā haec scrīpta erant : "Māgna vērō est probitās, equidem tamen tuam vaccam servāre volō."

praebēbat, 60, 6.   fefellerant, from *fallō.*
torrēbātur, 16, 6.   vehī, *portārī.*
probitās, cf. *probus.*   equidem, 71, ad fin.

73. Self-Restraint.

Voluērunt ōlim animālia novum creāre rēgem, quod leō, quī rēgnum anteā obtinuerat, ā vēnātōre quōdam occīsus erat. Itaque certō diē sīmius, cūius ioca cēterīs māgnō opere placēbant, suffrāgiīs omnium rēx creātus est. Volpēs tamen, cuī sīmī nova dīgnitās minimē grāta fuit, rēgem submovēre cōnstituit. "Venī mēcum," inquit, "rēx māgne, invēnī enim sub antīquā quercū multum argentī, quod iūre rēgum tibi proprium est." Sīmius statim iussit eam ad locum sē dūcere inciditque in plagās, quās volpēs parāverat. Tum illa cum rīsū, "Quō modo tū potes," inquit, "aliōs regere, quī nē tē ipsum quidem regere potes ? "

rēgnum obtinuerat, *rēgnāverat.*   mēcum, 69, 7.
māgnō opere, *māximē.*   plagās, *īnsidiās.*
submovēre, cf. *āmovet,* 57, ad fin. parāverat, *fēcerat.*

· 74· A Promising Pupil.

Medicus quīdam glōriōsus, quī māximā paupertāte premēbātur, omnium animōs in sē convertere voluit. Is igitur dum per urbem album asinum dūcit, māgnā vōce clāmitābat, "Hunc quem vidētis asinum, cīvēs, litterās Latīnās docēre possum." Tum rēx, cui id nūntiātum est, postquam hominem ad sē arcessīvit, eum rem statim perficere iussit. Is vērō operam libenter suscipit, sed moram decem annōrum postulat. Posterō diē ūnus ex amīcīs medicum ita admonuit ; "Fuge, ō stultissime, ex hāc regiōne, tū enim capitis certē damnāberis, quod rem quae fierī nōn potest suscēpistī." At ille, "Bonō es animō, amīce ; nam decem annīs aut ego aut rēx aut asinus occiderimus."

premēbātur, 38, 7·   capitis damnāberis, 64, ad fin.
arcessīvit, *advocāvit.*   occiderimus, 47, 7·

75· Counting her Chickens.

Phyllis, ancilla quaedam, mulctrārium novī lactis plē-num Nōlam ferēbat. Dum iter facit, suās opēs ita numerābat. "Certē," inquit, "ubi lāc vēndiderō, ōva complūra poterō emere. Nōnne ex ōvīs gīgnuntur pullī ? ex pullīs argentum ? Tum suem emere in animō est, quae brevī porculōs multōs mihi pariet. Inde erit mihi vacca ; nec multō post vitulus fuscō colōre, oculīs pulcher-rimīs. Quantā laetitiā vitulum, dum saltat in prātīs, aspiciam !" Haec ubi dīxit, prae gaudiō saltāvit ipsa, quō subitō mōtū lāc omne ūnā cum dīvitiārum spē effūsum est.

opēs, *dīvitiās.*   pariet, *feret.*
suem, from *sūs.*   fuscō, *nigrō.*
brevī, *brevī tempore.*   effūsum, from *effundō.*

PARTICIPLES.

34. Participles are partly *Adjective*, partly *Verb*.

Participles may often be translated by a *relative clause*, or by an *adverbial clause*, introduced by the conjunctions *when, while, because*, etc.

1. **vidī meum filium saltantem.**

    I saw my son $\begin{cases} dancing. \\ while\ he\ was\ dancing. \end{cases}$

2. **vidī latrōnem gladiō armātum.**

    I have seen a robber $\begin{cases} armed\ with\ a\ sword. \\ who\ was\ armed. \end{cases}$

3. **hostēs victī pācem petiērunt.**

    The enemy, $\begin{cases} conquered,\ sought\ for\ peace. \\ when\ they\ had\ been\ conquered. \end{cases}$

4. **mīlitēs armīs impedītī fugere nōn potuērunt.**

    The soldiers, $\begin{cases} hampered\ with\ their\ arms, could\ not\ flee. \\ because\ they\ were\ hampered. \end{cases}$

5. **flūmen eōs trānsitūrōs equitēs oppressērunt.**

    The cavalry surprised them $\begin{cases} about\ to\ cross\ the\ river. \\ as\ they\ were\ on\ the\ point. \end{cases}$

N.B. — Remember that the past participle is passive, and do not translate it by *having*.

PRICE AND VALUE.

35. *Fixed value* is expressed by the ablative; *unfixed value* is expressed by the genitive.

1. **parvī hostēs habet,** *he thinks the enemy of little importance.*

2. **ēmit hortōs ducentīs minīs,** *he bought the gardens for two hundred minae.*

3. **vēndidī alterum equum talentō, alterum plūris,** *I sold one horse for a talent, the other for more.*

4. { **quantī aestimās agrum?** *at what price do you value the field?*
quīnque talentīs, (*at*) *five talents.*

36. The relative is often used in Latin after a full stop. This does not make the sentence adjectival, but simply serves to connect it with what has gone before.

RULE 12.—After a full stop do not translate the relative by *who* or *which*, but by the demonstratives *he, this,* etc., with or without a conjunction.

1. **quod ubi sēnsit,** (*and*) *when he perceived this.*
2. **cui respondit senex,** (*but*) *the old man answered him.*

ANECDOTES FOR TRANSLATION.

76. Adventures of Robert, King of Scots.

Robertus, Scōtōrum rēx, vir et armīs et virtūte īnsīgnis, bellum cum Britannīs nōn prōsperē primō gerēbat. Erant enim in castrīs hostium complūrēs Scōtī, quī ob prīvātam invidiam Britannīs auxilium praebēbant. Ex hīs ūnus cōnstituit rēgem capere per canem fidēlissimum, quem ipse dōnum ab eō accēperat. Robertus fōrte māiōribus hostium cōpiīs circumdatus suōs fugae causā in omnēs partēs discēdere iusserat ; ipse tamen cum ūnō comite sē in silvās abdidit. At hostēs cane ductī rēgis perfugium facile invēnērunt. Hīc autem lātrātū canis admonitus per alveum flūminis duo mīlia passuum ambulāvit ; quō cōnsiliō saevōs hostēs ēlūsit. Canis enim, quī vestīgia dominī terrā cōgnōscere poterat, aquā omnīnō falsus est.

īnsīgnis, 30, 7.
cōnstituit, 73, 6.
sē . . . abdidit, *sē cēlāvit*, 12, 10.

abdidit, from *abdō.*
ēlūsit, *dēcēpit.*
falsus est, 47, 1.

77. Adventures of Robert — *continued.*

Postquam duās hōrās in silvā dēnsissimā errāverant, tandem rēx comesque fidēlis tribus virīs armātīs speciē ferōcī obviam ivērunt. Rēx tamen, etsī hōs in suspīciōne habuit, fame cōnfectus hospitium datum nōn abnuit. Inde ductus ad casam, quae haud procul aberat, benīgnē acceptus est ā latrōnibus, quī tōtam ovem coxērunt māgnamque partem advenīs dedērunt. Post cēnam Robertus longō labōre dēfessus somnō sēsē dedit. Comes tamen, quī ā rēge vigilāre iūssus erat, gravī somnō oppressus officium ōmīsit. Tum latrōnēs, quī ipsī somnum simulāverant, fūrtim petēbant eam partem casae quā hospitēs dormiēbant.

obviam ivērunt, *occurrērunt.*
etsī, *quamquam.*
abnuit, *recūsat*, 28, 8.

coxērunt, from *coquō.*
ōmīsit, *neglexit.*
fūrtim, cf. *fūrtum ; fūr*, 12, 10.

78. Adventures of Robert — *continued.*

Rēx tamen, quī leviter dormiēbat, somnō excitātus ā lectō prōsiluit et postquam comitem suscitāvit, gladium dēstrinxit. Atrōx inde certāmen factum est, rēx enim

gladiō ūnum ē latrōnibus trānsfīxit; at comes infēlix
subitō impetū perturbātus ā latrōnibus interfectus est.
Tum rēx īrā et dolōre incēnsus, quod gladium ē corpore
latrōnis interfectī dētrahere nōn poterat, face ārdentī,
quam ē focō corripuerat, alterius latrōnis caput ēlīsit.
Quod ubi videt tertius, morte comitum perterritus fugam
tentāvit. Nec tamen ē periculō ēvāsit, rēx enim iam
armātus gladiō quō occīsum latrōnem spoliāverat, hostem
fugientem mortālī volnere cōnfēcit.

dēstrinxit, *ēdūxit.*   **ēlīsit,** *fidit,* 65, 13.
certāmen, *pūgna.*   **ēvāsit,** *effūgit.*

79. A Lover Lost.

Gallī, quī audāciam māximī aestimābant, ferārum cer-
tāminibus multum dēlectābantur. Aliquandō rēx cum
māgnā catervā nōbilium mulierumque clārārum lūdōs
sollemnēs aspiciēbat. Quaedam ex hīs, quae spōnsī forti-
tūdinem tentāre voluit, aureum torquem dēiēcit in mediam ·
harēnam, quā leō ingēns cum duōbus tigribus certāmen
ācerrimum agēbat. "Tū quidem," inquit, "sī quid in tē
residet amōris ergā mē, torquem mihi ē ferīs ēripe."
Statim iuvenis hīs verbīs accēnsus in harēnam sē praeci-
pitāvit; saltū alacrī torquem rapuit; tūtus cum praemiō
rediit. Tum ille, dum omnēs factum plaudunt, cum rīsū
ad pedēs virginis crūdēlis torquem prōiēcit. "Tū quidem," inquit, "meam vītam minimī habuistī; ego tuum
amōrem."

spōnsī, cf. 29, 5.   **praemiō,** *palmā,* 58, 6.
dēiēcit, 38, 10.   **prōiēcit,** 52, 8.
alacrī, *celerī.*   **habuistī,** *aestimāvistī.*

80. The Guards Outwitted.

Henrīcus, rēx Britannōrum, quī cum cīvibus turbulentīs bellum gerēbat, filium suum equitātuī praefēcerat. Hīc tamen, iuvenis ācer, quod equitibus hostium effūsīs · audācius īnstiterat, tandem captus est ab hostibus. Vīctōrēs autem, quī captīvō volēbant indulgēre, eum sinēbant cottīdiē cum paucīs custōdibus in equō vehī. Aliquandō custōdēs iūssū prīncipis inter sē cursū equōrum contendēbant. Tandem postquam equī omnium cursū et labōre cōnfectī sunt, prīnceps, quī ā certāmine dē industriā abstinēbat, " Ēn," inquit, "vōbīs novum certāmen prōpōnō." Cum hīs verbīs equum integrum incitāvit celeriterque ē cōnspectū hostium fessōrum ad amīcōs vēctus est.

turbulentīs, *sēditiōsīs,* 21, 3.   īnstiterat, *persecūtus erat.*
effūsīs, *pulsīs.*   cōnfectī, *dēfessī.*

81. A Disguised Monarch.

Iacōbus, rēx Scōtōrum, vir glōriae mīlitāris avidus, saepe sine ūllō comite errābat, veste suae fortūnae dissimilī indūtus. Ōlim dum per quandam silvam iter facit, dē imprōvīsō ā tribus latrōnibus oppressus in māximum capitis perīculum adductus est. At rūsticus quīdam, quī ad clangōrem armōrum occurrerat, secūrī armātus rēgī volneribus et labōre paene cōnfectō auxilium attulit fugāvitque latrōnēs. Tum ubi rūsticus prō tantō beneficiō praemium accipere nōluit, rēx "Saltem," inquit, "redī mēcum ad urbem, quā tē dīgnō accipiam hospitiō, quod ipse apud rēgem habitō."

indūtus, 47, ad fin.   oppressus, *raptus.*
dē imprōvīsō, *subitō.*   attulit, from *adferō.*

82. Which is the King?

Rūsticus, quī rēgem vidēre valdē cupiēbat, laetus cum hospite īgnōtō ad rēgiam iter fēcit. Post cēnam rēx "Sī vīs," inquit, "mēcum in alteram partem aedium īre, et rēgem et nōbilēs complūrēs tibi ostendam." "Māximē," respondit rūsticus, "sed quō modō rēgem cōgnōscere poterō?" "Facile," respondit ille, "nam cēterī sunt capite nūdātō, rēx autem sōlus capite opertō manet." Inde splendidum ineunt ātrium, ubi adstant virī complū-rēs, ostrō īnsīgnēs et aurō. Frūstrā rūsticus oculīs rēgem per tōtum coetum exquīrit. Tandem ad comitem versus; "Ex nōbīs," inquit, "alter rēx necessāriō est, nam sōlī ex tantō coetū capite sūmus opertō."

valdē, *māximē.*	**ostrō,** 30, 7.
vīs, from *volō.*	**adstant,** 69, 4.

DEPONENT VERBS.

37. *Deponent Verbs* are passive in form but active in meaning.

> **morior,** *I die.*
> **queror,** *I complain.*

(1) The present and future participles are active in form as well as meaning.

> **querēns,** *complaining.*
> **questūrus,** *about to complain.*

(2) The past participle of deponent verbs is active in meaning, and may therefore be translated by *having.*

> **questus,** *having complained.*

Fruor, Fungor, Etc.

The verbs *ūtor, fruor, fungor, potior, vescor,* are used with the ablative case instead of the accusative.

The ablative follows also

the adjectives *dignus,* worthy, *indignus,* unworthy ; the substantives *opus,* need, and *ūsus,* use.

ANECDOTES FOR TRANSLATION.

83. Dumb Show.

Admētus, vir pauper sed īdem ācrī ingeniō praeditus, quod nihil cibī duōbus diēbus gustāverat, fame dēperībat. Tertiō autem diē dum aedēs splendidās praeterit, ā portae custōde aliquid cibī petiit. Hīc autem hominis miseritus iussit eum domum ingredī atque ab ipsō dominō cibum petere. Admētus id quod imperātum est facit dominumque in ātriō sedentem invenit. Quī ubi rem cōgnōvit, " Agite," inquit, " servī, aquam quam celerrimē adferte." Deinde paulisper morātus, etsī appārēbant nec servī nec aqua, manūs lavantis gestum imitātus est. Admētus, etsī rē satis attonitus est, tamen quod nōluit dominum offendere, idem fēcit. Deinde dominus servōs prīmam cēnam appōnere iussit et tamquam vērās dapēs et ipse edit et hospitī praebet.

fame, 38, 6.
ingredī, *intrāre.*
ātrium, 82, 8.

paulisper, *breve tempus.*
appōnere, 14, ad fin.
dapēs, *epulās,* 9, 1.

84. Dumb Show — *continued.*

Postquam eōdem modō simulātās dapēs ab ōvō usque ad māla dēvorāvērunt, Admētus iam ab omnī spē cibī dēiectus, "Siste," inquit, "labōrem, satis enim ēdī, ūltrā nec possum nec volō." Cuī dominus, "At, sī nōn edere, certē aliquid bibere potes." Simul, "Agite," inquit, "servī, adferte mihi illud vīnum, quod cadō avus noster Plancus condidit." Deinde, ut anteā, postquam vīsus erat vīnum effundere in fīctum pōculum, id amīcō trādidit. Hīc autem persōnam etiam melius sustinuit ; prīmum enim ad lūcem pōculum sustulit, deinde vīnī odōrem nāribus captāvit, postrēmō absorbēre vīsus est. Postquam saepius vīnum biberat, ēbrium simulāns, crūra et bracchia iactāre incipit ; dēnique, tamquam cāsū, caput hospitis iocōsī ictū gravissimō pulsāvit. Inde dum ille humī iacet saucius, hīc forās sēsē ēripuit.

māla, *pōma,* 3, 5.	**sustulit,** from *tollō.*
dēiectus, 79, 5.	**saucius,** *volnerātus.*
vīsus erat, from *vidcor.*	**sē ēripuit,** *fūgit.*

85. A Hard Bargain.

Agricola quīdam, vir dīves atque īdem avārus, dum per agrōs errat, opēs dīvitiāsque sēcum cōnsīderābat. Segetēs quīdem aristīs, pōmīs arborēs onerātae sunt, stabula autem bōbus pinguibus iūmentīsque abundābant. Ex agrīs domum regressus, postquam aedēs intrāvit, arcam, ubi nummī conditī sunt, avidīs oculīs contemplābātur. Subitō vōcem audīvit dīcentis : "Num aurō dīvitiīsque bene ūsus es? Umquamne pauperēs egēnōsque cūrāvistī?" Quā vōce attonitus dum vītam praeteritam recēnset,

occurrit pauper quidam et aliquid argentī ab eō petiit.
" Id tibi libenter dabō," respondit ille, "sī volēs meum
sepulcrum diēs noctēsque trēs custōdīre." Quibus verbīs
pecūniam alterī trādidit et statim ē vītā discessit.

segetēs, *agrī.*
bōbus, from *bōs.*
nummī, *pecūnia.*

umquamne = *num umquam.*
egēnōs, 14, 1.
recēnset, *sēcum cōnsīderat.*

86. A Hard Bargain — *continued.*

Inde pauper iūstīs fūnebribus perfūnctus, quod fidem
datam violāre nōluit, per duās noctēs sepulcrum agricolae
custōdiēbat. Tertiā tamen nocte Mors ipsa appāruit
fūnebrī veste indūta, et corpus sibi trādī iussit. Is autem,
etsī capillī prae metū horruērunt, prōmīssī nōn oblītus
Mortem ita adlocūtus est. " Equidem, Mors, hōc cadāver
tibi concēdam ; repetō tamen prō tālī mūnere tantum aurī
quantum ex meīs cothurnīs alterum complēverit." Mors
nōn respuit condiciōnem. Inde dum haec pecūniam
arcessit, ille cultrō īmum cothurnum perforat. Haud ita
multō post Mors regressa nummōrum saccum, quem
reportāvit, in cothurnum effūdit. Mīrāta quod cothurnus
nōndum complētus est, alterum saccum priōre māiōrem
arcessīvit. Tandem postquam nē hīc quidem cothurnum
complēre valuit, dum tertium saccum arcessit, sōle oriente
excepta necessāriō fugere coācta est.

indūta, *vestīta.*
adlocūtus, from *adloquor.*
cadāver, *corpus.*
mūnere, *beneficiō.*
alterum, *ūnum.*

respuit, *abnuit,* 37, ad fin.
arcessit, *adfert.*
regressa, 85, 5.
excepta, *dēprehēnsa.*
coācta, from *cōgō.*

87. The Foolish Maid-Servants.

Anus quaedam, quae haud procul Tarentō ab urbe habitāvit, suās ancillās ad gallī cantum ē somnō excitāre solēbat. Hae igitur quod ā prīmā lūce usque ad occāsum sōlis labōrem sustinēre coāctae sunt, gallum malōrum causam occīdere cōnstituērunt. Posterō igitur diē sub vesperum, dum altera pedēs gallī utrāque manū retinet āversāta, altera, quae. paulō audācior fuit, caput avis īnfēlīcis secūrī percussit. Id tamen longē aliter ēvēnit āc putābant. Postquam enim gallus interfectus erat, anus, quae ad id tempus cantum ēius patienter exspectāre solēbat, ancillās nunc mediā nocte, nunc prīmā lūce, semper tamen mātūrius quam anteā, ē somnō excitāvit. Ancillae igitur, quae ita sē fefellerant, prō tantō facinore dīgnās poenās persolvērunt.

ē somnō excitāre, 78, 1.　　　　　secūrī percussit, 62, ad fin.
cōnstituērunt, 73, 6.　　　　　　　fefellerant, from *fallō.*

88.　Inattention Rebuked.

Dēmosthenēs, ille ōrātor clārissimus, quod rēs pūblica in summum discrīmen adducta est per cōnsilia Philippī, Macedonum rēgis, Athēniēnsēs dē perīculō quod imminēbat saepe monēbat. Postquam diūtius mōre suō cīvēs hortātus est, mīrātus quod surdīs auribus verba faciēbat, subitō vōcem mūtāvit. "Cerēs ōlim," inquit, "ūnā cum hirūndine et angue itineris comitibus profecta, ad altum pervēnit flūmen, quod trānāvit anguis, hirūndō autem pennīs trānsvolāvit." Hīc ubi ōrātor subitō sermōnem interrūpit, "At Cerēs ipsa quō modō trāiecta est?" excēpērunt cīvēs. Tum ille voltū sevērō, "Numquid vōbīs

stultius esse potest, Athēniēnsēs, quī ita dēlectāminī fābu-
līs, quibus auctōritātem quidem nūllam adiungere dēbēmus,
Philippum tamen, quī exitium cīvitātī minātur, nihilī
habētis ?''

discrīmen, *perīculum.*   profecta, from *proficīscor.*
verba faciēbat, *dīcēbat.*   trāiecta est, *trānsiit.*

GERUNDS AND SUPINES.

38. *Gerunds* and *supines* are used to make up the
cases of the verb-noun infinitive.

amāre, *loving;* amandī, *of loving;* amandō, *to* or *by loving.*

Thus the *gerunds* are used like the genitive, dative,
and ablative, of ordinary nouns.

1. amor bibendī, *love of drinking.*

2. pārendō artem rēgnandī discimus, *by obeying we learn the
   art of ruling.*

NOTE. — Only intransitive verbs as a rule use gerunds, which are
declined in case, but not in gender or number.

Transitive verbs use an adjectival form called the *gerundive,* which
agrees with its noun in number, gender, and case.

1. **Belgae vixērunt piscibus edendīs,** *the Belgae supported
   life by eating fish.*

2. **profectus est cum duābus legiōnibus ad urbem expūg-
   nandam,** *he started with two legions to storm the city.*

The *supines* are two noun forms of declension IV.

(1) Supine in *um* — an accusative of purpose after verbs of motion.

vēnī tē vīsum, *I have come to see you.*

(2) Supine in *ū* — an ablative of respect used chiefly with adjectives.

mīrābile dictū ! *wonderful* $\begin{cases} to\ be\ said! \\ in\ the\ saying! \end{cases}$

ANECDOTES FOR TRANSLATION.

89. The Robbers.

Balbus agricola, quī in silvās līgna caesum īverat, virgultīs occultus māgnam manum latrōnum, quī adībant, vīdit. Quī dum perterritus nūllum sonum ēdere audet, dux ipse latrōnum altissimam rūpem aggressus eam dextrā pulsāvit haec locūtus, "Aperī tē, horreum." Quibus verbīs, mīrābile dictū ! forēs cēlātae aperīrī vīsae sunt antrumque ingēns patefierī. Inde latrōnēs antrum ingressī onera, quae portābant, dēposuērunt iterumque regressī ē cōnspectū discessērunt. Deinde Balbus, quī tandem ē latebrīs exīre ausus est, iīsdem verbīs ūsus, rūpem ipse pulsāvit antrumque patefēcit aurō complētum et argentō, quod ā viātōribus raptum latrōnēs in eō locō abdiderant. Quō vīsū attonitus sēsē quam' māximō aurī pondere onerāvit domumque laetus rediit.

caesum, from *caedō.*	**regressī,** 85, 5.
īverat, from *eō.*	**ausus est,** from *audēre.*
aperī, 32, 5.	**attonitus,** 69, ad fin.

90. Caught by the Robbers.

Balbō erat frāter nōmine Cāius, vir dīves sed avārus. Hīc dē fōrtūnā Balbī per uxōrem certior factus frātrem carmen illud, quō antrum aperīrī poterat, dīrīs minīs dīvolgāre coēgit. Itaque cum tribus asinīs ad rūpem profectus verbīsque magicīs ūsus antrum intrāvit asinōsque aurō onerāvit.

Mox autem ubi redīre voluit, carminis oblītus, "Aperī tē," inquit, "hordeum;" cuī vōcī quia forēs pārēre nōluērunt, nec carminis ipsīus meminisse poterat (tantae enim dīvitiae ratiōnem animī perturbābant), ā latrōnibus brevī captus est. Hī postquam virum gladiīs interfēcērunt, corpus ēius in quattuor partēs dīvīsum intrā antrum suspendērunt. Posterō autem diē Balbus, quī rem suspicātus locum ipse adierat, noctū membra frātris ex antrō ēripuit.

dīrīs, *terribilibus.*   oblītus, from *oblīvīscor.*
minīs, cf. *minātur*, 88, ad fin.   brevī, 44, 9.
coēgit, from *cōgō.*   adierat, from *adeō.*

91. Two can Play at that Game.

Hōc ubi cōgnōvit dux latrōnum, suōrum callidissimum reī exquīrendae causā ad urbem mīsit. Quī quidem dum urbem pererrat, fōrte occurrit sartōrī cuīdam, quī ā Balbō iūssus frātris membra disiecta acū iūnxerat (corpus enim, in quattuor partēs dīvīsum, sepelīrī lēgēs vetābant). Hīc, vir loquāx, ā latrōne callidē interrogātus, nōn modo rem omnem quaerentī dīvolgāvit, sed domum etiam Balbī ostendit. Inde latrō, postquam forēs crētā notāverat, ad

antrum rediit noctūque comitēs ad locum dūxit. Id
tamen quod latrō fēcerat nōn effūgerat Balbī ancillam,
quae cōnsilium ēius suspicāta domōrum vīcīnārum forēs
eōdem modō notāverat. Latrōnēs igitur, quod inimīcī
domum cōgnōscere nōn poterant, in silvās inritī rediērunt.

callidissimum, 44, 2.   callidē, cf. line 1.
sepelīrī, 45, 8.   inritī, *frūstrā.*

92. The Forty Thieves.

Posterō diē dux latrōnum ad aedēs Balbī ab eōdem
sartōre ductus nātūram locī oculīs accūrātissimē observā-
vit. Inde vīgintī asinōs vāsīs ingentibus onerātōs parāvit ;
quōrum ūnum quidem oleō implēvit ; in reliqua tamen
singula bīnōs abdidit latrōnēs. Deinde vesperī mercātō-
rem simulāns ad urbem cum asinīs profectus est et ā
Balbō quem prō aedibus sedentem invēnit hospitium sibi
suīsque petiit. Ā quō benīgnē acceptus vāsa omnia in
hortō disposuit comitēsque sīgnum silentēs exspectāre
iussit. At ancilla eadem, quae, dum dux latrōnum cum
dominō suō cēnat, fraudem perspēxerat, oleum ex prīmō
vāse dēductum atque īgne tostum, latrōnibus, quī in reliquīs vāsīs latēbant, iniēcit omnēsque ad ūnum suffocāvit.

sartōre, 91, 3.   vesperī, *noctū.*
vāsīs, 49, 3.   tostum, from *torreō.*

IMPERSONAL VERBS.

39. *Impersonal Verbs* are those which cannot have
for their nominative a personal pronoun or a substantive.

They are of two kinds —

1. Those which always have a nominative, but it can only be

   (1) a neuter pronoun ;

   (2) an infinitive ;

   (3) a clause.

These are *libet, licet, accidit, cōnstat,* etc.

1. **oportet mē abīre,** *I must go* (lit. *it behooves me to go*).
2. **sī illud nōn licet, certē hōc licēbit,** *if that is not lawful, at any rate this will be.*

2. Those which need have no nominative expressed.

piget, pudet, poenitet, taedet, miseret.

The passive of all intransitive verbs must be used *impersonally.*

1. **invidētur mihi,** *I am envied.*
2. **pūgnātum est ācriter ab utrīsque,** *(the battle) was fought sharply on both sides.*

ANECDOTES FOR TRANSLATION.

93. The Wonderful Island.

Mercātor quīdam, nōmine Sinōn, quod eum cessandī et nihil agendī piguit, perīcula maris tentāre cōnstituit. Nāvī igitur ad Indōs vēctus prīmō, quod procellae fluctūs

agitābant, gravī nauseā oppressus mortem optāvit. Mox
autem, ubi vīs tempestātis mītēscēbat, morbum dēpulit.
Paucīs post diēbus, dum apertō marī procul ā portū nāvi-
gātur, parvam īnsulam nigrō colōre haud multum super
aquam ēminentem nautae vident. Tum omnēs ē nāve
ēgressī hūc illūc per tōtam īnsulam vagantur; tandem
īgnem accendere incipiunt. Subitō sub pedibus dīrō
sonitū īnsula ēvānuit in undās omnēsque in gurgitem
haustī sunt. Mōnstrum enim marīnum, quae nautīs
īnsula ob māgnitūdinem vīsa est, ē somnō igne excitātum,
in mare sē mersit. Quō cāsū omnēs nautae periērunt;
Sinōn autem māgnā sustentus trabe quam fōrte ad īgnem
ferēbat, natandō ad terram īgnōtam pervēnit.

cōnstituit, 73, 6.   dīrō, 90, 3.
hūc illūc, 14, 10.   periērunt, cf. 83, 2.

94. The Diamond Valley.

Sinōn quidem tōtum diem per loca dēserta vagātus
omnī spē reditūs dēiectus est. At noctū dum dormit, ad
vallem altissimīs montibus interclūsam ingentī ave raptus
est. Tālī mīrāculō attonitus posterō diē aliquid etiam
mīrābilius vīdit; tōta enim vallis gemmīs ōrnāta est.
Incolae hūius terrae quod in vallem dēscendī nōn potest,
gemmās ita conligere solent. Summīs dē montibus
carnem dēiciunt, quam aquilae ab īmā valle in nīdōs
ferunt. Inde mercātōrēs māgnō clāmōre avēs dēpellunt,
gemmīsque carnī adhaerentibus ipsī potiuntur. Quod ubi
Sinōn cōgnōvit, postquam sēsē quam plūrimīs gemmīs
onerāverat, suum corpus ad carnem adligāvit tūtusque
māgnā aquilā ad nīdum lātus est. Unde ad urbem pro-

pinquam facile dēscendit gemmāsque māgnō pretiō vēndidit.

vagātus, *pererrāns.*   īmā valle = *īmā parte vallis.*

interclūsam, *circumdatam.*   carnem, from *carō.*

95. The Giant's Cave.

Īdem Sinōn nē hīs quidem dīvitiīs contentus Ōceanum iterum tentāre cōnstituit ; celerī igitur nāve cum paucīs sociīs vēctus ventīs adversīs ad terram īgnōtam pulsus est, quam incolēbant hominēs barbarī advenīs inimīcissimī. Hī scaphīs nāvem aggressī Sinōnem sociōsque dūxērunt ad suum rēgem, gigantem immānem speciē horribilī, quī ūnum modo oculum in mediā fronte positum habēbat. Rēx postquam captīvōs omnēs manū ingentī tractāverat, ex iis, quem pinguissimum iūdicāvit, īgne tostum dēvorāvit. Cēterī tamen, quod incautē ā barbarīs custōdiēbantur, eōdem verū, quō comes īnfēlīx trānsfīxus erat, oculum gigantis dormientis trānsfōdērunt et vēlīs rēmīsque ā terrā inhospitālī fūgērunt.

sociīs, *comitibus.*   mediā fronte, cf. *mediā nocte,* 87, 11.

scaphīs, 51, 6.   tostum, 92, ad fin.

96. The Royal Sepulchre.

Haud ita multō post secundīs ventīs Sinōn sociīque ad īnsulam fertilem et opīmam vēctī sunt. Quō in locō dum Sinōn studiō frūgum carpendārum longius ā nāvī errat, ā sociīs īnfidēlibus relīctus est. Rēx tamen hūius īnsulae hospitem benīgnē accēpit suamque fīliam, virginem pulcherrimam, eī in mātrimōnium dedit. Id tamen minus prōsperē ēvēnit ; uxor enim Sinōnis proximō annō mortua est. Tum cīvēs, quod dūrā lēge virōs ūnā cum uxōribus sepelīre solent, Sinōnem vīvum cum uxōre mortuā fūnibus dēmittunt in puteum profundum, quō sepulcrō rēgēs illīus terrae ūtēbantur. Huīc tamen ab omnī spē salūtis interclūsō fōrtūna patefēcit iter. Sinōn enim fame sitīque iam moritūrus volpem vīdit quae cadāveribus vescēbātur. Quam per viās occultās diū secūtus parvam rīmam quā ipsa puteum intrāverat tandem invēnit. Inde Sinōn, postquam māgnā vī nīsus lapidem ingentem submōverat, sē līberāvit atque ad ōram maritimam ēvāsit.

secundīs, opp. *adversīs,* 95, 3.
opīmam, *dīvitem.*
prōsperē, *fēlīciter.*

fūnibus, 27, 1.
puteum, 59, ad fin.
cadāveribus, 86, 6.

97. The Old Man of the Sea.

Sinōn per lītus quīnque mīlia passuum vagātus senem quendam in rīpā flūminis sedentem invēnit. Hīc Sinōnem sē trāns flūmen umerīs trānsportāre iussit. Itaque Sinōn, quem senis īnfīrmī miseruit, eum in umerōs sublevāvit, id quod imperātum est factūrus. Senex autem, simul in locō firmiter sēdit, crūribus collum amplexus, Sinōnem onus dēpōnere prohibuit. Tum Sinōn, quod lūctārī nōn audēbat, senex enim dīrō amplexū eum suffocābat, dominum hūc illūc per tōtum diem vehere coāctus est. Nec nox labōris fīnem fēcit, senex enim etiam dormiēns captīvum artius amplectēbātur. Posterō tamen diē, dum iūssū dominī per silvam iter facit, Sinōn repente caput senis arboris rāmō quī impendēbat māximā vī admōvit. Quō īctū stupefactus senex crūra laxāvit atque ad terram moribundus cecidit.

vagātus, 94, 1.
sublevāvit, 68, 10.
lūctārī, *contendere.*

hūc illūc, 93, 9.
vehere, *portāre.*
cecidit, from *cadō.*

98. How to pick Cocoanuts.

Tālī perīculō ita līberātus Sinōn dum per silvam pedem refert, mercātōribus occurrit complūribus quī ad nucēs carpendās ībant. Cum hīs sē iungere cōnstituit. Nucēs, quae summīs modo rāmīs dēpendent, mercātōrēs haud facile carpunt, quod lēvis arboris truncus ascendī nōn potest. Hunc tamen modum invēnērunt. Sīmiās, quae plūrimae silvās colunt, saxīs vēxant : quam ob rem illae īrātae nūcēs ab arboribus dīreptās in mercātōrēs dēiciunt. Sinōn nucibus multīs potitus mercātōrēs sīmiās ipse captāre docuit. Iūssū ēius vāsa quaedam aquae plēna ad imās arborēs admōvērunt, quibus in vāsīs manūs multō cum fragōre lavābant. Inde vāsa eadem nigrā pice complēvērunt discessēruntque ē locō. Sīmiae autem hominēs ex cōnsuētūdine imitātae, ubi manūs in vāsa imposuērunt, pice retentae facile captantur.

occurrit, *obviam it*, 77, 3.   vāsa, 49, 3.
carpendās, 96, 3.   imās arborēs, cf. *īmā valle*, 94, 8.
dīreptās, *carptās*.   lavābant, 83, 10.

99. The Elephants' Burial-place.

Haud multum ab eō locō māgnus grex elephantōrum tenerīs frondibus pāscēbātur. Quō vīsū perterritī cēterī in fugam sē dedērunt, Sinōn tamen arcū armātus postquam in arborem ascenderat, celeribus sagittīs māximum ex elephantīs interfēcit. Ā mercātōribus igitur, quī ebur māximī aestimant, dōnīs onerātus est. Inde Sinōn, cui dīvitiae animum addidērunt, quandam in arborem, quae iūxtā parvum lacum crēscēbat, saepissimē ascendēbat. Quō cōnsiliō complūrēs interfēcit elephantōs, quōs bibendī causā eum locum adīre oportēbat. Tertiō tamen mēnse elephantī, quibus aquam sine noxiā .adīre nōn licēbat, in Sinōnem ūniversī impetum fēcērunt crēbrīsque īctibus ipsam arborem rādīcitus ēvellērunt.　Inde virum attonitum mortemque exspectantem in tergum sublevāvit dux gregis longēque per silvās ad eum locum portāvit quō sepulcrō elephantī ūtēbantur.　Sinōn igitur, quī ex mortuīs elephantīs satis eboris potītus est, vīvīs posthāc parcēbat.

haud multum, cf. 96, 1.　　　　　īctibus, 84, ad fin.
māximī, cf. *minimī*, 79, ad fin.　　sublevāvit, 97, 5.
saepissimē, *iterum atque iterum.*　　parcēbat, 62, ad fin.

100.　The Subterranean Passage.

Sinōn dīves ita factus, quod domum ad suōs redīre voluit, nactus idōneum tempus ad nāvigandum, ē portū solvit.　At paucōs post diēs coörta est saevissima tempestās, cūius violentiā nāvis ad scopulōs appulsa naufragium fēcit.　Hōc in locō aestus per latus montis praeruptum alveō haud ita māgnō flūminis modō volvitur. Sinōn comitēsque complūrēs diēs in angustā rūpe manēbant, quod hinc vīs flūctuum eōs abīre prohibuit, illinc mōns altissimus nūllō modō ascendī potuit.　Tandem Sinōn postquam parvam ratem ē trabibus nāvis fēcerat, sine ūllō comite sē committere ausus est flūminī, quod sub īmum montem volūtum est.　Inde per viās occultās summā celeritāte vēctus, quod nec iter vidēre nec cursum dīrigere poterat, labōre et excubiīs dēfessus gravī somnō oppressus est.

nactus, from *nancīscor.*　　　trabibus, 93, ad fin.
appulsa, cf. 95, 3.　　　　　　ausus est, 89, 3.
naufragium, 50, 3.　　　　　　volūtum, from *volvō.*

101. Home at Last.

Quō somnō Sinōn oppressus duōs diēs omni sēnsū carēbat; tertiō tamen diē, ubi animum vix recēpit, sōlem laetus aspēxit: ratis enim, dum ipse dormit, iter perīculōsum cōnfēcerat et vī flūminis vēcta ad oppidum quoddam in rīpā positum advēnerat. Deinde cīvēs tālī mīrāculō attonitī Sinōnem ad rēgem suum dūxērunt. Hīc postquam rem omnem cōgnōvit, quod tanta perīcula plūs quam hūmāna vidēbantur, Sinōnī, honōris causā, pallium purpureum aureamque corōnam darī iussit nāvīque ēgregiā dōnāvit. Inde Sinōn secundīs ventīs domum advēctus inter amīcōs propinquōsque reliquum vītae spatium tranquillē perēgit nec ūllō perīculō posthāc vēxātus est.

somnō, cf. *somnium,* 48, 8.   **perēgit,** cf. *dēgō,* 65, 1.

SUBJUNCTIVE MOOD.

40. The *Subjunctive Mood* is never used, like the *Indicative,* to describe a *fact.*

It expresses *desire, hope,* or *doubt.*

1. **bonī sīmus,** *let us be good.*
2. **sīs fēlix,** *may you be fortunate.*
3. **quid faciam?** *what am I to do?*

The perfect subjunctive with *nē* is used, instead of the imperative, to express negative commands of the second person.

nē hōc fēceris, *do not do this.*

Observe that *nē,* used in commands, is placed first in its sentence; *-ně,* used in questions, is added to the first word. See § 18.

The subjunctive mood is used to express *purpose, consequence, condition,* etc.

It is translated by the English subjunctive when it expresses *purpose,* and sometimes when it expresses *condition,* but in other cases by the indicative.

1. **portās claudit, nē quis effugiat,** *he shuts the gates, that no one may escape.*

2. **tanta erat caedēs, ut nēmō effugeret,** *so great was the slaughter, that no one escaped.*

3. **sī illī effūgissent, ego custōdem necāvissem,** *if they had escaped, I should have killed the jailor.*

4. **cum effūgissent, domum rediērunt,** *when they had escaped, they returned home.*

ANECDOTES FOR TRANSLATION.

102. The Donkey's Advice.

Agricola quīdam, nōmine Catō, sermōnem animālium intellēxit. Hīc ōlim bovem, quī fōrtūnam adversam apud asinum querēbātur, audīvit. "Utinam," inquit bōs, "mea fōrtūna tuae similis esset. Tē cottīdiē noster magister dīligenter cūrat, tibi dulcissimum cibum parat; ego tamen, quī arandō tōtum diem cōnsūmō, grāmine vescor tenuī." Cui asinus, "Tū tamen, ō stultissimē, meritō haec pateris, quod iugī nimium patiēns es. Cūr nōn magistrō istīs cornibus mortem mināris? Cūr nōn mūgītūs horrisonōs ēdis? Hōc cōnsiliō ūsus fōrtūnam meliōrem habēbis. Cibum quem tibi hodiē servī attulerint edere nōlī; crās autem, nē tē arātrō iungant, omnī vī repūgnā." Bōs id quod imperātum est facit. At ma-

gister, quī omnia audīverat, ut asinum prō cōnsiliō
pūnīret, eum arātrō prō bove iungī iussit.

querēbātur, cf. 4, 6.

pateris, from *patior*.

mināris, 88, ad fin.

ēdis, 89, 3.

attulerint, from *adferō*.

prō cōnsiliō, *ob cōnsilium*.

103. The Donkey's Advice — *continued.*

Vesperī, ubi asinus labōre īnsuētō dēfessus ad stabulum rediit, ā comite summīs laudibus acceptus est.
Ille autem, quem priōris cōnsilī iam poenitēbat, amīcum
ita monuit. " Cavē, mī amīce, nē istud ōtium tibi plūs
quam labor prīstinus noceat. Nūper enim, dum ex agrīs
redeō, nostrum audīvī magistrum, quī tē crās māctārī
iussit, nisi opere solitō fungī vellēs. Nē tē sine causā
tantō perīculō obtuleris." Quibus verbīs perterritus bōs,
quī cultrum sacerdōtis iam animō praesēnsit, grātiās
asinō prō cōnsiliō ūtilissimō ēgit. Posterō igitur diē ubi
agricola agrōs iterum arāre voluit, bōs iugō repūgnāre
nōn ausus, ipse suum collum arātrō praebuit.

vesperī, 92, 5.

prīstinus, *prior*.

fungī, *perficere*.

obtuleris, from *offerō*.

grātiās . . . ēgit, 22, 8.

praebuit, *porrēxit*, 60, 7.

104. The Bottom of the Stream.

Boeōtus quīdam, quī per terram īgnōtam iter faciēbat,
ad flūmen montānum, quod viam interclūdēbat, advēnit.
Itaque mīrātus quod tanta vīs aquae ab ūnā parte volvē-
bātur, diū patienter exspectābat, dum dēflueret amnis.
Tandem, quod morandī eum taedēbat, nec vīs aquae
omnīnō minuēbātur, agricolam, quī fōrte astābat, appel-
lāvit. " Tū, quaesō," inquit, " vēra mihi respondē:

īmumne flūmen fīrmum est?" "Nihil potest esse fīr-
mius," respondit ille. Quibus verbīs cōnfīrmātus in
aquam Boeōtus dēsiluit. Quod tamen flūmen fuit altissi-
mum, sub undīs mersus natandō mortem vix effūgit.
Tum Boeōtō dē fraude querentī, "Tē certē," respondit
agricola, "īrāscī minimē decet; tū enim īmum flūmen,
quod rē vērā fīrmissimum est, nōndum attigistī."

interclūdēbat, 94, 3.   mersus, *submersus.*
īmumne, *īmum-ne.*   natandō, 93, ad fin.

105. A Dishonest Couple.

Dārīō, Persārum rēgī, servus erat, nōmine Lȳdōn,
quem māximē amābat. Cui rēx, ut indicium benevo-
lentiae īnsīgne praestāret, in mātrimōnium dedit puellam
pulcherrimam, quam rēgīna ex omnibus ancillīs fidēlissimam habēbat. Hī autem, quod suīs dīvitiīs nimis prōdigē ūtēbantur, brevī pauperēs factī, ut argentum ex rēge
impetrārent, hōc cōnsilium iniērunt. Prīmā lūce vir
rēgem adgressus trīstī voltū fōrtūnam dēplōrāre incipit.
"Uxor," inquit, "mea proximā nocte ē vītā discessit."
Tum rēx, quem virī īnfēlīcis miseruit, cōnsōlandī causā,
purpureum pallium argentīque talentum eī darī iussit.
At uxor eōdem tempore coniugem mortuum cōram rēgīnā
dēplōrābat. Quae tantō dolōre mōta eī vestem pretiōsam
et aurī nummōs quīnquāgintā dedit.

indicium, *sīgnum.*   iniērunt, *cēpērunt.*
praestāret, *praebēret.*   .cōram rēgīnā, *apud rēgīnam.*

106. A Dishonest Couple — *continued.*

Rēx igitur rēgīnam petiit dē morte ancillae tam amātae
cōnsōlātūrus. Inde rēgīna ad rēgem versa, "Grātiās

tibi," inquit, "prō benevolentiā agō ; tū tamen in hōc
errāvistī, quod mea ancilla adhūc vīvit, vir tamen ēius
mortuus est." Quod ubi rex crēdere nōluit, ut rem tam
dubiam explicārent, ambō ad eam partem aedium, quam
servī habitābant, īre pergunt. Hūc ubi pervēnērunt, rēs
magis in ambiguō erat, quod et vir et fēmina eōdem rogō
impositī speciem mortis praebēbant. Dēnique rēx, " Hic
certē mortuus est et illa. Uter tamen prior ē vītā discessit ? Si quis mihi tōtam rem explicāverit, eī trīgintā
nummōs aureōs libenter dabō." At vir statim ē rogō
dēsiluit. "Mihi," inquit, "rēx māgne, nummōs redde,
ego enim prīmus mortuus sum."

vir, *coniūnx.*   **ambiguō,** *dubiō.*
pergunt, *incipiunt.*   **redde,** *dā.*   •

107. May a Man do what he Likes with his Own ?

Lysander, Athēniēnsis, cum cētera animālia satis
dīligēbat, tum equōs summō fovēbat amōre. Is ōlim,
dum Thēbās iter facit, in Boeōtum quendam incidit, quī
equō suō ob nesciō quam culpam male ūtēbātur. Quod
ubi vīdit, gravibus probrīs tantam crūdēlitātem increpuit. •
" Quid tandem id ad tē attinet ? " respondit ille. " Nōnne
licet mihi equum, sī ita placet, verberāre meum ? "
"Māximē," inquit Lysander, "quod exemplum tū prō-
pōnis, id ego imitābor." Haec locūtus māgnō baculō,
quod manū portābat, tergum ēius graviter et saepe ver-
berāvit. "Hōc enim," inquit, "baculum meum est.
Nōnne igitur mihi licet eō, ita ut placet, ūtī ? "

cum . . . tum, *et . . . et.*   **in . . . incidit,** *occurrit.*
dīligēbat, *amābat.*   **nesciō quam,** *aliquam.*

108. The Good-natured Boy.

Glaucus, puer ingeniō benīgnō, ā patre mīssus est ad parvum oppidum, quod ab eō locō octō mīlia passuum aberat. Cui, dum iter facit, occurrit canis fame paene cōnfectus dextramque lambēns cibum petere vīsus est. Inde Glaucus misericordiā mōtus, etsī ipse ēsuriēbat, mägnam suī cibī partem canī dedit. Cum autem paulō longius īvisset, hominem aspēxit caecum, quī in flūmen prōlāpsus sē movēre nōn audēbat, nē in aquam altiōrem incideret. Glaucus igitur, etsī ipse natāre nōn poterat, in aquam statim dēsiluit et cum dextram caecī adripuisset, eum ad rīpam dūxit. Inde cum aquam ē veste expressisset, ad oppidum quam celerrimē contendit.

mōtus, 105, ad fin.	**dūxit,** *trāxit.*
ēsuriēbat, 49, ad fin.	**expressisset,** from *exprimō.*

109. Timely Assistance.

Inde Glaucus, cum iam ad oppidum appropīnquāret, in nautam quendam alterō pede claudum incidit. Hīc aliquid cibī ab eō petiit. Cui puer id quod reliquum erat pānis dedit. Hīs faciendīs tantum diēī cōnsūmpserat, ut, dum domum ex oppidō redit, nocte oppressus cursum tenēre nōn posset, sed per āviam silvam errāret. Subitō autem duo latrōnēs, quī in silvā latēbant, ex īnsidiīs prōsiliunt puerumque raptum veste spoliāre parant. At canis fidēlis, quī Glaucum tōtum diem secūtus est, alterius latrōnis crūs tam ācriter momordit, ut hīc cum gemitū puerum līberāret. Simul vōx horrenda audīta est clāmantis, "Ēn latrōnēs illī, quōs tam diū ferrō īgnīque sequimur." Quā vōce territī ambō diffūgērunt.

At Glaucus ad clāmōrem conversus nautam cōgnōvit claudum, quem caecus ille umerīs portābat. Hī enim dē cōnsiliīs latrōnum certiōrēs factī tempore opportūnō subsidiō vēnērunt.

alterō, *ūnō.*   alterius, *ūnīus.*

hīs, *hīs rēbus.*   momordit, from *mordeō.*

110. The Attack on the Castle. ·

Spartacus ōlim, prīnceps eārum gentium quae trāns Rhēnum habitābant, māgnam turrim haud procul ā flūmine aedificāverat. Inde cum suīs mīlitibus plūrimās incursiōnēs in agrōs fīnitimōs facere solitus est, ut īgnī ferrōque omnia vāstāret. Quam ob rem māgnum odium incolārum urbis fīnitimae suscēperat. Hī igitur, cum iniūriās illīus nōn diūtius tolerāre possent, ūniversī in mūrōs impetum fēcērunt. Diū et ācriter pūgnātum est. Tandem prīnceps, quod commeātū omnīnō interclūsus est, lēgātōs ad eōs dē dēditiōne mīsit. Cum tamen cīvēs īrātī pācem dare vellent eā modo condiciōne, ut ipse ad supplicium trāderētur, īgnem turrī admovēre cōnstituit et sēsē suaque omnia incendiō cōnsūmere.

111. The Attack on the Castle — *continued.*

Quod ubi cōgnōvit uxor Spartacī, fēmina summae cōnstantiae, sōla vāllum ascendere ausa est cum hostibus conloquendī causā. "Nōlite," inquit, "cīvēs, victōriam quam reportāvistis clāde fēminae dēfāmāre. Mihi saltem liceat ē turrī discēdere cum eō modo, quod meīs umerīs portāre possim." Inde cīvēs, quod ab illā multa beneficia accēperant, id quod petiit libenter concessērunt. Brevī

autem, dum omnēs adventum ēius exspectant, ā portā
patefactā ēgressa fēmina fortis ad castra hostium accessit
cum coniuge, quem in umerōs sublevātum portābat. Inde
cīvēs virtūtem fēminae mīrātī, quod fidem datam violāre
nōluērunt, et coniugī et uxōrī pepercērunt.

clāde, *morte.* pepercērunt, from *parcō.*

112. An Ill-matched Pair.

Lupus ōlim cum volpe societātem coniūnxit. Hanc
igitur, quod multō īnfirmior erat, quodcumque ille imperāvit, facere oportēbat. Aliquandō, dum per silvam
comitēs iter faciunt, "Volpēs cārissima," inquit lupus,
"aliquid cibī mihi quam celerrimē adfer, nē fame coāctus
tē ipsam dēvorem." "Equidem," respondit volpēs minīs
perterrita, "haud procul ab hōc locō duōs āgnōs prīdiē
cōnspēxī, quōs facillimē tibi adferre poterō." Cum hōc
inter eōs convēnisset, volpēs ex āgnīs alterum ab agrō ad
lupum portāvit. Deinde, ut sibi aliquid invenīret, discessit.
At lupus, quī brevī āgnum dēvorāvit, nē hōc quidem satis
contentus, ut alterō potīrētur, ipse ad ovīle profectus est.
Is autem, quod rem incautius ēgit, ā pāstōre captus ita
graviter verberātus est, ut corpus ad silvam vix trahere
posset.

113. Greediness Punished.

Posterō diē lupus de suīs iniūriīs questus, ā comite
factī imprūdentis vehementer. incūsātus est ; "Hodiē
tamen," inquit volpēs, "sī mēcum venīre vīs, tantum cibī
quantum edere poteris tibi dabō." Lupus igitur volpem
secūtus, horreum agricolae cūiusdam rīmā haud ita māgnā
intrāvit. Hīc, cum carnis māximam cōpiam invēnissent,

ambō dapibus inopīnātis vescī incipiunt. Volpēs autem inter edendum ad rīmam cursitābat. Subitō ingēns strepitus audītus est. Panduntur portae. Inruit agricola cum secūrī ingente armātus. Inde volpēs, quae haud multum ēderat, rīmā sē facile ēripuit ; lupus tamen tantum carnis dēvorāverat, ut corpus in rīmā haerēret.

Agricola igitur, cum eum secūrī interfēcisset, caput postibus adfīxit. Quō exemplō fūrēs in posterum ā rapīnis dēterruit.

ACCUSATIVE AND INFINITIVE.

41. Study the following Latin sentences and the translation.

1. **Dīcō tē scrībere** *I say that you are writing* (*write* or *do write*).

2. **Putāmus tē scrīpsisse,** *we think that you wrote* (or *have written*).

42. In translating we introduce the word *that* after the leading verb, then we translate the accusative as if it were nominative, and the infinitive as if it were indicative.

43. This construction of the accusative and infinitive is regularly used after verbs of *saying, thinking, knowing,* and *perceiving.*

INDIRECT QUESTIONS.

44. Study the following Latin sentences and the translation :

1. **Sciō quis sīs,** *I know who you are.*

2. **Sciēbam ubi essēmus,** *I knew where we were.*

45.   Notice that the subjunctives **sis** and **essēmus** are translated by the indicative.   The dependent clauses are called *indirect questions*, for they represent **quis es?** and **ubi erāmus?**

46. ˙ Indirect questions begin with an interrogative word and have the verb in the subjunctive.

CUM CAUSAL OR CONCESSIVE.

47.   **Cum** sometimes means *as* or *since;* sometimes *though.*   When it has either of these two meanings it is followed by the subjunctive.

1. **Cum amīcī adsint, gaudēmus,** *since our friends are present, we rejoice.*

2. **Cum fortiter pūgnārent, tamen nōn vicērunt,** *though they fought bravely, yet they did not conquer.*

48.   Observe that the subjunctive is translated as if it were indicative.

THE RELATIVE OF PURPOSE.

49.   We may say in Latin : —

1. **Lēgātī missī sunt ut pācem peterent.**
2. **Lēgātī missī sunt quī pācem peterent.**

The translation is the same : —.

deputies were sent to sue for peace.

50.   The relative may be used to denote purpose, and, with the following subjunctive, may be translated by the infinitive.

·

THE ARGONAUTS.

The celebrated voyage of the Argonauts was brought about as follows. Pelias had expelled his brother Aeson from his kingdom in Thessaly and had attempted to take the life of Jason, the son of Aeson. Jason, however, escaped and grew up to manhood in another country. At last he returned to Thessaly, and Pelias, fearing that he might attempt to recover the kingdom, sent him to fetch the Golden Fleece from Colchis, supposing this to be an impossible feat. Jason with a band of heroes started in the ship Argo (called after Argus, its builder), and after many adventures reached Colchis. Here Aeetes, king of Colchis, who was unwilling to give up the Fleece, set Jason to perform what seemed an impossible task, *viz.*, to plough a field with certain fire-breathing oxen and then to sow it with dragon's teeth. Medea, the daughter of the king, however, assisted Jason by her skill in magic, first to perform the task appointed, and then to procure the Fleece. Medea then fled with Jason, and, in order to delay the pursuit of her father, sacrificed her brother Absyrtus. After reaching Thessaly, Medea caused the death of Pelias, and was, with her husband, expelled from Thessaly. They removed to Corinth, and here Medea, becoming jealous of Glauce, daughter of Creon, caused her death by means of a poisoned robe. After this Medea was carried off in a chariot sent by the sun-god, and Jason was soon afterwards accidentally killed.

---

114. The Wicked Uncle.

Erant ōlim in Thessaliā duo frātrēs, quōrum alter Ae-sōn, alter Peliās appellātus est. Hōrum Aesōn prīmum rēgnum obtinuerat ; at post paucōs annōs Peliās, rēgnī cupiditāte adductus, nōn modo frātrem suum expulit, sed etiam in animō habēbat, Iāsonem, Aesonis fīlium, interficere.   Quīdam tamen ex amīcīs Aesonis, ubi sententiam Peliae intellēxērunt, puerum ē tantō perīculō ēripere cōnstituērunt.   Noctū igitur Iāsonem ex urbe abstulērunt et cum posterō diē ad rēgem rediissent, eī renūntiāvērunt puerum mortuum esse.   Peliās, cum haec audīvisset, etsī rē vērā mājnum gaudium percipiēbat, speciem tamen dolōris praebuit et quae causa esset mortis quaesīvit.   Illī tamen, cum bene intellegerent dolōrem ēius falsum esse, nēsciō quam fābulam dē morte puerī fīnxērunt.

115. A Careless Shoe-String.

Post breve tempus Peliās, veritus nē rēgnum suum tantā vī et fraude occupātum āmitteret, amīcum quendam Delphōs mīsit, quī ōrāculum cōnsuleret.   Ille igitur quam celerrimē Delphōs sē contulit et quam ob causam vēnisset dēmōnstrāvit.   Respondit ōrāculum nūllum esse in praesentiā perīculum : monuit tamen Peliam ut, sī quis venīret calceum ūnum gerēns, eum cavēret.   Post paucōs annōs accidit ut Peliās māgnum sacrificium factūrus esset : nūntiōs in omnēs partēs dīmīserat et certum diem conveniendī dixerat.   Diē cōnstitūtō māgnus numerus hominum undique ex agrīs convēnit : inter aliōs autem vēnit etiam Iāsōn quī ā puerō apud Centaurum quendam vīxerat.   Dum tamen iter facit, calceum alterum in trānseundō nēsciō quō flūmine āmīsit.

116. The Golden Fleece.

Iāsōn igitur, cum calceum āmissum nūllō modō recipere posset, alterō pede nūdō in rēgiam pervēnit : quem cum

vidisset, Peliās subitō timōre adfectus est ; intellēxit enim
hunc esse hominem quem ōrāculum dēmōnstrāvisset.
Hōc igitur iniit cōnsilium. Rēx erat quīdam nōmine
Aeētēs, quī rēgnum Colchidis illō tempore obtinēbat.
Huīc commīssum erat vellus illud aureum quod Phrīxus
ōlim ibi relīquerat. Cōnstituit igitur Peliās Iāsonī negōtium dare ut hōc vellere potīrētur : cum enim rēs esset
māgnī perīculī, spērābat eum in itinere peritūrum esse :
Iāsonem igitur ad sē arcessīvit et quid fierī vellet dēmōnstrāvit. Iāsōn autem, etsī bene intellegēbat rem esse
difficillimam, negōtium libenter suscēpit.

117. The Building of the Good Ship Argo.

Cum tamen Colchis multōrum diērum iter ab eō locō
abesset, nōluit Iāsōn sōlus proficīscī : dīmīsit igitur nūntiōs in omnēs partēs, quī causam itineris docērent et diem
certum conveniendī dīcerent. Intereā, postquam omnia
quae sunt ūsuī ad armandās nāvēs comportārī iussit,
negōtium dedit Argō cuīdam, quī summam scientiam
rērum nauticārum habēbat, ut nāvem aedificāret. In hīs
rēbus circiter decem diēs cōnsūmptī sunt : Argus enim
quī operī praeerat tantam dīligentiam praebēbat, ut nē
nocturnum quidem tempus ad labōrem intermitteret. Ad
multitūdinem hominum trānsportandam nāvis paulō erat
lātior quam quibus in nostrō marī ūtī cōnsuēvimus et ad
vim tempestātum perferendam tōta ē rōbore facta est.

118. The Anchor is Weighed.

Intereā is diēs appetēbat quem Iāsōn per nūntiōs
ēdīxerat et ex omnibus regiōnibus Graeciae multī, quōs
aut reī novitās aut spēs glōriae movēbat, undique conve-

niēbant. Trādunt autem in hōc numerō fuisse Herculem, Orpheum, citharoedum praeclārissimum, Thēseum, Castōrem et multōs aliōs, quōrum nōmina nōtissima sunt. Ex hīs Iāsōn, quōs arbitrātus est ad omnia subeunda perīcula parātissimōs esse, eōs ad numerum quīnquāgintā dēlēgit et sociōs sibi adiūnxit: tum paucōs diēs commorātus, ut ad omnēs cāsūs subsidia comparāret, nāvem dēdūxit et tempestātem ad nāvigandum idōneam nactus māgnō cum plausū omnium solvit.

119. A Fatal Mistake.

Haud multum post Argonautae, ita enim appellātī sunt quī in istā nāvī vehēbantur, īnsulam quandam nōmine Cȳzicum attigērunt et ē nāvī ēgressī ā rēge illīus regiōnis hospitiō exceptī sunt. Paucās hōrās ibi commorātī ad sōlis occāsum rūrsus solvērunt: at, postquam pauca mīllia passuum prōgressī sunt, tanta tempestās subitō coörta est, ut cursum tenēre nōn possent et in eandem partem īnsulae, unde nūper profectī erant, māgnō cum perīculō dēicerentur. Incolae tamen, cum nox esset obscūra, Argonautās nōn āgnōscēbant et nāvem inimīcam vēnisse arbitrātī, arma rapuērunt et eōs ēgredī prohibēbant. Ācriter in litore pūgnātum est et rēx ipse, quī cum aliīs dēcucurrerat, ab Argonautīs occīsus est. Mox tamen, cum iam dilūcēsceret, sēnsērunt incolae sē errāre et arma abiēcērunt: Argonautae autem, cum vidērent rēgem occīsum esse, māgnum dolōrem percēpērunt.

120. The Loss of Hylas.

Postrīdiē ēius diēī Iāsōn, tempestātem satis idōneam esse arbitrātus, summa enim tranquillitās iam cōnsecūta

erat, ancorās sustulit et pauca mīllia passuum prōgressus,
ante noctem Mȳsiam attigit. Ibi paucās hōrās in ancorīs
exspectāvit; ā nautīs enim cōgnōverat aquae cōpiam
quam sēcum habērent iam dēficere: quam ob causam
quīdam ex Argonautīs in terram ēgressī aquam quaerēbant. Hōrum in numerō erat Hylas quīdam, puer fōrmā
praestantissimā; quī, dum fontem quaerit, ā comitibus
paulum sēcesserat. Nymphae autem, quae fontem colē-
bant, cum iuvenem vīdissent, eī persuādēre cōnātae sunt
ut sēcum manēret; et cum ille negāret sē hōc factūrum
esse, puerum vī abstulērunt.

Comitēs ēius, postquam Hylam āmīssum esse sēnsērunt, māgnō dolōre adfectī, diū frūstrā quaerēbant: Herculēs autem et Polyphēmus, quī vestīgia puerī longius
secūtī erant, ubi tandem ad lītus rediērunt, Iāsonem solvisse cōgnōvērunt.

121. Dining Made Difficult.

Post haec Argonautae ad Thrāciam cursum tenuērunt
et postquam ad oppidum Salmydessum nāvem appulerant,
in terram ēgressī sunt. Ibi cum ab incolīs quaesīssent
quis rēgnum ēius regiōnis obtinēret, certiōrēs factī sunt
Phīneum quendam tum rēgem esse. Cōgnōvērunt etiam
hunc caecum esse et dīrō quōdam suppliciō adficī, quod
ōlim sē crūdēlissimum in fīliōs suōs praebuisset. Cūius
supplicī hōc erat genus. Mīssa erant ā Iōve mōnstra
quaedam, speciē horribilī, quae capita virginum, corpora
volucrum habēbant. Hae volucrēs, quae Harpȳiae
appellābantur, Phīneō summam molestiam adferēbant;
quotiēns enim ille accubuerat, veniēbant et cibum apposi-
tum statim auferēbant. Quae cum ita essent, haud
multum āfuit quīn Phīneus fame morerētur.

122. The Harpies Beaten.

Rēs igitur in hōc locō erant, cum Argonautae nāvem appulērunt. Phīneus autem, simul atque audīvit eōs in suōs fīnēs ēgressōs esse, māgnopere gāvīsus est. Sciēbat enim quantam opīniōnem virtūtis Argonautae habērent nec dubitābat quīn sibi auxilium ferrent. Nūntium igitur ad nāvem mīsit, quī Iāsonem sociōsque ad rēgiam vocāret. Eō cum vēnissent, Phīneus dēmōnstrāvit quantō in perīculō suae rēs essent et prōmīsit sē māgna praemia datūrum esse, sī illī remedium reperissent. Argonautae negōtium libenter suscēpērunt et ubi hōra vēnit, cum rēge accubuērunt; at simul āc cēna apposita est, Harpȳiae cēnāculum intrāvērunt et cibum auferre cōnābantur. Argonautae prīmum gladiīs volucrēs petiērunt; cum tamen vidērent hōc nihil prōdesse, Zētēs et Calais, quī ālis īnstrūctī sunt, in āera sē sublevāvērunt, ut dēsuper impetum facerent. Quod cum sēnsissent Harpȳiae, reī novitāte perterritae, statim aufūgērunt neque posteā umquam rediērunt.

123. The Symplegades.

Hōc factō, Phīneus, ut prō tantō beneficiō meritās grātiās referret, Iāsonī dēmōnstrāvit quā ratiōne Symplēgadēs vītāre posset. Symplēgadēs autem duae erant rūpēs ingentī māgnitūdine, quae ā Iove positae erant eō cōnsiliō, nē quis ad Colchida pervenīret. Hae parvō intervallō in marī natābant et, sī quid in medium spatium vēnerat, incrēdibilī celeritāte concurrēbant. Postquam igitur ā Phīneō doctus est quid faciendum esset, Iāsōn sublātīs ancorīs nāvem solvit et lēnī ventō prōvēctus mox ad Symplēgadēs appropīnquāvit: tum in prōrā stāns columbam quam in manū tenēbat ēmīsit. Illa rēctā viā

per medium spatium volāvit et priusquam rūpēs conflixē-
runt incolumis ēvāsit, caudā tantum āmīssā. Tum rūpēs
utrimque discessērunt; antequam tamen rūrsus concurrerent, Argonautae bene intellegentēs omnem spem salūtis
in celeritāte positam esse summā vī rēmīs contendērunt
et nāvem incolumem perdūxērunt. Hōc factō, dīs grātiās
libenter ēgērunt, quōrum auxiliō ē tantō perīculō ēreptī
essent: bene enim sciēbant nōn sine auxiliō deōrum rem
ita fēlīciter ēvēnisse.

124. A Heavy Task.

Brevī intermīssō spatiō, Argonautae ad flūmen Phāsim
vēnērunt, quod in fīnibus Colchōrum erat. Ibi cum nāvem
appulissent et in terram ēgressī essent, statim ad rēgem
Aeētem sē contulērunt et ab eō postulāvērunt ut vellus
aureum sibi trāderētur. Ille cum audīvisset quam ob
causam Argonautae vēnissent, īrā commōtus est et diū
negābat sē vellus trāditūrum esse. Tandem tamen, quod
sciēbat Iāsonem nōn sine auxiliō deōrum hōc negōtium
suscēpisse, mūtātā sententiā prōmīsit sē vellus trāditūrum,
sī Iāsōn labōrēs duōs difficillimōs prius perfēcisset; et
cum Iāsōn dīxisset sē ad omnia perīcula subeunda parātum
esse, quid fierī vellet, ostendit. Prīmum iungendī erant
duo taurī speciē horribilī, quī flammās ex ōre ēdēbant;
tum, hīs iūnctīs, ager quīdam arandus erat et dentēs
dracōnis serendī. Hīs audītīs, Iāsōn, etsī rem esse
summī perīculī intellegēbat, tamen, nē hanc occāsiōnem
reī bene gerendae āmitteret, negōtium suscēpit.

125. The Magic Ointment.

At Mēdēa, rēgis fīlia, Iāsonem adamāvit et ubi audīvit
eum tantum perīculum subitūrum esse, rem aegrē ferēbat.

Intellegēbat enim patrem suum hunc labōrem prōposuisse eō ipsō cōnsiliō, ut Iāsōn morerētur. Quae cum ita essent, Mēdēa, quae summam scientiam medicīnae habēbat, hōc cōnsilium iniit. Mediā nocte clam patre ex urbe ēvāsit; et postquam in montēs finitimōs vēnit, herbās quāsdam carpsit; tum sūcō expressō unguentum parāvit quod vī suā corpus aleret nervōsque cōnfirmāret. Hōc factō Iāsonī unguentum dedit: praecēpit autem, ut eō diē, quō istī labōrēs cōnficiendī essent, corpus suum et arma māne oblineret. Iāsōn, etsī paene omnēs māgnitūdine et vīribus corporis antecellēbat, vīta enim omnis in vēnātiōnibus atque in studiīs reī mīlitāris cōnstiterat, cēnsēbat tamen hōc cōnsilium nōn neglegendum esse.

126. Sowing the Dragon's Teeth.

Ubi is diēs vēnit quem rēx ad arandum agrum ēdīxerat, Iāsōn ortā lūce cum sociīs ad locum cōnstitūtum sē contulit. Ibi stabulum ingēns repperit in quō taurī inclūsī erant: tum portīs apertīs taurōs in lūcem trāxit et summā cum difficultāte iugum imposuit. At Aeētēs, cum vidēret taurōs nihil contrā Iāsonem valēre, māgnopere mīrātus est; nēsciēbat enim fīliam suam auxilium eī dedisse. Tum Iāsōn omnibus aspicientibus agrum arāre coepit; quā in rē tantam dīligentiam praebuit, ut ante merīdiem tōtum opus cōnfēcerit. Hōc factō, ad locum ubi rēx sedēbat adiit et dentēs dracōnis postulāvit: quōs ubi accēpit, in agrum quem arāverat māgnā cum dīligentiā spārsit. Hōrum autem dentium nātūra erat tālis ut, in eō locō ubi īnsitī essent, virī armātī mīrō quōdam modō gīgnerentur.

127. A Strange Crop.

Nōndum tamen Iāsōn tōtum opus cōnfēcerat : imperā-
verat enim eī Aeētēs ut armātōs virōs quī ē dentibus
gīgnerentur sōlus interficeret. Postquam igitur omnēs
dentēs in agrum spārsit, Iāsōn lassitūdine exanimātus
quiētī sē trādidit, dum virī istī gīgnerentur. Paucās
hōrās dormiēbat; sub vesperum tamen ē somnō subitō
excitātus rem ita ēvēnisse, ut praedictum erat, cōgnōvit :
nam in omnibus agrī partibus virī ingentī māgnitūdine
corporis, gladiīs galeīsque armātī, mīrum in modum ē
terrā oriēbantur. Hōc cōgnitō Iāsōn cōnsilium quod
dederat Mēdēa nōn omittendum esse putābat; saxum
igitur ingēns, ita enim praecēperat Mēdēa, in mediōs virōs
cōniēcit. Illī undique ad locum concurrērunt et cum
quisque sibi id saxum, nēsciō cūr, habēre vellet, māgna
contrōversia orta est. Mox strictīs gladiīs inter sē pūgnāre coepērunt et cum hōc modō plūrimī occīsī essent,
reliquī volneribus cōnfectī ā Iāsone nūllō negōtiō interfectī sunt.

128. Flight of Medea.

At rēx Aeētēs, ubi cōgnōvit Iāsonem labōrem prōposi-
tum cōnfēcisse, īrā graviter commōtus est : intellegēbat
enim id per dolum factum esse nec dubitābat quīn Mēdēa
auxilium eī tulisset. Mēdēa autem, cum intellegeret sē
in māgnō fore periculō, sī in rēgiā mānsisset, fugā salūtem
petere cōnstituit. Omnibus igitur ad fugam parātīs mediā
nocte īnsciente patre cum frātre Absyrtō ēvāsit et quam
celerrimē ad locum ubi Argō subducta erat sē contulit.
Eō cum vēnisset, ad pedēs Iāsonis sē prōiēcit et multīs
cum lacrimīs obsecrāvit eum, nē in tantō discrīmine

mulierem dēsereret, quae eī tantum prōfuisset. Ille,
quod memoriā tenēbat sē per ēius auxilium ē māgnō
perīculō ēvāsisse, libenter eam excēpit et postquam causam
veniendī audīvit, hortātus est nē patris īram timēret. Prōmīsit autem sē quam prīmum eam in nāve suā āvēctūrum.

129. The Seizure of the Fleece.

Postrīdiē ēius diēī Iāsōn cum sociīs suīs ortā lūce
nāvem dēdūxit et tempestātem idōneam nactī ad eum
locum rēmīs contendērunt, quō in locō Mēdēa vellus cēlā-
tum esse dēmōnstrāvit. Eō cum vēnissent, Iāsōn in
terram ēgressus est et sociīs ad mare relictīs quī praesidiō
nāvī essent, ipse cum Mēdēā in silvās viam cēpit. Pauca
mīlia passuum per silvam prōgressus vellus quod quaerēbat ex arbore suspēnsum vīdit. Id tamen auferre rēs
erat summae difficultātis : nōn modo enim locus ipse
ēgregiē et nātūrā et arte mūnītus erat, sed etiam dracō
quīdam speciē terribilī arborem custōdiēbat. At Mēdēa,
quae, ut suprā dēmōnstrāvimus, medicīnae summam
scientiam habuit, rāmum quem ex arbore proximā dēri-
puerat venēnō īnfēcit. Hōc factō ad locum appropin-
quāvit et dracōnem, quī faucibus apertīs adventum
exspectābat, venēnō spārsit : proinde, dum dracō somnō
oppressus dormit, Iāsōn vellus aureum ex arbore dēripuit
et cum Mēdēā quam celerrimē pedem rettulit.

130. Back to the Argo.

Dum tamen ea geruntur, Argonautae, quī ad mare
relictī erant, animō anxiō reditum Iāsonis exspectābant :
bene enim intellegēbant id negōtium summī esse perīculī.
Postquam igitur ad occāsum sōlis frūstrā exspectāverant,

dē ēius salūte dēspērāre coepērunt nec dubitābant quīn aliquī cāsus accidisset. Quae cum ita essent, mātūrandum sibi cēnsuērunt, ut auxilium ducī ferrent: et dum proficīscī parant lūmen quoddam subitō cōnspiciunt mīrum in modum inter silvās refulgēns: et māgnopere mīrātī quae causa esset ēius reī ad locum concurrunt. Quō cum vēnissent, Iāsonī et Mēdēae advenientibus occurrērunt et vellus aureum lūminis ēius causam esse cōgnōvērunt. Omnī timōre sublātō, māgnō cum gaudiō ducem suum excēpērunt et dīs grātiās libenter rettulērunt quod rēs ita fēlīciter ēvēnisset.

131. Pursued by the Angry Father.

Hīs rēbus gestīs, omnēs sine morā nāvem rūrsus cōn-scendērunt et sublātīs ancorīs prīmā vigiliā solvērunt: neque enim satis tūtum esse arbitrātī sunt in eō locō manēre. At rēx Aeētēs, quī iam ante inimīcō in eōs fuerat animō, ubi cōgnōvit fīliam suam nōn modo ad Argonautās sē recēpisse sed etiam ad vellus auferendum auxilium tulisse, hōc dolōre gravius exārsit. Nāvem longam quam celerrimē dēdūcī iussit et mīlitibus impo-sitīs fugientēs īnsecūtus est. Argonautae, quī bene sciēbant rem in discrīmine esse, summīs vīribus rēmīs contendēbant: cum tamen nāvis quā vehēbantur ingentī esset māgnitūdine, nōn eādem celeritāte quā Colchī prōgredī poterant. Quae cum ita essent, minimum āfuit quīn ā Colchīs sequentibus caperentur neque enim lon-gius intererat quam quō tēlum adicī posset. At Mēdēa, cum vīdisset quō in locō rēs essent, paene omnī spē dēpositā, īnfandum hōc cōnsilium cēpit.

132.   A Fearful Expedient.

Erat in nāve Argonautārum fīlius quīdam rēgis Aeētae,
nōmine Absyrtus, quem, ut suprā dēmōnstrāvimus, Mēdēa
ex urbe fugiēns sēcum abdūxerat.   Hunc puerum Mēdēa
cōnstituit interficere eō cōnsiliō ut, membrīs ēius in mare
cōniectīs, cursum Colchōrum impedīret : prō certō enim
sciēbat Aeētem, cum membra fīlī vīdisset, nōn longius
prōsecūtūrum esse : neque opīniō eam fefellit : omnia
enim ita ēvēnērunt ut Mēdēa spērāverat.   Aeētēs, ubi
prīmum membra vīdit, ad ea colligenda nāvem statuī
iussit : dum tamen ea geruntur, Argonautae nōn intermīssō rēmigandī labōre, mox, quod necesse fuit, ē cōnspectū hostium remōtī sunt neque prius fugere dēstitērunt
quam ad flūmen Ēridanum pervēnērunt.   At Aeētēs nihil
sibi prōfutūrum esse arbitrātus, sī longius prōgressus
esset, animō dēmīssō domum revertit, ut fīlī corpus ad
sepultūram daret.

133.   The Bargain with Pelias.

Tandem post multa perīcula Iāsōn in eundem locum
pervēnit unde ōlim profectus erat.   Tum ē nāvī ēgressus
ad rēgem Peliam quī rēgnum adhūc obtinēbat statim sē
contulit et vellere aureō mōnstrātō ab eō postulāvit, ut
rēgnum sibi trāderētur : Peliās enim pollicitus erat, sī
Iāsōn vellus rettulisset, sē rēgnum eī trāditūrum.   Postquam Iāsōn quid fierī vellet ostendit, Peliās prīmum nihil
respondit, sed diū in eādem trīstitiā tacitus permānsit :
tandem ita locūtus est.   " Vidēs mē aetāte iam esse cōnfectum neque dubium est quīn diēs suprēmus mihi adsit.

Liceat igitur mihi dum vīvam hōc rēgnum obtinēre ; tum, postquam ego ē vītā discesserō, tū in meum locum veniēs." Hāc ōrātiōne adductus Iāsōn respondit sē id factūrum quod ille rogāsset.

134. Boiled Mutton.

Hīs rēbus cōgnitīs, Mēdēa rem aegrē tulit et rēgni cupiditāte adducta cōnstituit mortem rēgī per dolum inferre. Hōc cōnstitūtō, ad fīliās rēgis vēnit atque ita locūta est. "Vidētis patrem vestrum aetāte iam esse cōnfectum neque ad labōrem rēgnandī perferendum satis valēre. Voltisne eum rūrsus iuvenem fierī?" Tum fīliae rēgis hīs audītīs ita respondērunt. "Num hōc fierī potest? Quis enim unquam ē sene iuvenis factus est?" At Mēdēa respondit, "Scītis mē medicīnae summam habēre scientiam. Nunc igitur vōbīs dēmōnstrābō quō-modo haec rēs fierī possit." Hīs dictīs, cum arietem aetāte iam cōnfectum interfēcisset, membra ēius in vās aeneum posuit et īgne suppositō aquae herbās quāsdam infūdit. Tum, dum aqua effervēsceret, carmen magicum cantābat. Post breve tempus ariēs ē vāse exsiluit et vīribus refectīs per agrōs currēbat.

135. A Dangerous Experiment.

Dum fīliae rēgis hōc mīrāculum stupentēs intuentur, Mēdēa ita locūta est. "Vidētis quantum valeat medi-cīna. Vōs igitur, sī voltis patrem vestrum in adulēscen-tiam redūcere, id quod fēcī ipsae faciētis. Vōs patris membra in vās cōnicite ; ego herbās magicās praebēbō." Hīs audītīs, fīliae rēgis cōnsilium quod dederat Mēdēa nōn omittendum putāvērunt : patrem igitur Peliam necā-

vērunt et membra ēius in vās aeneum cōniēcērunt; nihil
enim dubitābant quīn hōc māximē eī prōfutūrum esset.
At rēs omnīnō aliter ēvēnit āc spērāverant : Mēdēa enim
nōn eāsdem herbās dedit quibus ipsa ūsa erat. Itaque,
postquam diū frūstrā exspectāvērunt, patrem suum rē vērā
mortuum esse intellēxērunt. Hīs rēbus gestīs, Mēdēa
spērābat sē cum coniuge suō rēgnum acceptūram esse :
at cīvēs, cum intellegerent quō modō Peliās periisset,
tantum scelus aegrē tulērunt : itaque Iāsone et Mēdēā ē
rēgnō expulsīs, Acastum rēgem creāvērunt.

136. A Fatal Gift.

Post haec Iāsōn et Mēdēa ē Thessaliā expulsī ad urbem
Corinthum vēnērunt, cūius urbis Creōn quīdam rēgnum
tum obtinēbat. Erat autem Creontī fīlia ūna, nōmine
Glaucē ; quam cum vīdisset, Iāsōn cōnstituit Mēdēam
uxōrem suam repudiāre eō cōnsiliō ut Glaucēn in mātrimōnium dūceret. At Mēdēa, ubi intellēxit quae ille in
animō habēret, īrā graviter commōta, iūreiūrandō cōn-
fīrmāvit sē tantam iniūriam ultūram. Hōc igitur cōnsilium
cēpit. Vestem parāvit summā arte contextam et variīs
colōribus tīnctam : hanc dīrō quōdam infēcit venēnō, cūius
vīs tālis erat, ut, sī quis eam vestem induisset, corpus ēius
quasi īgnī ūrerētur. Hōc factō, vestem ad Glaucēn mīsit :
illa autem nihil malī suspicāns dōnum libenter accēpit et
vestem novam, mōre fēminārum, statim induit.

137. Flight of Medea and Death of Jason.

Vix vestem induerat Glaucē, cum dolōrem gravem per
omnia membra sēnsit et post paulum dīrō cruciātū adfecta
ē vītā excessit. Hīs rēbus gestīs, Mēdēa furōre atque

āmentiā impulsa fīliōs suōs necāvit: tum māgnum sibi
fore perīculum arbitrāta, sī in Thessaliā manēret, ex eā
regiōne fugere cōnstituit. Hōc cōnstitūtō, Sōlem ōrāvit
ut in tantō perīculō auxilium sibi praebēret. Sōl autem
hīs precibus commōtus currum quendam mīsit, cui dra-
cōnēs ālis īnstrūctī iūnctī erant. Mēdēa non omittendam
tantam occāsiōnem arbitrāta currum cōnscendit itaque
per āera vēcta incolumis ad urbem Athēnās pervēnit.
Iāsōn autem post breve tempus mīrō modō occīsus est.
Ille enim, sīve cāsū sīve cōnsiliō deōrum, sub umbrā
nāvis suae, quae in lītus subducta erat, ōlim dormiēbat.
At nāvis, quae adhūc ērēcta steterat, in eam partem ubi
Iāsōn iacēbat subitō dēlāpsa virum īnfēlicem oppressit.

ULYSSES.

Ulysses, a celebrated Greek hero, took a prominent part in
the long siege of Troy. After the fall of the city, he set out
with his followers on his homeward voyage to Ithaca, an island
of which he was king ; but, being driven out of his course by
northerly winds, he was compelled to touch at the country of
the Lotus Eaters, who are supposed to have lived on the north
coast of Libya (Africa). Some of his comrades were so
delighted with the lotus fruit that they wished to remain in the
country, but Ulysses compelled them to embark again, and
continued his voyage. He next came to the island of Sicily,
and fell into the hands of the giant Polyphemus, one of the
Cyclopes. After several of his comrades had been killed by
the monster, Ulysses made his escape by stratagem, and next
reached the country of the Winds. Here he received the help

of Æolus, king of the winds, and, having set sail again, arrived within sight of Ithaca ; but, owing to the folly of his companions, the winds became suddenly adverse, and they were again driven back. They then touched at an island occupied by Circe, a powerful enchantress, who exercised her charms on the companions of Ulysses, and turned them into swine. By the help of the god Mercury, Ulysses himself not only escaped this fate, but forced Circe to restore her victims to human shape. After staying a year with Circe, Ulysses again set out, and eventually reached his home.

138. Homeward Bound.

Urbem Trōiam ā Graecīs decem annōs obsessam esse, satis cōnstat : dē hōc enim bellō Homērus, māximus poētārum Graecōrum, Īliadem, opus nōtissimum, scrīpsit. Trōiā tandem per īnsidiās captā, Graecī longō bellō fessī domum redīre matūrāvērunt. Omnibus igitur ad profectiōnem parātīs nāvēs dēdūxērunt et tempestātem idōneam nactī māgnō cum gaudiō solvērunt. Erat inter prīmōs Graecōrum Ulixēs quīdam, vir summae virtūtis āc prūdentiae, quem dīcunt nōnnūllī dolum istum excōgitāsse, per quem Trōiam captam esse cōnstat. Hīc rēgnum īnsulae Ithacae obtinuerat et paulō antequam cum reliquīs Graecīs ad bellum profectus est puellam fōrmōsissimam nōmine Pēnelopēn in mātrimōnium dūxerat. Nunc igitur cum iam decem annōs quasi in exsiliō cōnsūmpsisset, māgnā cupīdine patriae et uxōris videndae ārdēbat.

139. The Lotus Eaters.

Postquam tamen pauca mīllia passuum ā lītore Trōiae
prōgressī sunt, tanta tempestās subitō coörta est, ut nūlla
nāvium cursum tenēre posset, sed aliae aliās in partēs
dīsicerentur. Nāvis autem, quā ipse Ulixēs vehēbātur,
vī tempestātis ad merīdiem dēlāta, decimō diē ad lītus
Libyae appulsa est. Ancorīs iactīs, Ulixēs cōnstituit
nōnnūllōs ē sociīs in terram expōnere, quī aquam ad
nāvem referrent et quālis esset nātūra ēius regiōnis cōgnōscerent. Hī igitur ē nāvī ēgressī imperāta facere
parābant. Dum tamen fontem quaerunt, quibusdam ex
incolīs obviam factī ab iīs hospitiō acceptī sunt. Accidit
autem ut vīctus eōrum hominum ē mīrō quōdam frūctū
quem lōtum appellābant paene omnīnō cōnstāret. Quem
cum Graecī gustāssent, patriae et sociōrum statim oblītī
sē cōnfīrmāvērunt semper in eā terrā mānsūrōs ut dulcī
illō cibō in aeternum vescerentur.

140. The Lotus Eaters — *continued.*

At Ulixēs, cum ab hōrā septimā ad vesperum exspectāsset, veritus nē sociī suī in perīculō versārentur,
nōnnūllōs ē reliquīs mīsit, ut, quae causa esset morae,
cōgnōscerent. Hī igitur in terram expositī, ad vīcum
quī nōn longē āfuit sē contulērunt: quō cum vēnissent,
sociōs suōs quasi vīnō ēbriōs repperērunt: tum ubi causam
veniendī docuērunt, iīs persuādēre cōnābantur, ut sēcum
ad nāvem redīrent. Illī tamen resistere āc manū sē dē-
fendere coepērunt, saepe clāmitantēs sē nunquam ex eō
locō abitūrōs. Quae cum ita essent, nūntiī rē īnfectā ad
Ulixem rediērunt. Hīs rēbus cōgnitīs, Ulixēs ipse cum

omnibus quī in nāvī relictī sunt ad locum vēnit; et sociōs
suōs frūstrā hortātus ut sponte suā redīrent, manibus
eōrum post terga vinctīs, invītōs ad nāvem reportāvit.
Tum ancorīs sublātīs quam celerrimē ē portū solvit.

141. The One-Eyed Giant.

Postrīdiē ēius diēī postquam tōtam noctem rēmīs con-
tenderant, ad terram īgnōtam nāvem appulērunt: tum,
quod nātūram ēius regiōnis īgnōrābat, ipse Ulixēs cum
duodecim ē sociīs in terram ēgressus locum explōrāre
cōnstituit. Paulum ā lītore prōgressī ad antrum ingēns
pervēnērunt, quod habitārī sēnsērunt: ēius enim introitum arte et manibus mūnītum esse animadvertērunt.
Mox, etsī intellegēbant sē nōn sine perīculō id factūrōs,
antrum intrāvērunt: quod cum fēcissent, māgnam cōpiam
lactis invēnērunt in vāsīs ingentibus conditam. Dum
tamen mīrantur quis eam sēdem incoleret, sonitum terribilem audīvērunt et oculīs ad portam versīs mōnstrum
horribile vīdērunt, hūmānā quidem speciē et figūrā, sed
ingentī māgnitūdine corporis. Cum autem animadver-
tissent gigantem ūnum tantum oculum habēre in mediā
fronte positum, intellēxērunt hunc esse ūnum ē Cyclōpibus, dē quibus fāmam iam accēperant.

142. The Giant's Supper.

Cyclōpēs autem pāstōrēs erant quīdam, quī īnsulam
Siciliam et praecipuē montem Aetnam incolēbant: ibi
enim Volcānus, praeses fabrōrum et īgnis repertor, cūius
. servī Cyclōpēs erant, officīnam suam habēbat.
Graecī igitur, simul āc mōnstrum vīdērunt, terrōre
paene exanimātī in interiōrem partem spēluncae refūgē-

runt et sē ibi cēlāre conābantur. Polyphēmus autem, ita
enim gigās appellātus est, pecora sua in spēluncam ēgit;
tum cum saxō ingentī portam obstrūxisset, īgnem in
mediō antrō accendit. Hōc factō, oculō omnia perlūstrā-
bat et cum sēnsisset hominēs in interiōre parte antri
cēlāri, māgnā vōce exclāmāvit. "Quī estis hominēs?
Mercātōrēs an latrōnēs?" Tum Ulixēs respondit sē
neque mercātōrēs esse neque praedandī causā vēnisse:
sed ē Trōiā redeuntēs vī tempestātum ā rēctō cursū dē-
pulsōs esse: ōrāvit etiam ut sibi sine iniūriā abīre licēret.
Tum Polyphēmus quaesīvit ubi esset nāvis quā vēctī
essent; Ulixēs autem, cum bene intellegeret sibi māximē
praecavendum esse, respondit nāvem suam in rūpēs
cōniectam et omnīnō perfrāctam esse. Polyphēmus autem
nūllō datō respōnsō duo ē sociīs manū corripuit et membrīs eōrum dīvolsīs carnem dēvorāre coepit.

143. No Way of Escape.

Dum haec geruntur, Graecōrum animōs tantus terror
occupāvit, ut nē vōcem quidem ēdere possent sed omnī
spē salūtis dēpositā mortem praesentem exspectārent.
At Polyphēmus, postquam famēs hāc tam horribilī cēnā
dēpulsa est, humī prōstrātus somnō sē dedit. Quod cum
vīdisset Ulixēs, tantam occāsiōnem reī bene gerendae
nōn omittendam arbitrātus, in eō erat ut pectus mōnstrī
gladiō trānsfīgeret. Cum tamen nihil temerē agendum
existimāret, cōnstituit explōrāre, antequam hōc faceret,
quā ratiōne ex antrō ēvādere possent. At cum saxum
animadvertisset, quō introitus obstrūctus erat, nihil sibi
prōfutūrum intellēxit, sī Polyphēmum interfēcisset.
Tanta enim erat ēius saxī māgnitūdō, ut nē ā decem

quidem hominibus āmovērī posset. Quae cum ita essent,
Ulixēs hōc dēstitit conātū et ad sociōs rediit ; quī, cum
intellēxissent quō in locō rēs essent, nūllā spē salūtis
oblātā, dē fōrtūnīs suīs dēspērāre coepērunt. Ille tamen,
nē animōs dēmitterent, vehementer hortātus est : dēmōnstrāvit sē iam anteā ē multīs et māgnīs perīculīs ēvāsisse,
neque dubium esse quīn in tantō discrīmine diī auxilium
adlātūrī essent.

144. A Plan for Vengeance.

Ortā lūce, Polyphēmus iam ē somnō excitātus idem
quod hēsternō diē fēcit ; correptīs enim duōbus ē reliquīs
virīs, carnem eōrum sine morā dēvorāvit. Tum, cum
saxum āmōvisset, ipse cum pecore suō ex antrō prōgressus est : quod cum vidērent Graecī, māgnam in spem
vēnērunt sē post paulum ēvāsūrōs. Mox tamen ab hāc
spē repulsī sunt : nam Polyphēmus, postquam omnēs
ovēs exiērunt, saxum in locum restituit. Reliquī omnī
spē salūtis dēpositā lāmentīs lacrimīsque sē dēdidērunt :
Ulixēs vērō quī, ut suprā dēmōnstrāvimus, vir māgnī
fuit cōnsilī, etsī bene intellegēbat rem in discrīmine esse,
nōndum omnīnō dēspērābat. Tandem postquam diū tōtō
animō cogitāvit, hōc cēpit cōnsilium. Ē lignīs quae in
antrō reposita sunt, pālum māgnum dēlēgit : hunc summā
cum dīligentiā praeacūtum fēcit ; tum postquam sociīs quid
fierī vellet ostendit, reditum Polyphēmī exspectābat.

145. A Glass Too Much.

Sub vesperum Polyphēmus ad antrum rediit et eōdem
modō quō anteā cēnāvit. Tum Ulixēs ūtrem vīnī prōmp-
sit, quem fōrte, ut in tālibus rēbus accidere cōnsuēvit,
sēcum attulerat, et postquam māgnam crātēram vīnō

replēvit, gigantem ad bibendum prōvocāvit. Polyphēmus, quī nunquam anteā vīnum gustāverat, tōtam crātēram statim hausit ; quod cum fēcisset, tantam voluptātem per-cēpit ut iterum et tertium crātēram replērī iusserit. Tum cum quaesīvisset quō nōmine Ulixēs appellārētur, ille respondit sē Nēminem appellārī : quod cum audīvisset, Polyphēmus ita locūtus est, "Hanc tibi grātiam prō tantō beneficiō referam ; tē ūltimum omnium dēvorābō." Hīs dictīs, cibō vīnōque gravātus recubuit et post breve tem-pus somnō oppressus est. Tum Ulixēs sociīs convocātīs, "Habēmus," inquit, "quam petiimus facultātem : nē igitur tantam occāsiōnem reī bene gerendae omittāmus."

146. Nobody.

Hāc ōrātiōne habitā, postquam extrēmum pālum īgne calefēcit, oculum Polyphēmī dum dormit flagrante lignō trānsfōdit : quō factō, omnēs in dīversās spēluncae partēs sē abdidērunt. At ille subitō illō dolōre, quod necesse fuit, ē somnō excitātus, clāmōrem terribilem sustulit et dum per spēluncam errat, Ulixī manum inicere cōnābātur : cum tamen iam omnīnō caecus esset, nūllō modō hōc efficere potuit. Intereā reliquī Cyclōpēs clāmōre audītō undique ad spēluncam convēnērunt et ad introitum ad-stantēs, quid Polyphēmus ageret quaesīvērunt, et quam ob causam tantum clāmōrem sustulisset. Ille respondit sē graviter volnerātum esse et māgnō dolōre adficī : cum tamen cēterī quaesīvissent quis eī vim intulisset, respondit ille Nēminem id fēcisse : quibus audītīs, ūnus ē Cyclōpibus, "At sī nēmō," inquit, "tē volnerāvit, haud dubium est quīn cōnsiliō deōrum, quibus resistere nec possumus nec volumus, hōc suppliciō adficiāris." Hīs dictīs abiērunt Cyclōpēs eum in īnsāniam incidisse arbitrātī.

147. Escape.

At Polyphēmus, ubi sociōs suōs abiisse sēnsit, furōre
atque amentiā impulsus Ulixem iterum quaerere coepit :
tandem cum portam invēnisset, saxum quō obstrūcta erat
āmōvit, ut pecus ad agrōs exīret. Tum ipse in introitū
sēdit et ut quaeque ovis ad locum vēnerat, tergum ēius
manibus tractābat, nē virī inter ovēs exīre possent. Quod
cum animadvertisset Ulixēs, hōc iniit cōnsilium; bene
enim intellēxit omnem spem salūtis in dolō magis quam
in virtūte pōnī. Prīmum trēs quās vīdit pinguissimās
ex ovibus dēlēgit: quibus inter sē vīminibus cōnexīs,
ūnum sociōrum ventribus eārum ita subiēcit, ut omnīnō
latēret : deinde ovēs hominem sēcum ferentēs ad portam
ēgit. Id accidit quod fore suspicātus erat. Polyphēmus
enim, postquam manūs tergīs eārum imposuit, ovēs prae-
terīre passus est. Ulixēs, ubi rem ita fēlīciter ēvēnisse
vīdit, omnēs suōs sociōs ex ōrdine eōdem modō ēmīsit;
quō factō, ipse ūltimus ēvāsit.

148. Out of Danger.

Hīs rēbus ita cōnfectīs, Ulixēs cum sociīs māximē
veritus nē Polyphēmus fraudem sentīret, quam celerrimē
ad lītus contendit : quō cum vēnissent, ab iīs quī nāvī
praesidiō relīctī erant, māgnā cum laetitiā acceptī sunt.
Hī enim, cum animīs anxiīs iam trēs diēs reditum eōrum
in hōrās exspectāvissent, eōs in perīculum grave incidisse,
id quod erat, suspicātī, ipsī auxiliandī causā ēgredī parābant. Tum Ulixēs nōn satis tūtum esse arbitrātus sī in
eō locō manēret, quam celerrimē proficīscī cōnstituit.
Iussit igitur omnēs nāvem cōnscendere et ancorīs sublātīs

paulum ā litore in altum prōvēctus est. Tum māgnā
vōce exclāmāvit, "Tū, Polyphēme, quī iūra hospitī
spernis, iūstam et dēbitam poenam immānitātis tuae
solvistī." Hāc vōce audītā, Polyphēmus īrā vehementer
commōtus ad mare sē contulit et ubi intellēxit nāvem
paulum ā lītore remōtam esse, saxum ingēns manū cor-
reptum in eam partem cōniēcit, unde vōcem venīre sēnsit.
Graecī autem, etsī minimum āfuit quīn submergerentur,
nūllō acceptō damnō cursum tenuērunt.

149. The Country of the Winds.

Pauca mīllia passuum ab eō locō prōgressus Ulixēs ad
insulam quandam, nōmine Aeoliam, nāvem appulit.
Haec patria erat Ventōrum.

> "Hic vasto rex Aeolus antro
> Luctantes ventos tempestatesque sonoras
> Imperio premit ac vinclis et carcere frenat."

Ibi rēx ipse Graecōs hospitiō accēpit atque iīs persuāsit
ut ad recuperandās vīrēs paucōs diēs in eā regiōne
commorārentur. Septimō diē cum sociī ē labōribus sē
recēpissent, Ulixēs, nē annī tempore ā nāvigātiōne exclūderētur, sibi sine morā proficīscendum statuit. Tum
Aeolus, qui bene sciēbat eum māximē cupidum esse patriae
videndae, Ulixī iam profectūrō māgnum dedit saccum ē
coriō cōnfectum, in quō ventōs omnēs praeter ūnum inclū-
serat. Zephyrum tantum praetermīserat, quod illum ventum
ad Ithacam nāvigandō idōneum esse sciēbat. Ulixēs hōc
dōnum libenter accēpit et grātiīs prō tantō beneficiō relātīs,
saccum ad mālum ligāvit. Tum omnibus ad profectiōnem
parātīs merīdiānō fere tempore ē portū solvit.

150. The Wind-Bag.

Novem diēs ventō secundissimō cursum tenuērunt:
iamque in cōnspectum patriae suae vēnerant, cum Ulixēs
lassitūdine cōnfectus, ipse enim manū suā gubernābat,
ad quiētem capiendam recubuit. At sociī, quī iamdūdum
· mīrābantur quid in illō saccō inclūsum esset, cum vidērent
ducem somnō oppressum esse, tantam occāsiōnem nōn
omittendam arbitrātī sunt: crēdēbant enim aurum et
argentum ibi cēlārī. Itaque spē lucrī adductī saccum
sine morā solvērunt: quō factō, ventī

> "Velut agmine facto
> Qua data porta ruunt et terras turbine perflant."

Extemplō tanta tempestās subitō coörta est, ut illī cursum
tenēre nōn possent, sed in eandem partem unde erant
profectī referrentur. Ulixēs ē somnō excitātus quō in
locō rēs esset statim intellēxit: saccum solūtum Ithacam
post tergum relīctam vīdit: tum vērō māximā indīgnātiōne
exārsit sociōsque obiurgābat, quod cupiditāte pecūniae
adductī spem patriae videndae prōiēcissent.

151. Drawing Lots.

Brevī intermīssō spatiō, Graecī Insulae cuidam appro-
pinquāvērunt quam Circē, fīlia Sōlis, incolēbat. Ibi cum
nāvem appulisset, Ulixēs in terram frūmentandī causā
ēgrediendum esse statuit; cōgnōverat enim frūmentum
quod in nāvī habērent iam dēficere. Sociīs igitur ad sē
convocātīs, quō in locō rēs esset et quid fierī vellet,
ostendit. Cum tamen omnēs in memoriā tenērent quam
crūdēlī morte occubuissent iī quī nūper in patriam Cyclō-
pum ēgressī essent, nēmō repertus est quī hōc negōtium

suscipere vellet. Quae cum ita essent, rēs ad contrōver-
siam dēducta est. Tandem · Ulixēs cōnsēnsū omnium
sociōs in duās partēs dīvīsit, quārum alterī Eurylochus,
vir summae virtūtis, alterī ipse praeesset: tum hī duo
inter sē sortītī sunt, uter in terram ēgrederētur. Hōc
factō, Eurylochō sorte ēvēnit, ut cum duōbus et vīgintī
sociis rem susciperet.

152. The House of the Enchantress.

Hīs rēbus ita cōnstitūtīs, iī quī sorte ductī erant in
interiōrem partem īnsulae profectī sunt. Tantus tamen
timor animōs eōrum occupāverat, ut nihil dubitārent quīn
mortī obviam īrent: vix quidem poterant iī quī in nāvī
relīctī erant lacrimās tenēre: crēdēbant enim sē sociōs
suōs nunquam iterum vīsūrōs. Illī autem aliquantum
itineris prōgressī ad villam quandam pervēnērunt, summā
māgnificentiā aedificātam : cūius ad ōstium cum adiissent,
carmen dulcissimum audīvērunt. Tanta autem fuit ēius
vōcis dulcēdō, ut nūllō modō retinērī possent quīn iānuam
pulsārent. Hōc factō, ipsa Circē forās exiit et summā
cum benīgnitāte omnēs in hospitium invitāvit. Eurylochus
īnsidiās comparārī suspicātus forīs exspectāre cōnstituit :
at reliquī reī novitāte adductī intrāvērunt. Convīvium
māgnificum invēnērunt omnibus rēbus īnstrūctum ; et iūssū
dominae libentissimē accubuērunt. At Circē vīnum quod
servī apposuērunt medicāmentō quōdam miscuerat : quod
cum illī bibissent, gravī sopōre subitō oppressī sunt.

153. Men Changed to Pigs.

Tum Circē, quae artis magicae summam scientiam
habēbat, baculō aureō quod gerēbat capita eōrum tetigit :

quō factō, omnēs in porcōs subitō conversī sunt. Intereā Eurylochus īgnārus quid in aedibus agerētur ad ōstium sedēbat ; postquam tamen ad sōlis occāsum anxiō animō et sollicitō exspectāverat, sōlus ad nāvem regredī cōnstituit. Eō cum vēnisset, anxietāte āc timōre ita perturbātus fuit ut, quae vīdisset, vix lūcidē nārrāre posset. At Ulixēs satis intellēxit sociōs suōs in perīculō versārī, et gladiō correptō Eurylochō imperāvit, ut sine morā viam ad istam domum mōnstrāret. Ille tamen multīs cum lacrimīs Ulixem complexus obsecrāre coepit, nē in tantum perīculum sē committeret : Sī quid gravius eī accidisset, omnium salūtem in summō discrīmine futūram. Ulixēs autem respondit sē nēminem invītum sēcum adductūrum : eī licēre, sī māllet, in nāvī manēre : sē ipsum sine ūllō auxiliō rem susceptūrum. Hōc cum māgnā vōce dīxisset, ē nāvī dēsiluit et nūllō sequente sōlus in viam sē dedit.

154. The Counter Charm.

Aliquantum itineris prōgressus ad villam māgnificam pervēnit, quam cum oculīs perlūstrāsset, statim intrāre statuit : intellēxit enim hanc esse eandem dē quā Eurylochus mentiōnem fēcisset. At cum in eō esset ut līmen trānsīret, subitō obviam eī stetit adulēscēns fōrmā pulcherrimā, aureum baculum manū gerēns. Hīc Ulixem iam domum intrantem manū corripuit et, "Quō ruis?" inquit, "Nōnne scīs hanc esse Circēs domum? Hīc inclūsī sunt amīcī tuī, ex hūmānā speciē in porcōs conversī. Num vīs ipse in eandem calamitātem venīre?" Ulixēs simul āc vōcem audīvit deum Mercurium āgnōvit : nūllīs tamen precibus ab īnstitūtō cōnsiliō dēterrērī potuit ; quod ¢um Mercurius sēnsisset, herbam quandam eī dedit,

quam contrā carmina māximē valēre dicēbat. "Hanc
cape," inquit, "et ubi Circē tē baculō tetigerit, tū, strictō
gladiō, impetum in eam vidē ut faciās." Hīs dictīs .
Mercurius

> "Mortales visus medio sermone reliquit,
> Et procul in tenuem ex oculis evanuit auram."

155. The Enchantress Foiled.

Brevi intermīssō spatiō, Ulixēs ad omnia perīcula subeunda parātus ōstium pulsāvit et foribus patefactīs ab ipsā
Circē benīgnē exceptus est. Omnia eōdem modō atque
anteā facta sunt. Cēnam māgnificē īnstrūctam vīdit et
accumbere iūssus est. Mox, ubi famēs cibō dēpulsa est,
Circē pōculum aureum vīnō replētum Ulixī dedit. Ille,
etsī suspicātus est venēnum sibi parātum esse, pōculum
exhausit : quō factō, Circē, postquam caput ēius baculō
tetigit, ea verba locūta est quibus sociōs ēius anteā in
porcōs converterat. Rēs tamen omnīnō aliter ēvēnit
atque illa spērāverat. Tanta enim vīs erat ēius herbae
quam dederat Mercurius, ut neque venēnum neque verba
quidquam efficere possent. Ulixēs autem, sīcut iusserat
Mercurius, gladiō strictō impetum in eam fēcit et mortem
minitābātur. Tum Circē, cum sēnsisset artem suam nihil
valēre, multīs cum lacrimīs eum obsecrāre coepit, nē
vītam adimeret.

156. Pigs Changed to Men.

Ulixēs autem ubi sēnsit eam timōre perterritam esse,
postulāvit ut sociōs sine morā in hūmānam speciem redū-
ceret, certior enim factus erat ā deō Mercuriō eōs in
porcōs conversōs esse : nisi id factum esset, ostendit sē

dēbitās poenās sūmptūrum. At Circē hīs rēbus graviter commōta ad pedēs ēius sē prōiēcit et multīs cum lacrimīs iūreiūrandō cōnfirmāvit sē, quae ille imperāsset, omnia factūram: tum porcōs in ātrium immittī iussit. Illī datō sīgnō inruērunt et cum ducem suum āgnōvissent, māgnō dolōre adfectī sunt, quod nūllō modō potuērunt eum dē rēbus suīs certiōrem facere. Circē tamen unguentō quōdam corpora eōrum unxit; quō factō, omnēs post breve tempus in speciem hūmānam redditī sunt. Māgnō cum gaudiō Ulixēs amīcōs āgnōvit et nūntium ad lītus mīsit, quī reliquīs Graecīs sociōs receptōs esse dīceret. Illī autem hīs rēbus cōgnitīs statim ad domum Circaeam sē contulērunt; quō cum vēnissent, omnēs ūniversī laetitiae sē dēdidērunt.

157. Afloat Again.

Postrīdiē ēius diēī Ulixēs in animō habēbat ex īnsulā quam celerrimē discēdere: Circē tamen, cum haec cōgnōvisset, ex odiō ad amōrem conversa omnibus precibus eum ōrāre et obtestārī coepit, ut paucōs diēs apud sē morārētur: et hōc tandem impetrātō tanta beneficia in eum contulit ut facile eī persuāsum sit ut diūtius manēret. Postquam tamen tōtum annum apud Circēn cōnsūmpserat, Ulixēs māgnō dēsīderiō patriae suae videndae mōtus est. Sociīs igitur ad sē convocātīs, quid in animō habēret ostendit. Ubi tamen ad lītus dēscendit, nāvem suam tempestātibus ita adflīctam invēnit, ut ad nāvigandum paene inūtilis esset. Hāc rē cōgnitā, omnia quae ad nāvēs reficiendās ūsuī sunt comparārī iussit: quā in rē tantam dīligentiam omnēs praebēbant, ut ante tertium diem opus cōnfēcerint. At Circē, ubi vīdit omnia ad profectiōnem parāta esse, rem aegrē ferēbat et Ulixem

vehementer obsecrābat, ut eō cōnsiliō dēsisteret. Ille
tamen, nē annī tempore ā nāvigātiōne exclūderētur, matūrandum sibi exīstimāvit et tempestātem idōneam nactus
nāvem solvit. Multa quidem perīcula Ulixī subeunda
erant antequam in patriam suam pervenīret: quae tamen
in hōc locō longum est perscrībere.

NOTES.

NOTES.

————•◦•————

1. l. 5. tergum is the object and mōnstrum the subject of volnerābit.

2. l. 4. aquae perīculum : if the genitive is emphatic it comes
before the noun on which it depends. Compare 1, l. 5,
miserī puerī tergum.

3. l. 2. igitur : notice its position.

l. 3. bona : take with pōma.

4. l. 4. dominō : *to the master.*

5. l. 1. parvum habēbam thēsaurum : notice the order, and compare 4, l. 2, argentum cēlat multum.

l. 6. nec umquam : *but never.*

6. l. 3. māgnīs : to be taken with fossīs, as well as with tumulīs,
with great dikes and mounds.

l. 4. claustra : object of dēturbat.

7. l. 6. umerīs : *upon their shoulders.*

l. 7. Cimbrī : point out other instances that have occurred of
the subject placed after the verb.

l. 8. puerī factum : see note on 2, l. 4.

8. l. 5. et . . . et : *both . . . and.*

10. l. 3. labōre superbus : compare in l. 1, labōre fessus, and in 2,
l. 1, līmō et aquā plēna. Mark how the Latin often
expresses by the ablative what we denote by *of* with
a noun.

11. l. 4. quidem : do not translate *indeed*, but, *to be sure.* Compare
a similar use of quidem in 5, l. 5.

12. l. 1. fōrte : *it happened that.*

14. l. 10. hūc illūc = hūc et illūc.

15. l. 5. veniam dēlictī : *pardon for the offence.*

l. 7. vincit : not from vincō.

16. l. 2. rēx exsul: *the king while an exile.*

l. 9. īrā plēna: compare līmō et aquā plēna, 2, l. 1.

17. l. 2. māgnā cum catervā : a common Latin order.

l. 5. umerīs : *from his shoulders.*

l. 7. recurrit : compare currit, 14, l. 9, occurrit, 11, l. 7.

l. 8. grāta : agrees with rēgīna understood, *she gratefully.*

21. l. 7. equī rēgis habēnās : *the bridle-reins of the king's horse.*

22. ll. 5 and 6. mūtat . . . cum : *exchanges . . . for.*

l. 10. vix continet īram : *hardly can he restrain his anger.*

l. 11. invītus : *unwillingly ;* adjectives must frequently be translated by adverbs. Cf. grāta, **17**, l. 8.

23. l. 2. multīs cum lacrimīs : see note on māgnā cum catervā,
17, l. 2.

l. 6. invītī : see note on invītus, **22**, l. 11.

l. 6. poenam : this word meant originally *a fine for a misdeed ;*
hence *to take a fine from one* came to mean, *to inflict
punishment on one.*

24. l. 2. acubus : *with needles.*

25. l. 4. prae timōre = propter timōrem.

26. l. 4. vestīgia fallēbant : *made their steps uncertain ;* or, *made
an uncertain footing.*

27. l. 3. tacitī : see note on invītus, **22**, l. 11.

l. 9. dēfendit : cf. l. 4, where it means *keeps away from.*

l. 9. dēmittit : how different in meaning from dēmittunt in
l. 2?

28. l. 3. rēgis : depends on virtūtem.

l. 7. custōdem : *as guard.*

l. 10. comitem : *as companion.*

31. l. 2. dum . . . abest : *while he was absent.* The present tense
is often used after dum, of an act that *was going on,*
and hence must be rendered by a past tense.

l. 3. mōre suō : *as his way was.* What literally ?

l. 11. iacēbat : *was lying dead.*

34. l. 2. copiārum rēgis impetum : *the attack of the king's forces.*

l. 3. supererat : from supersum.

36. l. 2. gravis corripuerat morbus : that is, gravis morbus corripuerat. Find examples of a similar order in **1, 3, 4, 5.**

l. 6. agrīs nummīsque : *in lands and money.*

37. l. 2. **agunt**: a word of many meanings. Cf. **34**, l. 5, for a very different sense.

l. 3. **ex . . . fidēlissimī**: *i.e.*, **fidēlissimī ex meīs servīs.**

l. 3. **dēliciārum causā**: expect always to find **causā,** *for the sake of*, following its genitive.

l. 6. **animō . . . praecipiunt**: *anticipate.* What literally?

l. 8. **alterō**: *than the other*, comparative ablative with **mollior.**

l. 10. **abnuit**: perfect tense.

38. l. 9. **questūs**: accusative plural.

l. 10. **cursū**: with **fessī**, and **fame** with **languidī.**

l. 12. **corpora**: *i.e.*, **corpora līberōrum.**

39. l. 2. **nūlla**: mark its emphatic position; it agrees with **messis.**

l. 6. **omnēs ad ūnum**: *all to a man.*

l. 10. **post**: we should say *within.*

40. l. 1. **in mediō Rhēnō**: *in the middle of the Rhine*, a common Latin idiom.

l. 3. **aquā**: comparative ablative with **tūtius.**

l. 3. **tūtius**: neuter comparative of **tūtus.**

l. 3. **habet**: the subject is **prīnceps**, understood.

l. 4. **mīlle**: indeclinable in the singular, has **pedum** dependent on it.

l. 9. **hī . . . illī**: *these . . . those.*

l. 13. **poenam sūmunt**: see note on **23**, l. 6.

41. l. 3. **dum iacent**: see note on **dum . . . abest, 31**, l. 2.

l. 6. **exitī**: gen. of **exitium.**

42. l. 3. **ingrātī**: see note on **22**, l. 11.

l. 5. **priōre pulchrius**: for the construction compare note on **alterō, 37**, l. 8 ; also on **aquā, 40**, l. 3.

l. 6. **māgna . . . caterva**: a common order in Latin is adjective, genitive, noun with which the adjective agrees. How is it in English?

l. 9. **ipse**: *of its own accord*, a common use of **ipse.**

43. l. 2. **ūnus ex adsentātōribus**: you will find this a common construction in place of the partitive genitive, **ūnus adsentātōrum.** Find other examples in **37** and **10.**

l. 5. **iūssū ēius**: *by his order.*

l. 7. **in rūpe stat propīnquā**: notice the order.

43. l. 11. **mandāta rēgia**=**mandāta rēgis.** Find a similar construction in **16.**

44. l. 3. **canī comitī**: *to his dog, his companion* = *his dog, who accompanied him.*

l. 6. **hōc** = **hōc baculō.**

45. l. 6. **haec**: *she* (the duck).

l. 7. **fugiēbat**: *sought to escape.*

46. l. 4. **dūxerat**: **domum,** *home,* is understood.

l. 7. **multae**: note the gender of the adjective used as a noun.

47. l. 9. **Dēianīrā**: ablative after the comparative **pulchriōrem.** Cf. **alterō, 37,** l. 8, and note.

48. l. 7. **somnī**: from **somnium,** not **somnus.**

l. 11. **trahēbant**: *could pull.*

l. 11. **hōc**: comparative ablative. Cf. **37,** l. 8, note.

53. l. 7. **vīsum**: from **videō.**

l. 8. **tēxerat**: from **tegō.**

54. l. 12. **mīlitī**: depends on **dedit.**

l. 15. **meīs**: **volneribus** is understood. What ablative is this?

55. l. 2. **ōvīs**: from **ōvum.**

l. 11. **eī**: *to it.*

56. l. 5. **suā aquā** : *from their water.*

l. 5. **dēpellēbant**: *would drive away.*

l. 7. **vēre**: from **vēr.**

l. 8. **frūsta**: do not confound with **frūstrā.**

58. l. 9. **abditum**: from **abdō.**

l. 10. **rūs**: *into the country.*

59. l. 9. **diū parcō aquae**: *I have long been saving the water.*

63. l. 1. **Apiciō**: depends on **trānsportāverant.**

l. 4. **aliud**: *different.*

l. 4. **illa**: *the former,* **fēlēs.**

l. 5. **haec**: *the latter,* **sīmia.**

l. 11. **mōre suō**: *as its habit was.*

64. l. 8. **hīc**: *here.* Cf. **40,** l. 3.

l. 11. **repete**: *resume.*

l. 13. **capitis damnābor**: *I shall be condemned to death.* But what literally?

66. l. 9. **tempestātis**: *from the storm.*

69. 1. 6. domī : *at home.*

1. 7. dēpellunt: *have driven.*

1. 9. laetī : render as if it were an adverb, *joyfully.*

1. 15. dīvīnī : *sent by the gods.*

70. 1. 9. coquit : observe the present tense and see **31,** 1. 2, and note.

71. 1. 5. semel : *once only.*

1. 11. cēnā : imperative from cēnō, not the noun.

72. 1. 4. prātum : subject of praebēbat.

1. 5. illa : illa vacca.

1. 8. hīc : *here.* Cf. **64,** 1. 8.

1. 9. onerāvit : translate the perfect after **postquam, ubi,** and **ut,** all meaning *when,* as a pluperfect.

74. 1. 4. hunc : the order in English would be **hunc asinum quem vidētis.**

1. 6. arcessīvit : cf. note on **72,** 1. 9.

1. 10. quod : *because.*

1. 11. es : imperative.

1. 12. aut, ego, etc. : *one of us, either I, or the king, or the ass, will be dead.*

75. 1. 5. in animō est : in animō mihi est, *I intend.*

1. 9. dīxit : see note on **72,** 1. 9.

76. 1. 10. hīc : *the king.*

78. 1. 11. quō : translate *of which.*

79. 1. 1. māximī : *highly;* literally, *at a very great (price).*

11. 7 and 8 : quid . . . amōris : *any love.*

1. 13. minimī : see note on line 1.

80. 1. 7. inter sē : *with each other.*

81. 11. 4 and 5. in māximum . . . adductus est : *his life was exposed to the greatest peril.* But what literally?

1. 6. rēgī : depends on attulit.

1. 7. cōnfectō : with rēgī. ˙

82. 1. 1. laetus : see **22,** 1. 11, and note.

1. 11. alter : *one or the other.*

1. 11. sōlī : *we alone.*

83. 1. 1. īdem : *at the same time.* But what literally? An absurd antithesis ; as if a poor man were not as likely as a rich man, to be ācrī ingeniō praeditus.

1. 7. quī ubi : *when he.* — cōgnōvit : see note on **72,** 1. 9.

83. l. 10. **lavantis** : gen. of the present participle, *of one washing.*

84. l. 6. **cadō = in cadō.**

l. 14. **humī**: cf. **domī, 69,** l. 6.

ll. 14 and 15. **ille . . . hīc** : *the former . . . the latter.*

85. l. 1. **īdem**: cf. **83,** l. 1, and note.

l. 7. **dīcentis** : see note on **lavantis, 83,** l. 10.

86. l. 5. **oblītus** : from **oblivīscor.**

l. 8. **altĕrum** : *one.*

l. 10. **īmum cothurnum** : *the bottom of his shoe.*

l. 10. **haud ita multō post** : *not very long afterwards.*

l. 13. **priŏre māiŏrem** : see note on **47,** l. 9.

87. ll. 6 and 7. **altera . . . altera** : *one . . . another.*

l. 6. **utrāque manū** : *with both hands.*

88. l. 2. **in summum discrīmen adducta est** : cf. **81,** l. 4, and note.

l. 4. **mŏre suŏ** : cf. **63,** l. 11, and note.

l. 6. **ūnā cum** : *along with.*

l. 9. **hīc** : *at this point.*

l. 11. **vŏbīs stultius** : *more foolish than you.*

l. 14. **nihilī** : *of no account* ; cf. **79,** ll. 1 and 13.

89. l. 1. **caesum** : supine, *to cut.*

l. 12. **quod . . . raptum** : *which had been snatched from travellers and hidden by the robbers in that place.* Literally, *which snatched from travellers the robbers,* etc.

l. 13. **quam māximō pondere** : *with the greatest possible weight.*

90. l. 9. **nec . . . poterat** : *and because he could not.*

91. l. 1. **callidissimum** : callidissimum hominem.

l. 2. **reī exquīrendae causā** : *for the purpose of investigating the matter.* Notice that **causā,** *for the sake,* or *purpose of,* comes after the genitive depending upon it. Cf. **37,** l. 3.

l. 7. **quaerentī** : present participle agreeing with **eī,** meaning *the robber,* understood.

92. l. 5. **singula bīnōs** : *in the rest, one by one, he hid robbers two by two ; in each of the rest he hid two robbers.*

l. 12. **latrŏnibus** : depends on **iniēcit.**

l. 13. **ad ūnum** : *to a man.* Cf. **39,** l. 6.

94. l. 4. **attonitus** : *though astonished.*

l. 6. **dēscendī nōn potest** : *one cannot descend.*

l. 8. **ab īmā valle** : cf. **86,** l. 10.

95. l. 3. pulsus: from **pellō.**

96. l. 1. haud ita multō post: see **86,** l. 10, and note.

l. 11. huīc, etc.: take the words just as they stand.

97. l. 4. quem . . . miseruit: *whom it pitied; who had compassion on the weak old man.*

l. 5. factūrus: *ready to do.*

l. 5. simul = simul atque.

98. l. 5. ascendī nōn potest: *one cannot climb.* Compare **94,** l. 6, and note.

99. l. 6. māximī: see **79,** l. 1, and note.

l. 9. bibendī causā: see **91,** 2, and note.

100. l. 6. alveō = in alveō.

l. 6. flūminis modō: *like a river.*

l. 12. sub īmum montem: *at the base of the mountain.* Cf. **40,** l. 1, and note.

101. l. 3. dum . . . dormit: cf. **31,** l. 2, and note.

l. 11. reliquum vītae spatium: cf. **42,** l. 6, and note.

102. l. 6. arandō: ablative of the gerund ; *in ploughing.*

l. 6. grāmine vescor tenuī: for the order, compare **4,** l. 2, argentum cēlat multum. Also **5,** l. 1, and note.

l. 10. ūsus: *by following;* from **ūtor.**

l. 12. edere: not the same verb as ēdis, l. 10.

103. l. 3. quem . . . poenitēbat: *who now repented.*

l. 12. ausus: from **audeō.**

l. 12. ipse: cf. **42,** l. 9, and note.

104. l. 5. morandī eum taedēbat: *it tired him of delaying ; he grew tired of waiting.*

l. 8. īmum flūmen: cf. īmum montem, **100,** l. 12, and note.

l. 12. querentī: dative of the present participle in agreement with Boeōtō, which depends on respondit.

l. 12. tē: subjective-accusative of īrāscī; *it by no means becomes you to be angry.*

105. l. 4. ex . . . ancillīs: cf. **43,** l. 2, and note. Take the words in this order: fidēlissimam ex omnibus ancillīs quam rēgīna habēbat.

l. 5. Hī: *i.e.* servus et ancilla.

l. 6. brevī: brevī tempore.

105. l. 6. ut . . . impetrārent: explanatory of **hōc cōnsilium.**
They formed this design, that they would get, etc.

l. 9. mea : agrees with **uxor.**

l. 10. quem . . . miseruit : cf. **104,** l. 5, and note.

l. 13. Quae: **rēgīna.**

106. l. 2. cōnsōlātūrus : the future participle here expresses purpose, *to sympathize with her.*

l. 2. versa : from **vertor.**

l. 2. grātiās . . . agō: cf. **103,** ll. 9 and 10.

l. 5. Quod ubi: begin with ubi in translating. Quod is the
· object of **crēdere.**

107. l. 2. summō fovēbat amōre: for the order compare **5,** l. 1,
and note.

l. 4. Quod ubi: cf. **106,** l. 5, and note.

l. 6. ille: *i.e.* Boeōtus.

l. 8. quod exemplum . . . id: id exemplum quod tu, etc.

l. 12. ita ut: *just as.*

108. l. 1. ingeniō benīgnō: descriptive ablative ; render as if it
were a genitive.

l. 6. māgnam . . . partem: cf. **42,** l. 6, and note.

l. 6. paulō longius: *a little farther.*

l. 12. quam celerrimē : cf. **83,** l. 8, and note.

109. l. 2. in nautam . . . incidit: cf. **107,** l. 3.

l. 8. puerumque . . . parant: *and, seizing the boy, they make
ready to rob him of his clothing.* Cf. **89,** l. 12, and note.

l. 12. clāmantis : *of one shouting.*   Cf. **83,** l. 10, and note.

l. 16. certiōrēs factī : *informed.*

110. l. 11. modo: *only.*

111. l. 1. Quod ubi: cf. **106,** l. 5, and note.

l. 3. conloquendī causā : cf. **37,** l. 3, and note.

l. 5. modo: cf. **110,** l. 11.

l. 7. Brevī: cf. **105,** l. 6.

l. 8. adventum ēius : *her coming.*

112. l. 1. Hanc: *the latter,* subject-accusative of **facere.**

l. 2. quodcumque : *whatsoever.*

l. 9. convēnisset : *had been agreed upon.*

l. 9. ex āgnīs alterum : ūnum āgnōrum. Cf. **43,** l. 2, and
note.

112. l. 11. brevī : cf. **111**, l. 7.

l. 11. nē hōc quidem : *not even with this.*

113. l. 1. questus : from queror.

l. 5. cūiusdam : from quīdam.

l. 6. carnis : from carō.

114. l. 8. abstulērunt : from auferō.

l. 12. quaesīvit : from quaerō.

l. 13. cum : *though.*

115. l. 3. quī . . . cōnsulerent : *to consult ;* a relative clause expressing purpose.

l. 4. quam . . . vēnisset : an indirect question (§ **46**), like quae causa esset, **114**, l. 12. Translate such subjunctives as if they were indicatives.

l. 13. alterum : cf. **86**, l. 8, and note.

l. 13. transeundō : notice the form of the gerund in -undō, instead of in -endō.

l. 14. nēsciō quō = aliquō. Cf. **114**, ad fin. nēsciō quam = aliquam.

116. l. 2. alterō pede : cf. alterum, **115**, ad fin.

l. 2. quem cum : begin with cum and render quem *him*, as object of vīdisset, § 36.

l. 4. dēmōnstrāvisset : a clause dependent upon an accusative and infinitive generally has the verb in the subjunctive. Render the subjunctive as if it were indicative.

l. 7. illud : *that famous.*

l. 9. ut . . . potīrētur : *of getting this fleece.*

l. 9. cum : *since.* § 47.

l. 10. spērābat : the subject is Peliās. To whom does eum refer ?

l. 11. quid . . . vellet : cf. note on **115**, l. 4.

117. l. 3. quī . . . docērent : cf. **115**, l. 3, quī . . . cōnsulerent, and note.

l. 4. postquam . . . iussit : cf. **72**, l. 9, and note.

l. 12. quam quibus : *than those which.*

l. 13. tōta : agrees with nāvis. Translate *wholly.*

118. l. 4. Trādunt = dīcunt.

l. 7. quōs : has its antecedent, eōs, following, *whom he thought . . . those he chose ; chose those whom he thought.*

118. l. 7. ad . . . perīcula : *for facing all dangers.* The participle in -dus is often used thus in agreement with a noun, when we might expect the *gerund* with its object in the accusative.

119. l. 3. attigērunt : from attingō.

l. 9. cum : *since.* § 47.

l. 12. pūgnātum est : *it was fought ; they fought.*

l. 15. abiēcērunt : from abiciō.

120. l. 6. iam dēficere : *was now beginning to fail.*

l. 8. puer fōrmā praestantissimā. Cf. **108**, l. 1, and note.

l. 12. negāret factūrum : *denied himself to be going to do this ;* in English, *declared that he would not do this ; refused to do it.*

l. 13. abstulērunt : see **114**, l. 8, and note.

l. 17. Iāsonem : subject-accusative of solvisse (nāvem).

121. l. 2. appulerant : from appellō.

l. 3. quaesīssent : from quaerō.

l. 4. quis . . . obtinēret : see note on **115**, l. 4.

l. 6. adficī : present infin. passive of adficiō.

l. 7. in : *towards.*

l. 7. Cūius supplicī, etc. : *of the punishment of whom this was the kind ;* in English, *whose punishment was of this kind.*

l. 9. speciē horribilī : see note on **120**, l. 8.

l. 13. Quae . . . essent : *this being the case.* What literally?

l. 13. haud . . . morerētur : *not much was it distant but that Phineus should die of hunger ;* in English, *Phineus was within a little of dying of hunger.*

122. l. 3. gāvīsus est : from gaudeō.

l. 4. quantam . . . habērent : see **115**, l. 4, and note.

l. 6. quī . . . vocāret : see **115**, l. 3, and note.

l. 9. sī . . . reperissent : if *they should find*, not *had found*.

l. 11. simul āc = simul atque, l. 2.

l. 16. Quod cum : translate cum first and quod as the object of sēnsissent. See Rule 12, p. 68.

123. l. 4. ingentī māgnitūdine : cf. **108**, l. 1, and note.

l. 4. eō cōnsiliō : explained by the following words.

l. 5. nē quis : *that no one.* § 40.

123. l. 8. **doctus est**: *i.e.*, Jason.

l. 9. **sublātīs ancorīs**: *weighing anchor.* Read the following note on the Ablative Absolute:

(1) A very common construction in Latin is that of a noun and a participle in the ablative, to express the *time, cause,* or some other circumstance of an action. The words in the ablative are cut off grammatically from the rest of the sentence, and hence this construction is called the *ablative absolute.*

Cōnsul, pāce factā, revertit: *the consul, peace having been made, returned.*

(2) It is seldom best to render the ablative absolute literally. Thus instead of the above, we may render

1. *The consul, after making peace, returned.*
2. *The consul, when peace had been made, returned.*
3. *The consul, because peace had been made, returned.*
4. *The consul made peace and returned.*

(3) Sometimes instead of a noun and a participle in the ablative we have

1. Two nouns.
2. A pronoun and a participle.
3. A noun and an adjective.

l. 14. **antequam . . . concurrerent**: the imperfect and pluperfect tenses are usually in the subjunctive after **antequam** and **priusquam,** but the subjunctive is generally to be rendered as if it were indicative.

124. l. 4. **contulērunt**: from **cōnferō.**

l. 7. **negābat . . . esse**: cf. **120,** l. 12, and note.

l. 9. **trāditūrum**: **esse** omitted, as often with forms made up of a participle and **esse.**

l. 10. **sī . . . perfēcisset**: see **122,** l. 9, and note.

l. 12. **iungendī erant**: *were to be yoked.*

125. l. 4. **eō cōnsiliō**: see **123,** l. 4, and note.

l. 4. **Quae cum essent**: see **121,** l. 13, and note.

125. l. 9. **quod** : *of such a kind as to.*
    l. 11. **cōnficiendī essent** : *were to be accomplished.* Cf. **124.**
    l. 12, and note.

126. l. 2. **ortā** : from **orior.**
    l. 3. **repperit** : from **reperiō.**
    l. 14. **īnsitī** : from **īnserō.**

127. l. 7. **rem ēvēnisse** : depends on **cōgnōvit.**
    l. 7. **ita . . . ut** : *just as.*
    l. 13. **cum** : *since.* § 47.

128. l. 5. **sī . . . mānsisset** : *if she should remain,* not *had remained*
    See **122,** l. 9, and note.
    l. 15. **quam prīmum** : *as quickly as possible.*
    l. 15. **āvēctūrum** : supply esse. See **124,** l. 9, and note.

129. l. 1. **ortā lūce** : see **126,** l. 2.
    l. 2. **nactī** : from **nancīscor.**
    l. 5. **quī . . . essent** : see **122,** l. 6, and note.
    l. 5. **praesidiō nāvī** : *for a protection to the ship,* the first a
    dative of purpose, the second a dative of the object.
    l. 18. **rettulit** : from **referō.**

130. l. 6. **Quae . . . essent** : see **125,** l. 4, and **121,** l. 13, and note.
    l. 6. **mātūrandum sibi** : *they must hasten.*
    l. 13. **sublātō** : from **tollō.**
    l. 14. **rettulērunt** : from **referō.**

131. l. 4. **inimīcō . . . animō** : *had been hostile to them.* What
    literally?
    l. 7. **hōc dolōre** : *with anger on this account.*
    l. 7. **exārsit** : from **exārdēscō.**
    l. 13. **minimum . . . caperentur** : *it was a very little way off
    but that they should be captured by the Colchi following;*
    in English, *they were within a little of being captured by
    the pursuing Colchians.* Cf. **121,** l. 14, and note.
    l. 14. **neque . . . posset** : *for it was not longer between than
    whither a javelin could be thrown ;* in English, *for the
    interval was not greater than a javelin-cast.*
    l. 16. **locō** : *state,* not *place.*

132. l. 7. **fefellit** : from **fallō.**
    l. 9. **ad ea colligenda** : *for the purpose of collecting these.*
    l. 11. **quod . . . fuit** : *which was necessary* = *naturally.*

132. l. 12. prius . . . quam : *until.* When **prius** and **quam** are separated thus, translate the two parts with the last verb.

l. 14. si . . . prōgressus esset : see, once more, **128**, l. 5, and note ; also, **122**, l. 9.

133. l. 11. liceat . . . mihi : *let me.*

l. 14. rogāsset = rogāvisset.

134. l. 1. aegrē tulit : *was disappointed.*

135. l. 4. ipsae : vōs ipsae.

l. 10. aliter . . . āc : *otherwise than.*

136. l. 8. ultūram : from ulcīscor.

137. l. 15. steterat : from stō.

138. l. 1. obsessam : from obsideō.

l. 9. quem : subject-accusative of **excōgitāsse.**

139. l. 3. aliae . . . dīsicerentur : *were scattered, some in one direction, others in another.*

l. 6. appulsa : from **appellō.**

l. 7. quī . . . referrent : a relative clause expressing purpose. Find previous examples of this construction.

l. 8. et : connects **referrent** and **cōgnōscerent.**

l. 10. quibusdam . . . factī : *having met certain of the inhabitants.*

l. 13. Quem cum : begin with **cum.**

l. 14. gustāssent : for **gustāvissent.** Cf. **rogāsset, 133,** l. 14.

l. 14. oblītī : from oblivīscor.

l. 15. mānsūrōs : supply esse.

140. l. 1. exspectāsset : for **exspectāvisset.**

l. 5. āfuit : from absum.

l. 10. abitūrōs : from abeō ; supply esse and compare **124,** l. 9, and note.

l. 10. rē īnfectā : *without accomplishing their object.*

141. l. 2. appulērunt : see **139,** l. 6, and note.

l. 8. factūrōs : cf. **124,** l. 9, and note.

142. l. 18. sibi : dative of the agent with **praecavendum esse.** Cf. **130,** l. 6.

l. 22. dīvolsīs : from dīvellō.

143. l. 5. Quod : rule 12, p. 68.

143. l. 7. nōn omittendam: *ought not to be lost.*

l. 7. in eō erat ut: *was on the point of.*

l. 8. cum: *since.*

l. 11. nihil sibi prōfutūrum (esse): *that it would be of no use to them.*

l. 12. si . . . interfēcisset: *if he should kill;* not *had killed.*

l. 16. locō: *state,* not place. Cf. **131,** l. 16.

l. 17. oblātā: from offerō.

l. 21. adlātūrī: from adferō.

144. l. 2. quod: *as.*

l. 6. ēvāsūrōs: see **124,** l. 9, and note.

l. 14. reposita: from repōnō.

145. l. 1. eōdem modō quō: *in the same way as.*

l. 4. attulerat: from adferō.

l. 9. quaesīvisset: from quaerō.

l. 15. quam petiimus facultātem: facultātem quam petii-mus.

146. l. 1. extrēmum pālum: extrēmam partem pālī.

l. 4. quod necesse fuit: *necessarily;* literally, *a thing which was necessary.* The reference is to what follows. Cf. **132,** l. 11.

l. 5. sustulit: from tollō.

147. l. 10. cōnexīs: from cōnectō.

l. 12. ovēs: object of ēgit, and hominem object of ferentēs.

148. l. 3. nāvī praesidiō: see **129,** l. 5, and note.

l. 6. in hōrās: *hourly.*

l. 7. id quod erat: *as was really true.*

l. 18. minimum āfuit quīn: cf. **121,** l. 14, and note.

149. l. 4. Hīc: explained by vāstō . . . antrō = in vāstō antrō.

l. 11. sibi . . . proficīscendum: cf. **130,** l. 6, and note.

l. 17. relātīs: from referō.

150. l. 10. Velut agmine factō: *as if with battle line formed.*

l. 11. Quā, etc.: *where the gate was opened rush forth and blow over the earth in a whirlwind.*

l. 17. prōiēcissent: from prōicio.

151. l. 5. quod . . . habērent: depends on frūmentum . . . dēficere.

l. 12. alterī: *the one;* depends on praeesset.

152. l. 4. **mortī obviam īrent :** *they were going to their death.* Cf. **139,** l. 11.

153. l. 2. **tetigit :** from **tangō.**

l. 13. **sī quid gravius :** *if any misfortune ;* literally, *anything heavier.*

l. 16. **eī licēre :** *that he might.*

l. 18. **in viam sē dedit :** *set out.*

154. l. 4. **in eō esset ut :** *was on the point of.*

l. 10. **vīs :** from **volō.**

l. 15. **tetigeret :** see **153,** l. 2, and note.

155. l. 3. **atque :** *as.*

l. 10. **aliter . . . atque :** *otherwise than.*

l. 13. **quidquam :** *anything at all.*

156. l. 4. **nisi . . . esset :** *unless she should do this ; if she did not do this.*

l. 7. **quae :** refers to **omnia.**

l. 10. **dē rēbus suīs :** *about what had happened to them.*

l. 15. **quī . . . dīceret :** *to report.*

157. l. 6. **eī persuāsum sit :** *he was persuaded ;* literally, *it was persuaded to him.*

l. 13. **ūsuī :** *useful ;* literally, *for use.*

l. 18. **matūrandum sibi :** see **130,** l. 6, and note.

l. 20. **Ulixī subeunda erant :** *had to be braved by Ulysses.*

l. 21. **quae :** object of **perscrībere.**

l. 22. **longum est :** *would be tedious.*

VOCABULARY.

A.

ā, ab, prep. *by, from.*

abdō, 3, -didī, -ditus, *hide, conceal.*

abdūcō, 3, -dūxī, -ductus, *lead away, take away, carry off.*

abeō, -īre, -īvī or -iī, -itus, *go away, depart.*

abiciō, 3, -iēcī, -iectus, *throw* or *put down, lay aside.*

abnuō, 3, -uī, -uitūrus, *refuse, reject.*

absorbeō, 2, -buī, -ptus, *swallow, devour.*

abstinentia, -ae, f. *abstinence.*

abstineō, 2, -uī, -tentus, *keep from, abstain.*

abstrahō, 3, -xī, -ctus, *drag away, withdraw.*

absum, -esse, āfuī, āfutūrus, *be away, be absent, be distant ;* haud multum (*or* minimum) abesse quīn, *come very near.*

absūmō, 3, -mpsī, -mptus, *take away, carry off, consume.*

Absyrtus, -ī, m. *Absyrtus, brother of Medea.*

Abulus, -ī, m. *Abulus.*

abundō, 1, *abound, overflow.*

āc, conj. *and ;* with aliter, *than ;* simul āc, *as soon as.*

Acastus, -ī, m. *Acastus, son of Pelias, king of Colchi.*

accēdō, 3, -cessī, -cessūrus, *approach, draw near.*

accendō, 3, -dī, -ēnsus, *set on fire, light, inflame.*

accidō, 3, -cidī, —, (cadō), *fall to ; befall, happen, come to pass.*

accipiō, 3, -cēpī, -ceptus, *receive; welcome, suffer, sustain.*

accipiter, -tris, m. *falcon, hawk.*

accumbō, 3, -buī, -bitum, *lay one's self down, recline at table.*

accūrātē, adv. *exactly, precisely, particularly.*

accūrātus, -a, -um, adj. *exact, precise.*

accūsō, 1, *accuse, charge.*

ācer, -cris, -cre, adj. *sharp, keen, bitter, fiery.*

acerbus, -a, -um, adj. *bitter, unripe.*

acervus, -ī, m. *heap, pile.*

ācriter, adv. *sharply, eagerly, fiercely.*

acuō, 3, -uī, -ūtus, *sharpen.*

acus, -ūs, f. *needle.*

acūtus, -a, -um, adj. *sharp, intelligent.*

ad, prep. *to, at, for, toward, near, up to, until.*

adamō, 1, *love greatly, fall in love with.*

addō, 3, -didī, -ditus, *add, join.*

addūcō, 3, -xī, -uctus, *bring to, lead, prompt, conduct, induce.*

adeō, -īre, -iī or -īvī, -itus, *go to, approach.*

adferō, -ferre, -tulī, -lātus, *bear to ; bear, bring, give, bring upon, cause to.*

adficiō, 3, -fēcī, -fectus, *affect, influence, afflict, oppress.*

adfīgō, 3, -xī, -xus, *fasten, attach, nail to.*

adflīctō, 1, *vex, torment, toss.*

adflīgō, 3, -xī, -ctus, *dash against, destroy, shatter.*

adhaereō, 2, -haesī, -haesus, *stick, cling to.*

adhibeō, 2, -uī, -itus, *apply to, use, employ.*

adhūc, adv. *hitherto, still, till then.*

adiaceō, 2, -uī, —, *adjoin.*

adiciō, 3, -iēcī, -iectus, *throw to, throw, cast.*

adimō, 3, -ēmī, -ēmptus, *take to one's self; take away, deprive.*

adiungō, 3, -ūnxī, -ūnctus, *join to, attach.*

adiūtor, -ōris, m. *helper.*

adliciō, 3, -lēxī, -lectus, *entice, allure, win over.*

adligō, 1, *bind, fasten.*

adloquor, 3, -locūtus, *address, exhort.*

Admētus, -ī, m. *Admetus.*

admittō, 3, -mīsī, -missus, *admit, commit.*

admoneō, 2, -uī, -itus, *warn, advise.*

admoveō, 2, -mōvī, -mōtus, *bring up, apply, offer.*

adorior, 4, -ortus, *rise against, attack.*

adripiō, 3, -ripuī, -reptus, *snatch, grasp, seize.*

adscrībō. *See* ascrībō.

adsentātor, -ōris, m. *flatterer, fawner.*

adsiduus, -a, -um, adj. *continual, unceasing, constant.*

adsum, -esse, -fuī, *be present, come.*

adulēscēns, -entis, adj. *growing; as noun, m. youth, young man.*

adulēscentia, -ae, f. *youth.*

adultus, -a, -um, part. *grown up.*

adūrō, 3, -ūssī, -ūstus, *scorch, singe, burn.*

advehō, 3, -vexī, -vectus, *carry, convey;* pass. *ride.*

advena, -ae, m. and f. *stranger.*

adveniō, 4, -vēnī, -ventus, *arrive at, come to.*

adventus, -ūs, m. *arrival, approach.*

adversārius, -ī, m. *adversary, opponent.*

adversus, -a, -um, adj. *contrary, adverse, against.*

adversus, prep. *towards, against.*

advocō, 1, *summon, invite, call.*

aedēs, -ium, f. pl. *house, dwelling, palace.*

aedificium, -ī, n. *building, house.*

aedificō, 1, *build, erect, construct.*

Aeētēs, -ae, m. *a mythical king of Colchis.*

aeger, -gra, -grum, adj. *sick, ill.*

aegrē, adv. *badly;* aegrē ferre, *to be annoyed, be angry.*

Aegyptus, -ī, f. *Egypt.*

aēneüs, -a, -um, adj. *of copper, bronze.*

Aeolia, -ae, f. *an island near Sicily.*

Aeolus, -ī, m. *king of the winds.*

aequō, 1, *equal, rival.*

aequus, -qua, -quum, adj. *equal, even, level, fair.*

āēr, āeris, m. *air, sky.*

aerātus, -a, -um, adj. *brazen, bronze.*

āerius, -a, -um, adj. *aerial, lofty, high.*

Aesōn, -ōnis, m. *Aeson.*

aestās, -ātis, f. *summer.*

aestimō, 1, *think, judge, value.*

aestus, -ūs, m. *tide.*

aetās, -ātis, f. *age, years.*

aeternus, -a, -um, adj. *of an age; in aeternum, forever.*

Aetna, -ae, f. *Mount Aetna in Sicily.*
Āfer, -fra, -frum, adj. *African.* '
Āfrica, -ae, f. *Africa.*
age, come. *See* agō.
ager, -grī, m. *field, plain, land, country.*
aggredior, 3, **-gressus,** *go to, fall upon, assail, attack.*
agitō, 1, *drive, toss, rouse.*
āgmen, -inis, n. *army, troop, line of march.*
āgnōscō, 3, **-nōvī, -nitus,** *recognize, make out, become acquainted with.*
āgnus, -ī, m. *lamb.*
agō, 3, **ēgī, āctus,** *do, keep, conduct; act, drive, perform, treat about;* grātiās agō, *I thank;* imp. age as interj. *come.*
agricola, -ae, m. *farmer.*
āla, -ae, f. *wing.*
alacer, -cris, -cre, adj. *brisk, active, quick.*
Albertus, -ī, m. *Albert.*
albus, -a, -um, adj. *white.*
ālea, -ae, f. *dice.*
āles, -itis, adj. *winged;* as noun, m. and f. *bird.*
aliquandō, adv. *now and then, sometimes, once upon a time, once.*
aliquantum, -ī, n. *some, a little,* w. partit. gen.
aliquī, -qua, -quod, indef. pron. adj. *any, some.*
aliquis, -qua, -quid, pron. indef. *somebody, any one.*
aliquot, adj., indecl. *several, some, a few.*
aliter, adv. *otherwise;* aliter āc, *otherwise than, in a different way from.*
alius, -a, -ud, adj. *other, another, different, besides;* aliae aliās in partēs, *some in one direction, others in another.*

almus, -a, -um, adj. *pleasant.*
alō, 3, **aluī, altus,** *nourish, maintain, keep up.*
alter, -tera, -terum, adj. *one of two, the other, the second.*
altum, -ī, n. *the sea.*
altus, -a, -um, adj. *high, deep.*
Aluredus, -ī, m. *Alfred.*
alveus, -ī, m. *river-bed.*
ambiguus, -a, -um, adj. *doubtful;* in ambiguō, *wrapped in mystery.*
ambō, -ae, -ō, pron. *both.*
ambulō, 1, *walk about, walk.*
āmentia, -ae, f. *madness.*
amīcus, -ī, m. *friend.*
āmittō, 3, **-mīsī, -mīssus,** *send off; let slip, lose.*
amnis, -is, m. *river.*
amō, 1, *love, like.*
amor, -ōris, m. *love, charity.*
āmoveō, 2, **-mōvī, -mōtus,** *remove, withdraw, take away.*
amphora, -ae, f. *jar.*
amplector, 3, **-exus,** *embrace, caress.*
amplexus, -ūs, m. *embrace.*
anas, -atis, f. *duck.*
anaticula, -ae, f. *duckling.*
ancilla, -ae, f. *maidservant.*
ancora, -ae, f. *anchor.*
anguis, -is, m. and f. *snake.*
angustus, -a, -um, adj. *narrow.*
animadvertō, 3, **-tī, -sus,** *direct the mind; observe, notice, perceive.*
animal, -ālis, n. *animal, creature.*
animōsus, -a, -um, adj. *full of courage, bold.*
animus, -ī, m. *mind, heart, spirit, courage.*
annus, -ī, m. *year.*
ānser, -eris, m. *goose.*
ante, prep. *before.*
anteā, adv. *before.*

antecellō, 3, —, —, *excel, surpass, be superior to.*
antequam, conj. *before that, before.*
antīquus, -a, -um, adj. *old, ancient.*
antrum, -ī, n. *cave.*
anus, -ūs, f. *old woman.*
anxietās, -ātis, f. *solicitude, anxiety.*
anxius, -a, -um, adj. *choked; troubled, solicitous, anxious.*
aper, -prī, m. *wild boar.*
aperiō, 4, -eruī, -ertus, *uncover, open, show.*
apertus, -a, -um, part. *open.*
Apicius, -ī, m. *Apicius.*
Apollō, -inis, m. *Apollo.*
appāreō, 2, -uī, -itūrus, *appear, show one's self.*
appellō, 1, *call, name, address.*
appellō, 3, -pulī, -pulsus, *dash against, come to land, put in, land* (w. nāvem).
appetō, 3, -īvī, -iī, -ītus, *seek for;* intr. *be at hand, draw near, approach.*
applicō, 1, -āvī or -uī, -ātus, *fasten, join, attach.*
appōnō, 3, -posuī, -positus, *put on the table, set before, serve to.*
apportō, 1, *carry, bring to, bring along.*
appropinquō, 1, *draw near, approach.*
aptō, 1, *fit, adjust.*
aptus, -a, -um, adj. *fitted, suitable, ready.*
apud, prep. w. acc. *at, near, in the presence of, among.*
aqua, -ae, f. *water;* aquae, *mineral springs.*
aquila, -ae, f. *eagle.*
arātrum, -ī, n. *plough.*
arbitrium, -ī, n. *judgment, decision.*

arbitror, 1, *believe, consider, think.*
arbor, -oris, f. *tree.*
arca, -ae, f. *chest, strong-box.*
arceō, 2, -cuī, —, *keep off, hinder.*
arcessō, 3, -īvī, -ītus, *send for, summon, call.*
arcus, -ūs, m. *bow.*
ārdeō, 2, -rsī, -rsus, *be on fire, burn, blaze.*
ārdor, -ōris, m. *fire, heat.*
arduus, -a, -um, adj. *steep, difficult.*
arēna, -ae, f. *sand, arena.*
argenteus, -a, -um, adj. *silver.*
argentum, -ī, n. *silver.*
Argō, -ūs, f. *the Argo* (Jason's ship).
Argonautae, -ārum, m. *Argonauts* (the Argo's crew).
Argus, -ī, m. *builder of the Argo.*
ariēs, -etis, m. *ram.*
arista, -ae, f. *ear of corn.*
arma, -ōrum, n. *arms, weapons, armor.*
armō, 1, *furnish with arms; arm, equip, rouse to arms;* armātus as adj. *armed.*
armentum, -ī, n. *herd.*
arō, 1, *plough, till.*
Arpī, -ōrum, m. *the town of Arpi.*
ars, artis, f. *art, skill, cunning.*
artē, adv. *closely, fast, firmly.*
artus, -a, -um, adj. *close, fast, tight.*
arvum, -ī, n. *field, land.*
arx, -cis, f. *citadel, stronghold.*
ās, assis, m. *a copper coin, a pound in weight.*
ascendō, 3, -ndī, -ēnsus, *climb up, mount.*
ascīscō, 3, -īvī, -ītus, *adopt, admit.*
ascrībō, 3, -psī, -ptus, *write in addition; enroll, add, join, include.*

asinus, -ī, m. *donkey, ass.*
asper, -pera, -perum, adj. *rough, dangerous.*
aspicio, 3, -ĕxī, -ectus, *look on, behold, espy, see.*
astō, 1, -itī, —, *stand at, take position near.*
astrologus, -ī, m. *astrologer, star-gazer.*
at, conj. *but.*
Athēnae, -ārum, f. *Athens,* in Attica.
Athēniēnsis, -e, adj. *Athenian.*
atque *or* **āc,** conj. *and also, and, as, than;* simul, *as soon as.*
ātrium, -ī, n. *hall, chief room.*
atrōx, -ōcis, adj. *fierce, terrible, cruel.*
attineō, 2, -uī, —; attinet, impers. *it matters, concerns.*
attingō, 3, -tigī, -tāctus, *touch, reach, arrive at.*
attonitus, -a, -um, adj. *thunder-struck, astonished.*
attrectō, 1, *touch, handle.*
attulī. *See* adferō.
auctor, -ōris, m. *author, cause.*
auctōritās, -ātis, f. *authority, influence, power.*
audācia, -ae, f. *boldness, daring, insolence.*
audāx, -ācis, adj. *bold, daring, rash.*
audeō, 2, ausus, semi-dep. *dare, venture.*
audiō, 4, *hear, listen to.*
auferō, -ferre, abstulī, ablātus, *bear* or *take away, snatch away, remove.*
aufugiō, 3, -fūgī, —, *flee away, flee, run.*
Augustus, -ī, m. *Augustus.*
aura, -ae, f. *air.*
aurātus, -a, -um, adj. *gilt, gilded.*
aureus, -a, -um, adj. *of gold, golden.*
auris, -is, f. *ear.*

aurum, -ī, n. *gold.*
austrālis, -e, adj. *southern.*
aut, conj. *or, either.*
autem, conj. *but, moreover, however.*
auxilior, 1, *give help, aid, assist.*
auxilium, -ī, n. *help, aid, assistance.*
avārus, -a, -um, adj. *covetous, greedy.*
āvellō, 3, -vellī *or* -vulsī, -vulsus, *pluck away, pull off.*
āversor, 1, *turn away, shrink from, avoid.*
āvertō, 3, -tī, -sus, *turn aside* or *away, withdraw.*
avidē, adv. *greedily.*
avidus, -a, -um, adj. *greedy, longing.*
avis, -is, f. *bird.*
āvius, -a, -um, adj. *pathless.*
avus, -ī, m. *grandfather.*

B.

Bacchus, -ī, *Bacchus* (god of wine).
baculum, -ī, n. *stick, staff, cane.*
Bāiae, -ārum, f. *Baiae.*
Balbus, -ī, m. *Balbus.*
barba, -ae, f. *beard.*
barbarus, -a, -um, adj. *barbarous, foreign;* as noun, m. *stranger, foreigner.*
beātus, -a, -um, adj. *happy, fortunate.*
bellum, -ī, n. *war, contest.*
bene, adv. *well.*
beneficium, -ī, n. *kindness, benefit, service.*
benevolentia, -ae, f. *goodwill, friendship, favor.*
benignē, adv. *kindly, with friendship.*
benignitās, -ātis, f. *friendliness, kindness, courtesy.*

benīgnus, -a, -um, adj. *kind-hearted, kindly, good.*

bēstia, -ae, f. *beast, animal.*

bibō, 3, bibī, —, *drink.*

bīnī, -ae, -a, adj. *two at a time, two.*

Boeōtus, -a, -um, adj. *Boeotian.*

bonus, -a, -um, adj. *good.*

bōs, bovis, m. and f. *ox or cow.*

bracchium, -ī, n. *arm.*

brevī, adv. *in a short time.*

brevis, -e, adj. *short, small.*

Britannicus,-a,-um, adj.*British.*

Britannus, -ī, m. *Briton.*

Brūtus, -ī, m. *Brutus.*

C.

cadāver, -eris, n. *corpse.*

cadō, 3, cecidī, cāsus, *fall.*

cadus, -ī, m. *cask.*

caecus, -a, -um, adj. *blind.*

caedēs, -is, f. *murder, bloodshed.*

caedō, 3, cecīdī, caesus, *cut, beat, kill.*

caelum, -ī, n. *sky, heavens.*

Cāius, -ī, m. *Caius.*

Calaïs, only nom. *an Argonaut, son of the North wind.*

calamitās, -ātis, f. *loss, injury, disaster, misfortune.*

calathus, -ī, m. *basket.*

calcar, -āris, n. *spur.*

calceus, -ī, m. *shoe.*

Calebus, -ī, m. *Caleb.*

calefaciō, 3, -fēcī, -factus, *make warm; heat, make hot.*

cālīgō, -inis, f. *mist, darkness.*

callidē, adv. *cunningly, shrewdly.*

callidus, -a, -um, adj. *cunning, clever, crafty, shrewd.*

Cambricus, -ī, m. *Cambricus.*

candidus, -a, -um, adj. *white.*

canis, -is, m. and f. *dog.*

canō, 3, cecinī, cantus, *sing, play.*

canōrus, -a, -um, adj. *musical, melodius.*

cantō, 1, *sing, play.*

cantus, -ūs, m. *singing, song.*

Cānūtius, -ī, m. *Canute.*

caper, -prī, m. *he-goat.*

capillus, -ī, m. *hair.*

capiō,3,cēpī, captus,*take, seize, capture, get, receive.*

captīvus, -ī, m. *one captured; captive, prisoner.*

captō, 1, *catch, catch at.*

Capua, -ae, f. *Capua.*

caput, -pitis, n. *head;* damnāre capitis, *to condemn to death.*

carcer, -eris, m. *prison, jail;* plur. *starting-place, barrier.*

careō, 2, -uī, -itūrus, *be in want of, be without.*

carmen, -inis, n. *song, charm, incantation.*

carō, carnis, f. *flesh.*

Carolus, -ī, m. *Charles.*

carpō, 3, -psī, -ptus, *pick, pluck, gather, enjoy.*

cārus, -a, -um, adj. *dear.*

casa, -ae, f. *hut, cottage.*

cāseus, -ī, m. *cheese.*

castanea, -ae, f. *chestnut-tree, chestnut.*

Castor, -ōris, m. *son of Tyndarus and Leda, and twin-brother of Pollux.*

castra, -ōrum, n. *camp.*

cāsū, adv. *by chance.*

cāsus, -ūs, m. *chance, happening, emergency, mischance, disaster.*

catēna, -ae, f. *chain, fetter.*

caterva, -ae, f. *crowd, band of men, throng.*

Catō, -ōnis, m. *Cato.*

cauda, -ae, f. *tail.*

causa, -ae, f. *cause, reason, motive, case;* abl. as adv., w. gen. *for the sake of, on account of.*

cautē, adv. *carefully.*

caveō, 2, cāvī, cautus, *beware of, guard against.*

cēdō, 3, cessī, cessus, *go, withdraw, yield.*

celebrō, 1, *frequent, celebrate.*

celer, -eris, -ere, adj. *swift, speedy, prompt.*

celeritās, -ātis, f. *swiftness, speed.*

celeriter, adv. *quickly, in haste, promptly.*

celerrimē, superl. of celeriter.

cēlō, 1, *conceal, hide, keep secret.*

cēna, -ae, f. *principal meal, dinner, supper.*

cēnāculum, -ī, n. *dining-room.*

Cennetus, -ī, m. *Kenneth.*

cēnō, 1, *sup, dine, take dinner.*

cēnseō, 2, -uī, -nsus, *be of the opinion, think, decide.*

Centaurus, -ī, m. *Centaur (a fabulous creature, half man, half horse).*

Cerēs, -eris, f. *Ceres (goddess of agriculture).*

certāmen, -minis, n. *struggle, battle.*

certē, adv. *certainly, surely.*

certiōrem faciō, *inform (make more certain).*

certō, 1, *strive, contend.*

certus, -a, -um, adj. *certain, definite, fixed, sure.*

cervīx, -īcis, f. *neck.*

cervus, -ī, m. *stag.*

cessō, 1, *cease from, be inactive, stop, slacken.*

cēterī, -ae, -a, adj. *the others, the rest.*

chorus, -ī, m. *dance, crowd, band.*

cibus, -ī, m. *food.*

Cimbrī, -ōrum, m. *the Cimbri (a people of North Germany).*

cingō, 3, -xī, -nctus, *surround, encircle.*

Circaeus, -a, -um, adj. *of Circe, Circe's.*

Circē, -ae or -ēs, f. *an enchantress, daughter of the sun.*

circiter, adv. *about, not far from.*

circum, adv. and prep. *around, about.*

circumdō, -dare, -dedī, -datus, *set round, surround, encircle.*

circumstō, 1, -stetī, —, *stand round, surround.*

citharoedus, -ī, m. *harpist, minstrel.*

cīvis, -is, m. and f. *citizen.*

clādēs, -is, f. *slaughter, destruction, defeat.*

clam, adv. *secretly;* as prep. w. abl. *unknown to.*

clāmitō, 1, *cry aloud, shout.*

clāmō, 1, *shout, cry out.*

clāmor, -ōris, m. *shout, cry, shriek.*

clangor, -ōris, m. *noise, sound, clang.*

clārus, -a, -um, adj. *clear, bright, famous, distinguished.*

claudō, 3, -sī, -sus, *shut, close.*

claudus, -a, -um, adj. *lame.*

claustra, -ōrum, n. *barrier, dike.*

clēmentia, -ae, f. *kindness, mercy.*

cliēns, -entis, m. and f. *dependent, patient.*

Clōdius, -ī, m. *Clodius.*

Cloelia, -ae, f. *Cloelia.*

(coepiō), 3, coepī, coeptus, *begin, commence.*

coërceō, 2, -uī, -itus, *keep back, check, restrain.*

coetus, -ūs, m. *assemblage, gathering, company.*

cōgitō, 1, *consider, ponder, weigh, reflect upon.*

cōgnōscō, 3, -gnōvī, -gnitus, *find out, recognize, learn, ascertain;* pf. *know.*

cōgō, 3, coēgī, coāctus, *gather, compel, urge, force.*

cohibeō, 2, -uī, -itus, *hold fast, check, hinder, stay.*

cohortor, 1, *encourage.*

Colchī, -ōrum, m. *inhabitants of Colchis, Colchians.*

Colchis, -ĭdis, f. *the district east of the Black Sea.*

collum, -ī, n. *neck.*

colō, 3, -uī, cultus, *cultivate, dwell in, inhabit.*

colōnus, -ī, m. *farmer.*

color, -ōris, m. *color, hue.*

columba, -ae, f. *pigeon, dove.*

coma, -ae, f. *hair, leaf.*

comes, -itis, m. and f. *companion, comrade, attendant.*

comitās, -ātis, f. *courtesy, kindness.*

commeātus, -ūs, m. *provisions, supplies.*

commemorō, 1, *relate, recount, tell.*

committō, 3, -mīsī, -missus, *intrust, begin, commit, deliver.*

commoneō, 2, -uī, -itus, *remind, impress upon.*

commoror, 1, *delay, linger, wait.*

commoveō, 2, -mōvī, -mōtus, *move violently, alarm, provoke, induce, lead.*

commūnicō, 1, *share, impart.*

comparō, 1, *make ready, prepare, provide, plot.*

complector, 3, -plexus, *fold together; embrace, enfold.*

compleō, 2, -ēvī, -ētus, *fill.*

complūrēs, -a or -ia, adj. *several, many, a number.*

comportō, 1, *bring together, collect, gather.*

conātus, -ūs, m. *attempt, undertaking, enterprise.*

concēdō, 3, -cessī, -cessus, *yield, grant, give up, resign.*

concha, -ae, f. *shell.*

conchylium, -ī, n. *oyster.*

concipiō, 3, -cēpī, -ceptus, *take up, conceive, devise.*

concordia, -ae, f. *harmony, concord, agreement.*

concors, -cordis, adj. *united, harmonious.*

concurrō, 3, -currī or -cucurrī, -cursus, *run together, assemble, fight.*

condiciō, -ōnis, f. *condition, terms.*

condō, 3, -didī, -ditus, *found, store up, lay away.*

condōnō, 1, *devote, consecrate.*

cōnectō, 3, —, -nexus, *bind together; join, tie.*

cōnferō, -ferre, -tulī, -lātus, *bring together; gather, collect, bestow, confer; w. sē, betake one's self, go.*

cōnficiō, 3, -fēcī, -fectus, *wear out, overcome, exhaust; accomplish, do.*

cōnfirmō, 1, *strengthen, reinforce, steady; affirm, assert.*

cōnflīgō, 3, -flīxī, -flīctus, *strike, dash together, contend, fight.*

cōniciō, 3, -iēcī, -iectus, *throw, hurl, cast.*

coniungō, 3, -ūnxī, -ūnctus, *join, unite, connect.*

coniūnx, -iugis, m. and f. *husband* or *wife.*

conligō, 3, -ēgī, -ēctus, *pick up, collect; gather together.*

conlocō, 1, *establish, put, place.*

conloquor, 3, -locūtus, *converse, hold a conference, confer, parley.*

cōnor, 1, *attempt, try, seek.*

cōnscendō, 3, -dī, -ēnsus, *climb up, mount, embark.*

cōnsēnsus, -ūs, m. *agreement, consent.*

cōnsequor, 3, -cūtus, *follow up, overtake; follow, succeed.*

cōnsīderō, 1, *inspect, examine.*

cōnsīdō, 3, -sēdī, -sessus, *sit down, station one's self.*

cōnsilium, -ī, n. *plan, device, advice, scheme, wisdom, will.*

cōnsistō, 3, -stitī, -stitus, *stand still, halt, stop.*

cōnsōlor, 1, *comfort, cheer.*

cōnspectus, -ūs, m. *sight, view.*

cōnspiciō, 3, -spēxī, -spectus, *see, espy, perceive.*

cōnstāns, -antis, adj. *firm, steadfast, faithful, true.*

cōnstanter, adv. *firmly, steadily, resolutely.*

cōnstantia, -ae, f. *firmness, perseverance, faithfulness.*

cōnstituō, 3, -uī, -ūtus, *establish, determine, fix, decide, resolve.*

cōnstō, 1, -stitī, -statūrus, *consist of;* cōnstat, *it is agreed or known.*

cōnstringō, 3, -nxī, -ctus, *draw together, fasten, tie up.*

cōnsuēscō, 3, -suēvī, -suētus, *accustom;* usu. pf. system, *be accustomed, be wont.*

cōnsuētūdō, -inis, f. *custom, habit.*

cōnsul, -is, m. *consul, chief magistrate.*

cōnsulō, 3, -uī, -ltus, *consider; consult, inquire of, seek counsel.*

cōnsūmō, 3, -psī, -ptus, *eat, destroy, spend, pass.*

contemplor, 1, *observe, consider, think over.*

contendō, 3, -dī, -tus, *hasten, struggle, strive.*

contentus, -a, -um, adj. *satisfied, pleased.*

contexō, 3, -uī, -xtus, *weave, make.*

contineō, 2, -uī, -tentus, *hold, keep back, bound, surround.*

continuō, adv. *without interruption.*

continuus, -a, -um, adj. *successive, in succession.*

contrā, prep. w. acc. *against.*

contrōversia, -ae, f. *dispute, quarrel, contention.*

contus, -ī, m. *pole.*

conveniō, 4, -vēnī, -ventus, *come together, assemble, agree, accord;* impers. *it is agreed, etc.*

convenit, impers, *it is agreed.*

convertō, 3, -vertī, -versus, *turn towards, turn round, change, transform.*

convincō, 3, -vīcī, -victus, *overcome, completely conquer.*

convīva, -ae, m. and f. *guest.*

convīvium, -ī, n. *feast, banquet.*

convocō, 1, *call together, assemble, summon.*

coörior, 4, coörtus, *rise up, arise, appear.*

cōpia, -ae, f. sing. *plenty, abundance, supply;* plur. *forces, troops.*

cōpiōsus, -a, -um, adj. *abundant, plentiful.*

coquō, 3, cōxī, coctus, *cook, bake.*

cor, cordis, n. *heart.*

cōram, adv. and prep. *openly, in presence of.*

Corinthius, -a, -um, adj. *of Corinth, Corinthian.*

Corinthus, -ī, f. *Corinth.*

corium, -ī, n. *skin, hide, leather.*

corniger, -gera, -gerum, adj. *horned.*

cornū, -ūs, n. *horn.*

corōna, -ae, f. *crown.*

corpus, -oris, n. *body, form.*

corripiō, 3, -uī, -reptus [rapiō], *seize, snatch up, grasp.*

corvus, -ī, m. *raven.*

cothurnus, -ī, m. *top-boot, shoe.*

cottīdiānus, -a, -um, adj. *of every day, daily.*

cottīdiē, adv. *daily, every day.*

crās, adv. *tomorrow.*

crātēra, -ae, f. *mixing bowl, bowl.*

crēber, -bra, -brum, adj. *frequent, numerous.*

crēdibilis, -e, adj. *trustworthy.*

crēdō, 3, -didī, -ditus, *believe, suppose, trust, entrust.*

creō, 1, *create, make.*

Creōn, -ontis, m. *a king of Corinth.*

crepitus, -ūs, m. *rustling, pattering.*

crēscō, 3, crēvī, crētus, *increase, grow.*

crēta, -ae, f. *chalk.*

crīmen, -inis, n. *charge, crime, fault, offence.*

cruciātus, -ūs, m. *torture, torment.*

crūdēlis, -e, adj. *cruel, fierce, pitiless.*

crūdēlitās, -ātis, f. *harshness, severity, cruelty.*

cruentus, -a, -um, adj. *bloody, stained.*

cruor, -ōris, m. *gore, blood.*

crūs, crūris, n. *leg.*

cubīle, -is, n. *bed, couch.*

cubō, 1, cubuī, cubitum, *lie down.*

culmen, -inis, n. *top, roof.*

culpa, -ae, f. *fault.*

culpō, 1, *blame.*

culter, -trī, m. *knife, razor.*

cultus, -ūs, m. *cultivation, care, culture.*

cum, prep. *with, together with.*

cum, conj. *when, since, while, after;* cum . . . tum, *both . . . and.*

Cūmae, -ārum, f. *Cumae.*

cūnae, -ārum, f. *cradle.*

cūnctus, -a, -um, adj. *all, in a body, the whole.*

cupidē, adv. *eagerly, greedily.*

cupiditās, -ātis, f. *longing, desire, ambition, eagerness.*

cupīdō, -dinis, f. *desire, wish, longing.*

cupidus, -a, -um, adj. *eager, desirous, anxious.*

cupiō, 3, -īvī *or* -iī, -ītus, *desire, wish, long for.*

cūr, adv. *why?*

cūra, -ae, f. *care, trouble, worry.*

cūrō, 1, *care, take care.*

currō, 3, cucurrī, cursus, *run, rush, hasten.*

currus, -ūs, m. *chariot.*

cursitō, 1, *run about.*

cursus, -ūs, m. *running, race, course.*

curvus, -a, -um, adj. *crooked, winding.*

custōdiō, 4, *guard, watch over, protect.*

custōs, -ōdis, m. and f. *guard, warder.*

cutis, -is, f. *skin.*

Cyclōps, -ōpis, m. *(round eye), Cyclops* (one of the fabulous giants off the coast of Sicily).

cȳgnus, -ī, m. *swan.*

Cymē, -ēs, f. *a city of Aetolia.*

Cyprus, -ī, f. *an island in the Eastern Mediterranean.*

Cȳzicus, -ī, f. *a city in Mysia.*

D.

damnō, 1, *sentence, doom, condemn.*

damnum, -ī, n. *hurt, harm, damage, injure.*

Dānī, -ōrum, m. *Danes.*

dapēs, -um, f. *feast, banquet, food.*

Dārīus, -iī, m. *Darius.*

datus. *See dō.*

dē, prep. *from, about, concerning.*

dēbeō, 2, -uī, -itus, *owe, ought.*

dēbitus, -a, -um, adj. *owed; due, appropriate, becoming.*

decem, adj. indecl. *ten.*

dēcertō, 1, *struggle, contend.*

decet, 2, decuit, impers. *it is fitting.*

dēcidō, 3, -cidī, —, *fall down, fall.*

decimus, -a, -um, adj. *tenth.*

dēcipiō, 3, -cēpī, -ceptus, *deceire, cheat, entrap.*

dēcurrō, 3, -cucurrī *or* -currī, -cursus, *run or hasten down, rush to the shore.*

dēdecus, -oris, n. *disgrace.*

dēditiō, -ōnis, f. *surrender.*

dēdō, 3, -didī, -ditus, *resign, surrender, give up, yield.*

dēdūcō, 3, -xī, -uctus, *escort, bring, draw out, carry down, launch.*

dēfāmō, 1, *soil, sully.*

dēfendō, 3, -dī, -ēnsus, *defend, protect, keep off.*

dēferō, dēferre, dētulī, dēlātus, *drive, force, carry; carry down, report.*

dēfessus,-a,-um,adj.*tired,weary.*

dēficiō, 3, -fēcī, -fectus, *be wanting, fail, give out.*

dēfluō, 3, -ūxī, -xus, *flow by.*

dēfōrmis, -e, adj. *ugly.*

dēfōrmō, 1, *make ugly, spoil.*

dēgō, 3, dēgī, —, *spend, pass.*

dēhīscō, 3, —, —, *yawn, gape.*

Dēianīra, -ae, f. *Deianira.*

dēiciō, 3, -iēcī, -iectus, *throw down, dishearten; cast, drive, force.*

deinde, adv. *then, next, afterwards.*

dēlābor, 3, -lapsus, *glide down; fall, descend.*

dēlectō, 1, *delight, charm, please.*

dēleō, 2, -ēvī, -ētus, *destroy, overthrow.*

dēliciae, -ārum, f. *treat.*

dēlictum, -ī, n. *fault, offence.*

dēligō, 3, -lēgī, -lēctus, *choose, select.*

dēligō, 1, *bind, tie.*

Delphī, -ōrum, m. *a Phocian city, famous for its oracle.*

dēmittō, 3, -mīsī, -missus, *send from; let down, let go, lose;*

dēmissus, *downcast, dejected.*

dēmōnstrō, 1, *show, indicate, prove.*

Dēmosthenēs, -is, m. *Demosthenes.*

dēmum, adv. *at length.*

dēnārius, -ī, m. *a silver coin.*

dēnique, adv. *at last.*

dēns, dentis, m. *tooth.*

dēnsus, -a, -um, adj. *thick.*

dēpellō, 3, -pulī, -pulsus, *drive away, banish, remove, turn aside, divert.*

dēpendeō, 2, —, —, *hang down.*

dēpereō, -īre, -iī, —, *die, perish.*

dēplōrō, 1, *lament, bewail.*

dēpōnō, 3, -posuī, -positus, *lay down, put aside.*

dēportō, 1, *carry down or off, bring home.*

dēprehendō, 3, -dī, -ēnsus, *seize upon, detect, surprise.*

dērīdeō, 2,-rīsī, -rīsus, *jeer, mock.*

dēripiō, 3, -uī, -reptus, *tear away, snatch.*

dēscendō,3, -dī, -ēnsus, *descend, dismount, disembark.*

dēscēnsus, -ūs, m. *descent.*

dēserō, 3, -ruī, -rtus, *desert, abandon, forsake.*

dēsertus, -a, -um, part. *deserted, desolate.*

dēsīderium, -ī, n. *longing, wish, desire.*

dēsiliō, 4, -iluī, -ultus, *jump down, leap overboard.*

dēsistō, 3, -stitī, -stitus, *leave off, stop, give up.*

dēspērō, 1, *despair of, give up.*

dēspiciō, 3, -ēxī, -ectus, *look down upon, disdain.*

dēstringō,3, -inxī, -ictus, *draw, unsheath.*

dēsum, -esse, -fuī, *fail, be wanting.*

dēsuper, adv. *from above, from overhead.*

dēterreō, 2, -uī, -itus, *deter, prevent, frighten.*

dētrahō, 3, -āxī, -ctus, *draw or throw off, remove.*

dētrectō, 1, *decline, refuse.*

dēturbō, 1, *upset, throw away, drive away, dislodge.*

deus, -ī, m. *god.*

dēvius, -a, -um, adj. *out of the way, retired.*

dēvolvō, 3, -vī, -ūtus, *roll down.*

dēvorō, 1, *eat, devour, consume.*

dēvoveō, 2, -vōvī, -vōtus, *devote, offer, give up.*

dextra, -ae, f. *right hand.*

Diāna, -ae, f. *Diana* (goddess of hunting).

dīcō, 3, -xī, -ictus, *say, tell, appoint.*

diēs, -ēī, m. *day.*

difficilis, -e, adj. *difficult, hard, ill-tempered, perilous.*

difficultās, -ātis, f. *difficulty, trouble.*

diffugiō, 3, -fūgī, —, *flee in different directions, scatter.*

digitus, -ī, m. *finger.*

dīgnitās, -ātis, f. *dignity, rank.*

dīgnus, -a, -um, adj. *worthy, suitable, proper.*

dīlacerō, 1, *tear in pieces, wound.*

dīlaniō, 1, *tear in pieces, strip off.*

dīligēns, -entis, adj. *careful, industrious.*

dīligenter, adv. *carefully, scrupulously.*

dīligentia, -ae, f. *industry, diligence, care, application.*

dīligō, 3, -lēxī, -lēctus, *single out, love, esteem.*

dīlūcēscō, 3, -lūxī, —, *grow light, dawn.*

dīmittō, 3, -mīsī, -mīssus, *send out, despatch, dismiss.*

dīreptus, -a, -um, adj. *torn asunder, separated.*

dīrigō, 3, -rēxī, -rēctus, *direct, guide.*

dīripiō, 3, -uī, -eptus, *tear asunder, ravage.*

dīrus, -a, -um, adj. *fearful, dreadful, violent.*

discēdō, 3, -cessī, -cessus, *depart from, leave, go; separate, open.*

dīsciplīna, -ae, f. *discipline, order, teaching.*

discrīmen, -inis, n. *crisis, risk, peril, danger.*

dīsiciō, 3, -iēcī, -iectus, *disjoint, separate, scatter, disperse.*

dispōnō, 3, -posuī, -positus, *arrange, set in order, post, assign.*

disputō, 1, *argue, discuss.*

dissideō, 2, -ēdī, —, *disagree, differ.*

dissimilis, -e, adj. *unlike, different.*

dīstāns, -antis, adj. *distant.*

diū, adv. *for a long time, long.*

diūtius, adv. *longer, for some time.*

dīvellō, 3, -vellī, -vulsus, *tear up or apart, snatch away, remove.*

dīversus, -a, -um, adj. *different.*

dīves, dīvitis, adj. *rich, wealthy.*

dīvidō, 3, -vīsī, -vīsus, *divide, separate.*

dīvīnitus, adv. *miraculously, by divine influence.*

dīvīnus, -a, -um, adj. *divine.*

dīvitiae, -ārum, f. *riches, wealth.*

dīvolgō, 1, *spread abroad, publish, reveal.*

dō, 1, dedī, datus, *give, offer, bestow, confer; propose; give up, resign.*

doceō, 2, -cuī, -ctus, *teach, show, tell.*

VOCABULARY. 157

doleō, 2, -uī, -itūrus, *grieve (for), feel sorry, lament.*
dolor, -ōris, m. *grief, pain.*
dolus, -ī, m. *deceit; trick, fraud, cunning.*
domesticus, -a, -um, adj. *of the house, house-, personal.*
domī, loc. of domus, *at home.*
domina, -ae, f. *mistress.*
dominus, -ī, m. *lord, master.*
domō, 1, -uī, -itus, *subdue, tame, conquer.*
domus, -ūs, f. *house, home.*
dōnō, 1, *give, present, bestow, confer.*
dōnum, -ī, n. *gift, present.*
dormiō, 4, *sleep, slumber.*
dracō, -ōnis, m. *serpent, dragon.*
dubitō, 1, *doubt, hesitate.*
dubius, -a, -um, adj. *doubtful, uncertain;* sine dubiō, *without doubt.*
dūcō, 3, -xī, ductus, *lead, conduct, draw, marry (a wife).*
dulcēdō, -inis, f. *sweetness, charm.*
dulcis, -e, adj. *sweet, agreeable, pleasant, delightful.*
dum, conj. *while, as long as, until.*
duo, -ae, -o, adj. *two.*
duodecim, adj. indecl. *twelve.*
dūrus, -a, -um, adj. *hard, rough, harsh, cruel.*
dux, ducis, m. *leader, general.*

E.

ē, ex, prep. w. abl. *out of, from.*
ēbrius, -a, -um, adj. *drunken, intoxicated.*
ebur, -oris, n. *ivory.*
ecce, adv. *see! behold!*
echīnus, -ī, m. *hedgehog.*
ēdīcō, 3, -xī, -dictus, *proclaim, announce, make known.*

edō, 3, ēdī, ēsus, *eat, devour, consume.*
ēdō, 3, -didī, -ditus, *give forth, utter, raise, set up.*
Edvardus, -ī, m. *Edward.*
effervēscō, 3, -ferbuī, —, *boil up, boil over.*
efficiō, 3, -fēcī, -fectus, *bring about, effect, accomplish.*
effodiō, 3, -fōdī, -fossus, *dig up.*
effugiō, 3, -fūgī, —, *flee away, escape, avoid.*
effundō, 3, -fūdī, -fūsus, *upset, scatter, pour forth, waste.*
effūsē, adv. *in different directions.*
egēnus, -a, -um, adj. *poor, needy.*
ego, pron. *I.*
ēgredior, 3, -gressus, *come out, disembark, land.*
ēgregiē, adv. *excellently, splendidly, very well.*
ēgregius, -a, -um, adj. *distinguished, excellent, noble.*
ēheu, adv. *alas!*
ēiciō, 3, -iēcī, -iectus, *drive out, banish.*
elephantus, -ī, m. *elephant.*
ēlīdō, 3, -sī, -sus, *shatter, crush, destroy.*
Elisabētha, -ae, f. *Elizabeth (queen of England).*
ēlūdō, 3, -sī, -sus, *avoid, cheat, make sport of.*
ēmergō, 3, -sī, -sus, *come forth, emerge.*
ēmineō, 2, -uī, —, *stand out, project, show one's self.*
ēmittō, 3, -mīsī, -missus, *let go, send out.*
emō, 3, ēmī, ēmptus, *buy.*
ēn, adv. *see! behold!*
enim, conj. *for, in fact, you see.*
ēō, īre, iī or īvī, itūrus, *go.*
eō, adv. *thither.*
Ephesius, -a, -um, adj. *Ephesian.*
epistula, -ae, f. *letter.*

epulae, -ārum, f. *feast, banquet, dinner.*

equa, -ae, f. *mare.*

eques, -itis, m. *knight, horseman.*

equidem, adv. *indeed, cértainly, yes.*

equīnus, -a, -um, adj. *of horses, horse-.*

equitātus, -ūs, m. *cavalry.*

equitō, 1, *ride.*

equus, -ī, m. *horse, steed.*

ērēctus, -a, -um, adj. *set up, upright, erect.*

ergā, prep. *towards.*

ergō, adv. *therefore, accordingly.*

Ēridanus, -ī, m. *Eridanus* or *Po River.*

ēripiō, 3, -ipuī, -eptus, *snatch away, save, rescue.*

errō, 1, *wander, mistake, be wrong.*

error, -ōris, m. *fault, mistake.*

ērumpō, 3, -rūpī, -ruptus, *break out, burst forth, rush out.*

ēsuriō, 4, —, -ītūrus, *be hungry, suffer hunger.*

et, conj. *and;* et . . . et, *both . . . and.*

etiam, conj. *also, even, besides, too.*

etsī, conj. *although.*

Eurylochus, -ī, m. *one of Ulysses' men.*

ēvādō, 3, -sī, -sus, *turn out, get away, escape.*

ēvānēscō, 3, -nuī, —, *vanish* or *fade away, disappear.*

ēvellō, 3, -vellī, -vulsus, *pull* or *pluck out.*

ēveniō, 4, -vēnī, -ventus, *happen, occur, result, succeed.*

ēventus, -ūs, m. *occurrence, result. end.*

ēvolō, 1, *fly out* or *away, rush forth.*

ex or ē, prep. w. abl. *from, away from, out of, of.*

exanimis, -e, adj. *lifeless, dead.*

exanimō, 1, *tire, weaken, exhaust.*

exanimus, -a, -um, adj. *lifeless, dead.*

exārdēscō, 3, -ārsī, -ārsus, *be inflamed, be provoked, rage.*

excēdō, 3, -cessī, -cessus, *depart, withdraw;* ē vītā, *die, perish.*

excipiō, 3, -cēpī, -ceptus, *catch, come next to, interrupt; receive, welcome.*

excitō, 1, *arouse, rouse, wake.*

exclāmō, 1, *cry out, shout, exclaim.*

exclūdō, 3, -sī, -sus, *shut out, hinder, prevent;* (of eggs) *hatch.*

excōgitō, 1, *think, contrive, devise.*

excubiae, -ārum, f. *watch.*

exemplum, -ī, n. *example.*

exeō, -īre, -iī, -itus, *go out, go away, depart.*

exerceō, 2, -uī, -itus, *vex, exercise, try, test.*

exercitus, -ūs, m. *army, force.*

exhauriō, 4, -hausī, -haustus, *empty, drink up.*

exiguus, -a, -um, adj. *small, scanty, mean.*

eximō, 3, -ēmī, -ēmptus, *take out, take away, remove.*

exīstimō, 1, *think, judge, consider.*

exitium, -ī, n. *destruction, ruin.*

expellō, 3, -pulī, -pulsus, *drive out, banish, expel.*

experrēctus, -a, -um, adj. *awakened, awake.*

expers, -pertis, adj. *without, free from.*

explicō, 1, -āvī or -uī, -ātus or -itus, *unfold, explain, set forth.*

explōrō, 1, *examine, explore, spy out.*

expōnō, 3, -posuī, -positus, *set forth ;* in terram, *land, put ashore.*

exprimō, 3, -pressī, -pressus, *squeeze, squeeze out, extract.*

exquīrō, 3, -sīvī, -sītus, *search for, seek out, hunt for.*

exsiliō, 4, -uī, —, *jump forth, dart out.*

exsilium, -ī, n. *place of exile, exile, banishment.*

exsolvō, 3, -solvī, -solūtus, *pay.*

exspectō, 1, *expect, wait for, wait.*

exspīrō, 1, *breathe one's last, die.*

exsul, -ulis, m. and f. *wanderer, exile.*

exsuperō, 1, *overcome, be too much for.*

extemplō, adv. *immediately, at once.*

extrā, adv. and prep. w. acc. *outside of, without.*

extrahō, 3, -āxī, -ctus, *drag out, pull out, remove.*

extrēmus, -a, -um, adj. superl. *outermost ; at the end of.*

extrūdō, 3, -sī, -sus, *thrust out, drive away.*

exuō. 3, -uī, -ūtus, *take off, put off, remove.*

F.

faber, -brī, m. *artisan, carpenter, smith.*

fābula, -ae, f. *story, tale.*

facile, adv. *easily, readily.*

facilis, -e, adj. *easy.*

facinus, -inoris, n. *crime.*

faciō, 3, fēcī, factus, *make, do, form, cause, find ;* facere naufragium, *be shipwrecked.*

factum, -ī, n. *act, action, deed.*

facultās, -ātis, f. *chance, opportunity.*

fallō, 3, fefellī, falsus, *deceive, elude, cheat, fail, disappoint.*

falsus, -a, -um, adj. *deceived, feigned, pretended, false.*

fāma, -ae, f. *report, rumor.*

famēs, -is, f. *hunger, famine.*

farīna, -ae, f. *flour.*

fastīdium, -ī, n. *dislike, pride.*

fātālis, -e, adj. *fated, fateful, dangerous, deadly.*

fātum, -ī, n. *fate, lot, death.*

faucēs, -ium, f. *throat, jaws.*

faveō, 2, fāvī, fautus, *favor.*

fax, facis, f. *torch.*

fefellī. *See* fallō.

fēlēs, -is, f. *cat.*

fēlīciter, adv. *happily, fortunately, favorably.*

fēmina, -ae, f. *woman.*

fenestra, -ae, f. *window.*

fēnum, -ī, n. *hay.*

fera, -ae, f. *wild beast, animal.*

ferē, adv. *almost, nearly.*

fēriae, -ārum, f. *festival.*

feriō, 4, *strike, beat, thrust.*

ferō, ferre, tulī, lātus, *bear, carry, take, say, tell;* aegrē or indīgnē, *take it ill, be vexed.*

ferōx, -ōcis, adj. *fierce, savage.*

ferreus, -a, -um, adj. *iron.*

ferrum, -ī, n. *iron, sword.*

fertilis, -e, adj. *fertile.*

ferus, -a, -um, adj. *wild, savage.*

fervidus, -a, -um, adj. *burning, fiery, hot.*

fessus, -a, -um, adj. *tired, weak, exhausted.*

festus, -a, -um, adj. *festal, gay.*

fibula, -ae, f. *buckle, button.*

fīctus, -a, -um, adj. *feigned, false, pretended.*

fidēlis, -e, adj. *trusty, faithful.*

fidēs, -eī, f. *faith, promise, credit.*

fīdō, 3, fīsus, semi-dep. *trust, confide, rely upon.*

Fīdō, -ōnis, m. *Fido.*

fīdus, -a, -um, adj. *faithful, trusty.*

Figulus, -ī, m. *Figulus.*

figūra, -ae, f. *form, figure.*

fīlia, -ae, f. *daughter.*

fīlius, -ī, m. *son.*

fimus, -ī, m. *dung, filth.*

findō, 3, fidī, fissus, *split, divide.*

fingō, 3, finxī, fīctus, *form, invent, fashion, build.*

fīniō, 4, -īvī, -ītus, *finish, end, decide.*

fīnis, -is, m. *end, land, boundary.*

fīnitimus, -a, -um, adj. *neighboring, near.*

fīō, fierī, factus, *be made or done, become.*

fīrmiter, adv. *firmly.*

fīrmus, -a, -um, adj. *firm, strong, powerful.*

fīstula, -ae, f. *pipe.*

flagrāns, -antis, adj. *flaming, glowing, burning.*

flamma, -ae, f. *flame, fire.*

flectō, 3, -ēxī, -xus, *bend, bow, turn.*

Flōrus, -ī, m. *Florus.*

flōs, flōris, m. *flower, blossom.*

fluctus, -ūs, m. *wave, billow, tide.*

flūmen, -inis, n. *river, stream.*

fluō, 3, -ūxī, -xus, *flow.*

focus, -ī, m. *hearth.*

fodiō, 3, fōdī, fossus, *dig.*

foedus, -a, -um, adj. *filthy, horrible, dreadful.*

folium, -ī, n. *leaf.*

fōns, fontis, m. *spring, fountain.*

forās, adv. *out of doors, out.*

fore, foret. *See* sum.

foris, -is, f. *door;* pl. *folding door, double doors, entrance.*

forīs, adv. *out of doors, outside.*

fōrma, -ae, f. *form, figure, beauty.*

formīca, -ae, f. *ant.*

formīdō, -inis, f. *fear, dread.*

fōrmōsus, -a, -um, adj. *beautiful, handsome.*

fōrte, adv. *by chance, as it happened.*

fortis, -e, adj. *strong, brave, valiant.*

fortitūdō, -inis, f. *manliness, bravery, courage.*

fōrtūna, -ae, f. *fortune, fate, chance.*

fōrtūnātus, -a, -um, adj. *fortunate, lucky.*

forum, -ī, n. *market-place, forum.*

fossa, -ae, f. *ditch, trench.*

foveō, 2, fōvī, fōtus, *cherish, warm, keep warm.*

fragor, -ōris, m. *splash, noise, crash, din.*

frangō, 3, frēgī, frāctus, *break, shatter.*

frāter, -tris, m. *brother.*

fraus, fraudis, f. *deceit, trickery, crime.*

Fredericus, -ī, m. *Frederick.*

fremitus, -ūs, m. *growling, noise.*

frēnō, 1, *curb, check, restrain.*

frīgidus, -a, -um, adj. *cold, chilled, freezing.*

frōns, frondis, f. *leaf.*

frōns, frontis, f. *forehead, brow.*

frūctus, -ūs, m. *product, fruit.*

frūgālis, -e, adj. *thrifty, frugal.*

frūmentor, 1, *get corn, forage.*

frūmentum, -ī, n. *corn, grain.*

frūstrā, adv. *in vain, to no purpose.*

frūstum, -ī, n. *bit, piece.*

(frūx), frūgis, f. *fruit, produce.*

fuga, -ae, f. *flight.*

fugiēns, -entis, adj. *flying, fleeing.*

fugiō, 3, fūgī, —, *fly, flee, run away.*

fugitīvus, -ī, m. *fugitive, runaway slave.*

fugō, 1, *put to flight.*

fulciō, 4, fulsī, fultus, *prop up, support.*

fulgēns, -entis, adj. *glittering.*

fulgeō, 2, fulsī, —, *glitter, flash, shine.*

fultus. *See* fulciō.

Fulvia, -ae, f. *Fulvia.*

Fulvius, -ī, m. *Fulvius.*

funditor, -ōris, m. *slinger.*

fundō, 3, fūdī, fūsus, *pour, produce, rout.*

fundus, -ī, m. *farm.*

fūnebris, -e, adj. *funereal.*

fungor, 3, fūnctus, *perform.*

fūnis, -is, m. *rope, cord.*

fūr, fūris, m. *thief, robber.*

furēns, -entis, adj. *furious, maddened.*

furiōsus, -a, -um, adj. *raging, maddened.*

furor, -ōris, m. *madness, frenzy.*

fūrtim, adv. *stealthily.*

fūrtum, -ī, n. *theft.*

fuscus, -a, -um, adj. *dark, dusky, swarthy.*

G.

galea, -ae, f. *helmet.*

Gallia, -ae, f. *Gaul.*

Gallicus, -a, -um, adj. *Gallic.*

gallīna, -ae, f. *hen.*

Gallus, -ī, m. *a Gaul.*

gallus, -ī, m. *cock.*

garrulus, -a, -um, adj. *chattering, talkative, prattling.*

gaudeō, 2, gavīsus, semi-dep. *rejoice, be glad* or *pleased.*

gaudium, -ī, n. *joy, gladness, delight.*

Gelertus, -ī, m. *Gelert.*

Gellius, -ī, m. *Gellius.*

gelū, -ūs, n. *frost.*

gemitus, -ūs, m. *groan, moan.*

gemma, -ae, f. *jewel.*

genae, -ārum, f. *cheeks.*

generōsus, -a, -um, adj. *well-born, noble.*

gēns, gentis, f. *race, people, nation.*

genus, generis, n. *birth, race; style, manner, kind.*

Germānia, -ae, f. *Germany.*

Germānī, -ōrum, m. *Germans.*

gerō, 3, gessī, gestus, *bear, wield, carry, wear, do, accomplish, wage; pass. take place.*

gestus, -ūs, m. *gesture.*

gigās, -antis, m. *giant.*

gīgnō, 3, genuī, genitus, *produce, bring forth; pass. spring up, arise.*

gladius, -ī, m. *sword.*

glāns, -andis, f. *acorn.*

Glaucē, -ēs *or* -ae, f. *daughter of Creon* (king of Corinth).

glaucus, -a, -um, adj. *gray.*

Glaucus, -ī, m. *Glaucus.*

glōria, -ae, f. *renown, fame.*

glōriōsus, -a, -um, adj. *boastful.*

gracilis, -e, adj. *slender, graceful.*

Graecia, -ae, f. *Greece.*

Graecus, -a, -um, adj. *Grecian, Greek;* plur. as noun, *the Greeks.*

grāmen, -inis, n. *grass.*

grandis, -e, adj. *large, big.*

grandō, -inis, f. *hail.*

grānum, -ī, n. *grain, seed.*

grātia, -ae, f. sing. *favor, esteem;* plur. *thanks, gratitude.*

grātus, -a, -um, adj. *pleasing, thankful.*

gravis, -e, adj. *heavy, deep, painful, important, severe, dangerous.*

graviter, adv. *severely, dangerously, deeply, violently.*

gravō, 1, *oppress, burden, overcome.*

gremium, -ī, n. *bosom.*

gressus, -ūs, m. *step, course.*

grex, gregis, m. *flock.*

gubernō, 1, *steer, pilot.*

gurges, -itis, m. *whirlpool, abyss.*
gustō, 1, *taste, take a little of.*
guttur, -uris, n. *throat.*
Gȳgēs, -is, m. *Gyges.*

H.

habēna, -ae, f. usu. pl. *reins.*
habeō, 2, -uī, -itus, *have, carry, carry on, hold, esteem, consider.*
habitō, 1, *dwell, live in, inhabit.*
haereō, 2, haesī, haesūrus, *stick, be in difficulties, be held fast.*
haesitō, 1, *hesitate.*
Hamelīna, -ae, f. *Hamelin.*
hāmus, -ī, m. *hook.*
harēna (arēna), -ae, f. *sand.*
Harpyiae, -ārum, f. *Harpies* (loathsome birds with maidens' faces).
haud, adv. *not, not at all.*
haudquāquam, adv. *by no means, not at all.*
hauriō, 4, hausī, haustus, *drain, drink up, swallow.*
haustus, -ūs, m. *draught.*
Henrīcus, -ī, m. *Henry.*
herba, -ae, f. *herb, plant.*
hercle, interj. *by Hercules, assuredly, indeed.*
Herculēs, -is, m. *Hercules* (god of strength, son of Jupiter and Alcmena).
herī, adv. *yesterday.*
hēsternus, -a, -um, adj., w. diēs, *yesterday, the day previous.*
hiātus, -ūs, m. *gaping, aperture, cleft.*
Hibernia, -ae, f. *Ireland.*
hīc, haec, hōc, pron. *this, he, she,* etc.; hīc, ille, *the latter, the former.*
hīc, adv. *here, on this side.*
hiems, -emis, f. *winter, cold.*
hinc, adv. *hence;* hinc illinc, *on this side and on that.*

hirūndō, -inis, f. *swallow.*
Hispānia, -ae, f. *Spain.*
Hispānus, -a, -um, adj. *Spanish;* as noun, m. pl. *the Spaniards.*
hodiē, adv. *to-day.*
Homērus, -ī, m. the Greek poet *Homer,* supposed to have lived about B.C. 900.
homō, -inis, m. *man.*
honestus, -a, -um, adj. *honorable, virtuous.*
honōs or honor, -ōris, m. *honor, office, duty.*
hōra, -ae, f. *hour, time.*
hordeum, -ī, n. *barley.*
horrendus, -a, -um, adj. *dreadful.*
horreō, 2, -uī, —, *bristle, shudder.*
horreum, -ī, n. *barn.*
horribilis, -e, adj. *fearful, terrible, dreadful.*
horrisonus, -a, -um, adj. *with terrific sound, fearful.*
horror, -ōris, m. *shivering, dread, fear.*
hortor, 1, *cheer, exhort, urge, bid.*
hortus, -ī, m. *garden.*
hospes, -itis. m. and f. *guest, host, stranger.*
hospitium, -ī, n. *hospitality, entertainment, welcome.*
hostis, -is, m. and f. *enemy, foe.*
Hubertus, -ī, m. *Hubert.*
hūc, adv. *hither;* hūc illūc, *hither and thither, to and fro.*
hūmānitās, -ātis, f. *politeness, refinement.*
hūmānus, -a, -um, adj. *human, man's.*
humī, adv. *on the ground.*
humilis, -e, adj. *lowly, humble.*
humiliter, adv. *humbly, abjectly.*
humus, -ī, f. *ground.*
hyaena, -ae, f. *hyæna.*
hȳdra, -ae, f. *hydra.*
Hylas, -ae, m. *one of the Argonauts.*

I.

iaceō, 2, -uī, -itus, *lie, lie dead, be prostrate.*

iaciō, 3, iēcī, iactus, *throw, cast, let fall.*

Iacōbus, -ī, m. *James.*

iactō, 1, *toss about, boast.*

iaculum, -ī, n. *dart, javelin.*

iam, adv. *now, already, soon, at length.*

iamdūdum, adv. *for a long while, long.*

iamque. *See* iam.

iānua, -ae, f. *door, house-door, entrance.*

Iāsōn, -onis, m. *Jason* (son of Æson).

ibi, adv. *there.*

ibīdem, adv. *in the same spot.*

Icēnī, -ōrum, m. *Iceni* (a people of Britain).

īctus, -ūs, m. *blow.*

īdem, eadem, idem, pron. *the same.*

idōneus, -ea, -eum, adj. *fit, suitable, proper.*

iēiūnus, -a, -um, adj. *fasting, hungry.*

igitur, adv. *therefore, consequently.*

īgnārus, -a, -um, adj. *unacquainted with, unskilled in, not knowing.*

īgnāvus, -a, -um, adj. *idle, lazy, worthless.*

īgnis, -is, m. *fire.*

īgnōrō, 1, *be ignorant, not know.*

īgnōtus, -a, -um, adj. *unknown, unfamiliar, strange.*

Īlias, -ados, f. *the Iliad* (a Greek epic poem).

īlicō, adv. *on the spot, instantly.*

ille, -a, -ud, pron. *that yonder, he, she, it.*

illīc, adv. *there, on that side.*

illinc, adv. *thence, on that side.*

illūc, adv. *thither.*

imāgō, -inis, f. *copy, likeness, reflection, form.*

imber, -bris, m. *shower, storm.*

imitor, 1, *copy, counterfeit.*

immānis, -e, adj. *huge, vast, monstrous.*

immānitās, -ātis, f. *savageness, cruelty, barbarism.*

immemor, -oris, adj. *forgetful, regardless.*

immēnsus, -a, -um, adj. *boundless, vast, huge.*

immineō, 2, —, —, *hang over, impend.*

immittō, 3, -mīsī, -mīssus, *let in, drive in, admit.*

impediō, 4, *hinder, retard, delay.*

impellō, 3, -pulī, -pulsus, *move, induce, impel, lead.*

impendeō, 2, —, —, *overhang, threaten, be near.*

impēnsa, -ae, f. *outlay, expense, cost.*

imperātor, -ōris, m. *commander, leader, general.*

imperātum, -ī, n. *command, orders.*

imperītus, -a, -um, adj. *inexperienced, unskilled, awkward.*

imperium, -ī, n. *power, authority.*

imperō, 1, *command, bid, order, impose.*

impetrō, 1, *obtain, procure, get.*

impetus, -ūs, m. *attack, onset, charge, rush.*

impiē, adv. *wickedly, impiously.*

impiger, -gra, -grum, adj. *active.*

impius, -a, -um, adj. *wicked, impious, unnatural.*

impleō, 2, -plēvī, -plētus, *fill up, cover.*

implicō, 1, -āvī or -uī, -ātus or -itus, *entangle, involve.*

impōnō, 3, -posuī, -positus, *place upon, set over, impose; set on board.*

improbus, -a, -um, adj. *wicked, naughty.*

imprōvidus, -a, -um, adj. *imprudent, heedless.*

imprōvīsō, adv. *suddenly, unexpectedly ;* dē imprōvīsō, *unexpectedly.*

imprūdēns, -entis, adj. *not foreseeing, unintentional.*

impudēns, -entis, adj. *shameless, impudent.*

impudentia, -ae, f. *shamelessness.*

impūne, adv. *without punishment, uninjured.*

īmus, -a, -um, adj. superl. *lowest;* īma vallis, *the bottom of the valley.*

in, prep. (1) w. acc. *to, into, in, against;* (2) w. abl. *in, on, among.*

incautē, adv. *heedlessly.*

incautus, -a, -um, adj. *heedless, off one's guard.*

incēdō, 3, -cessī, -cessus, *advance, march, move.*

incendium, -ī, n. *conflagration, fire.*

incendō, 3, -dī, -ēnsus, *set on fire, kindle, light.*

incertus, -a, -um, adj. *uncertain, doubtful.*

incidō, 3, -cidī, —, *fall into.*

incipiō, 3, -cēpī, -ceptus, *begin, commence.*

incitō, 1, *urge, rouse, incite, drive;* of the tide, w. sē, *come in violently.*

inclūdō, 3, -sī, -sus, *shut in, confine, keep.*

incola, -ae, m. and f. *inhabitant, citizen.*

incolō, 3, -luī, —, *dwell in, inhabit.*

incolumis, -e, adj. *safe, sound.*

incrēdibilis, -e, adj. *incredible, extraordinary.*

increpō, 1, -uī, -itus, *rebuke, upbraid, reprove.*

incultus, -a, -um, adj. *uncultivated.*

incursiō, -ōnis, f. *raid, inroad.*

incūsō, 1, *accuse, charge.*

incutiō, 3, -cussī, -cussus, *strike against.*

inde, adv. *thence, thereupon.*

indicium, -ī, n. *evidence, proof, sign, token.*

indicō, 1, *reveal, declare, make known.*

indīgnātiō, -ōnis, f. *displeasure, anger.*

indoctus, -a, -um, adj. *untaught, ignorant.*

indūcō, 3, -xī, -ductus, *lead* or *bring into, conduct, lead, persuade.*

indulgeō, 2, -sī, -tus, *indulge.*

induō, 3, -uī, -ūtus, *put on, dress one's self in, wrap, clothe.*

Indus, -a, -um, adj. *Indian;* as noun, m. pl. *Indians.*

industria, -ae, f. *diligence, zeal;* dē industriā, *on purpose.*

ineō, -īre, -īvī or **-iī, -itus,** *enter, devise, form.*

ineptus, -a, -um, adj. *senseless.*

īnfandus, -a, -um, adj. *not to be spoken, unheard of, unnatural, awful.*

īnfāns, -antis, adj. *not speaking;* as noun, m. and f. *little child, infant, babe.*

īnfectus, -a, -um, adj. *unaccomplished, undone.*

īnfēlīx, -īcis, adj. *unfortunate, unlucky, ill-fated, unhappy.*

īnferior, comp. adj. *lower.*

īnferō, -ferre, -tulī, -lātus, *bear* or *bring upon,* w. acc. and dat.

īnferus, -a, -um, adj. *underneath, lower.*

īnfestō, 1, *haunt, infest, molest, trouble.*

īnficiō, 3, -fēcī, -fectus, *put in, dig, plunge, soak, imbue, stain, corrupt.*

īnfidēlis, -e, adj. *faithless, untrue, treacherous.*

īnfīrmus, -a, -um, adj. *feeble, weak.*

īnfōrmis, -e, adj. *misshapen, hideous, horrible.*

īnfundō, 3, -fūdī, -fūsus, *pour in, throw in.*

ingeminō, 1, *redouble, repeat, increase.*

ingenium, -ī, n. *character, abilities.*

ingēns, -entis, adj. *huge, vast, mighty.*

ingenuus, -a, -um, adj. *frank, open.*

ingrātus, -a, -um, adj. *unpleasant, thankless.*

ingredior, 3, -gressus, *enter, go into.*

inhonestus, -a, -um, adj. *dishonorable, disgraceful.*

inhospitālis, -e, adj. *inhospitable.*

iniciō, 3, -iēcī, -iectus, *put into, insert; apply* (manūs), *lay hands on, seize.*

inimīcus, -a, -um, adj. *hostile;* as noun, m. *enemy, foe.*

inīquus, -a, -um, adj. *uneven, unjust, unfair, wicked.*

iniūria, -ae, f. *wrong, hurt, harm.*

inlīdō, 3, -sī, -sus, *strike or dash against,* w. sē, *wash.*

innocēns, -entis, adj. *guiltless, harmless.*

innumerābilis, -e, adj. *countless.*

inopia, -ae, f. *want, scarcity, scant supply.*

inopīnātus, -a, -um, adj. *unexpected.*

inquam, defect. verb, *say.*

inritus, -a, -um, adj. *unsuccessful, vain, foiled.*

inrumpō, 3, -rūpī, -ruptus, *burst into, force a way in.*

inruō, 3, -uī, —, *rush in, press into.*

īnsānia, -ae, f. *unsoundness of mind, insanity, madness.*

īnsānus, -a, -um, adj. *mad, frantic, frenzied.*

īnsciēns, -entis, adj. *not knowing;* patre, *without his father's knowledge.*

īnscius, -a, -um, adj. *not knowing, ignorant of, unacquainted with.*

īnscrībō, 3, -psī, -ptus, *write upon.*

īnsequor, 3, -secūtus, *follow upon, pursue, start in pursuit.*

īnserō, 3, -sēvī, -situs, *implant, plant, sow.*

īnserō, 3, -seruī, -sertus, *introduce, insert.*

īnsidiae, -ārum, f. *ambush, plot, artifice, trick, treachery.*

īnsīdō, 3, -sēdī, -sessus, *settle on, take possession of.*

īnsīgnis, -e, adj. *distinguished, striking, prominent.*

īnsistō, 3, -stitī, —, *stand upon, press upon.*

īnstituō, 3, -uī, -ūtus, *begin, arrange, resolve, determine on.*

īnstō, 1, -stitī, —, *approach, be present, press upon, threaten.*

īnstruō, 3, -ūxī, -ūctus, *prepare, furnish, equip, form, construct.*

īnsuētus, -a, -um, adj. *unusual.*

īnsula, -ae, f. *island.*

integer, -gra, -grum, adj. *fresh, sound, untouched, unbroken.*

intellegō, 3, -lēxī, -lēctus, *perceive, understand, find out, learn.*

inter, prep. *between, among;* inter sē, *together, with one another.*

interclūdō, 3, -ūsī, -ūsus, *shut up, cut off.*

interdīcō, 3, -dīxī, -dictus, *forbid, exclude, prohibit.*
interdum, adv. *sometimes, now and then.*
intereā, adv. *meanwhile.*
interficiō, 3, -fēcī, -fectus, *kill, destroy.*
interior, adj. comp. *inner.*
intermittō, 3, -mīsī, -mīssus, *leave off, interrupt;* pass. *elapse, intervene.*
interpōnō, 3, -posuī, -positus, *place between;* pass. *lie between, intervene.*
interrogō, 1, *question.*
interrumpō, 3, -rūpī, -ruptus, *break up, break off.*
intersum, -esse, -fuī, *be between, intervene.*
intervāllum, -ī, n. *space between, interval.*
intrā, prep. *within, inside.*
intrō, 1, *enter, go into.*
introitus, -ūs, m. *going in, entrance.*
intueor, 2, -itus, *look upon, gaze at, behold.*
inundō, 1, *overflow, inundate, cover.*
inūtilis, -e, adj. *useless, unserviceable.*
inveniō, 4, -vēnī, -ventus, *come upon, find, discover.*
inventor, -ōris, m. *contriver, inventor.*
invicem, adv. *in turn, alternately.*
invideō, 2, -vīdī, -vīsus, *envy, grudge.*
invidia, -ae, f. *envy, hatred.*
invītō, 1, *invite, urge to enter.*
invītus, -a, -um, adj. *unwilling, reluctant.*
invocō, 1, *call upon, invoke.*
iocōsus, -a, -um, adj. *witty, funny, fond of jest.*

iocus, -ī, m. pl. also ioca, -ōrum, n. *jest, joke.*
Iohannēs, -is, m. *John.*
Iolē, -ēs, f. *Iole.*
ipse, -a, -um, pron. *self, very.*
īra, -ae, f. *anger, rage.*
īrācundus, -a, -um, adj. *passionate.*
īrāscor, 3, īrātus, *be angry, enraged* or *furious.*
īrātus, -a, -um, adj. *angry, enraged.*
is, ea, id, pron. *that, this, he, she, it.*
iste, ista, istud, pron. *that near you, that of yours, that.*
ita, adv. *so, thus.*
Italia, -ae, f. *Italy.*
itaque, conj. *and so, therefore, accordingly.*
iter, itineris, n. *journey, road.*
iterum, adv. *again, once more.*
Ithaca, -ae, f. *an island in the Ionian sea.*
iubeō, 2, iūssī, iūssus, *order, command.*
iūcundus, -a, -um, adj. *pleasant, jovial.*
iūdex, -icis, m. and f. *judge.*
iūdicō, 1, *judge, decide, declare.*
iugum, -ī, n. *yoke.*
Iūlius, -ī, m. *Julius.*
iūmentum, -ī, n. *beast of burden.*
iungō, 3, iūnxī, iūnctus, *join, yoke, cross.*
Iuppiter, Iovis, m. *Jupiter, king of the gods.*
iūris-cōnsultus, -ī, m. *lawyer.*
iūs, iūris, n. *law, right, privilege.*
iūs, iūris, n. *soup.*
iūsiūrandum, iūrisiūrandī, n. *oath.*
(iūssus, -ūs), m. only abl. sing., *command, order.*
iūsta, -ōrum, n. *funeral rites.*
iūstus, -a, -um, adj. *just, right, proper.*

iuvenis, -is, adj. *young ;* as noun, m. *youth, young man.*
iuvō, 1, iūvī, iūtus, *help, aid, assist.*
iūxtā, adv. and prep. *nearly, near.*

L.

labor, -ōris, m. *labor, toil, work, effort, exertion.*
lābor, 3, lāpsus, *glide, slip.*
labōrō, 1, *work, toil.*
labrum, -ī, n. *lip.*
lāc, lactis, n. *milk.*
lacrima, -ae, f. *tear.*
lacus, -ūs, m. *lake, pond.*
laetitia, -ae, f. *joy, gladness.*
laetus, -a, -um, adj. *joyful, glad, delighted.*
lambō, 3, -bī, -bitus, *lick.*
lāmenta, -ōrum, n. *wailing, weeping, lamentation.*
languidus, -a, -um, adj. *faint, languid.*
lapis, -idis, m. *stone.*
lassitūdō, -inis, f. *faintness, weariness, fatigue.*
latebrae, -ārum, f. *hiding-place, retreat.*
lateō, 2, -uī, —, *lie hid, escape notice.*
Latīnus, -a, -um, adj. *Latin.*
lātrātus, -ūs, m. *barking, bark, yelp.*
latrō, -ōnis, m. *robber.*
lātus, -a, -um, adj. *broad, wide.*
latus, -eris, n. *side.*
laudō, 1, *praise, honor.*
laus, laudis, f. *praise, flattery.*
lavō, 1, -āvī, -ātus, and 3, lāvī, lautus and lōtus, *wash, bathe.*
laxō, 1, *unloose, relax.*
lectus, -ī, m. *bed, couch.*
lēgātus, -ī, m. *officer, lieutenant.*
legō, 3, lēgī, lēctus, *collect, choose, read.*
lēniō, 4, *soften.*

lēnis, -e, adj. *soft, smooth, light, mild.*
leō, -ōnis, m. *lion.*
lēvis, -e, adj. *smooth, polished.*
levis, -e, adj. *light.*
leviter, adv. *lightly.*
levō, 1, *lighten.*
lēx, lēgis, f. *law.*
libenter, adv. *gladly, with pleasure.*
līberālitās, -ātis, f. *liberality, generosity.*
līberī, -ōrum, m. *children.*
līberō, 1, *free, set free, deliver.*
lībertās, -ātis, f. *liberty, freedom.*
lībum, -ī, n. *cake.*
Libya, -ae, f. *Libya.*
licet, 2, -cuit, -citum, impers. *it is allowed* or *permitted.*
līctor, -ōris, m. *lictor,* the consul's servant.
līgneus, -a, -um, adj. *wooden.*
līgnum, -ī, n. *wood.*
ligō, 1, *bind, fasten.*
līmen, -inis, n. *threshold.*
līmus, -ī, m. *mud, slime.*
lingua, -ae, f. *tongue.*
līnum, -ī, n. *linen, thread, cord.*
littera, -ae, f. *letter;* pl. *language.*
lītus, -oris, n. *shore, beach.*
locō, 1, *place, post, put.*
loculī, -ōrum, m. *purse.*
locus, -ī, m. *place, spot, region.*
Londinium, -ī, n. *London.*
longē, adv. *far.*
longus, -a, -um, adj. *long ;* nāvis, *ship of war.*
loquāx, -ācis, adj. *talkative.*
loquor, 3, locūtus, dep. *speak, talk, say.*
lōtus, -ī, f. *lotus.*
Loxiās, -ae, m. *Loxias.*
lūbricus, -a, -um, adj. *slippery, slimy, muddy.*
lucerna, -ae, f. *lamp, lantern.*
lūcidē, adv. *clearly, distinctly.*

Lucius, -I, m. *Lucius.*
lucrum, -ī, n. *riches, wealth.*
lūctor, 1, *strive, struggle, con-tend.*
lūdibrium, -ī, n. *jest, taunt, mockery.*
lūdō, 3, -sī, -sus, *play, gamble, deceive.*
Ludovīcus, -ī, m. *Louis.*
lūdus, -ī, m. *game, sport, school.*
lūmen, -inis, n. *light, rays.*
lūna, -ae, f. *moon.*
lupus, -ī, m. *wolf.*
lūstrō, 1, *wander over, observe, gaze at, look at.*
lutum, -ī, n. *mud, mire.*
lūx, lūcis, f. *light.*
lūxus, -ūs, m. *luxury, enjoyment.*
Lycus, -ī, m. *Lycus.*
Lȳdōn, -ōnīs, m. *Lydon.*
lyra, -ae, f. *lyre.*
Lysander, -drī, m. *Lysander.*

M.

Macedō, -onis, m. *Macedonian.*
māctē, *well done! good!* (vir-tūte), *a blessing on your virtue!*
mactō, 1, *sacrifice, offer.*
maculō, 1, *spot, stain, soil.*
madefaciō, 3, -fēcī, -factus, *wet, moisten.*
maestus, -a, -um, adj. *sad, sorrowful, dejected.*
magicus, -a, -um, adj. *magic, magical.*
magis, adv. *rather, more.*
magister, -trī, m. *master.*
magistrātus, -ūs, m. *magistrate, officer.*
māgnificē, adv. *grandly, splen-didly, richly.*
māgnificentia, -ae, f. *splendor, grandeur, elegance.*
māgnificus, -a, -um, adj. *magnif-icent, honorable, splendid, fine.*

māgnitūdō, -inis, f. *size, great-ness.*
māgnopere, adv. *greatly, ex-ceedingly, heartily.*
māgnus, -a, -um, *great, large, wide, heavy.*
māiestās, -ātis, f. *dignity, great-ness.*
māior, māius, adj. *greater, older.*
male, adv. *badly, scarcely, with difficulty;* male pārēre, *dis-obey.*
maledīcō, 3, -xī, -dictus, *speak ill of, abuse, revile.*
malīgnus, -a, -um, adj. *ill-natured, malicious.*
mālō, mālle, māluī, —, *prefer, choose.*
mālum, -ī, n. *apple.*
malum, -ī, n. *evil.*
malus, -a, -um, adj. *bad, evil, improper.*
mālus, -ī, m. *mast.*
mandātum, -ī, n. *command, order, word.*
mandō, 1, *commit, entrust.*
māne, adv. *in the morning.*
maneō, 2, -ānsī, -ānsus, *remain, stay, wait.*
manifestus, -a, -um, adj. *un-mistakable, evident, plain.*
mānsuētūdō, -dinis, f. *clemency, kindness.*
manus, -ūs, f. *hand, band, force.*
mare, -is, n. *sea.*
margō, -inis, m. *edge, shore.*
marīnus, -a, -um, adj. *of the sea, sea-.*
maritimus, -a, -um, adj. *of the sea, sea-.*
massa, -ae, f. *mass, lump.*
māter, -tris, f. *mother.*
mātrimōnium, -ī, n. *marriage, wedlock.*
mātūrō, 1, *hasten, hurry, make haste.*

mātūrus, -a, -um, adj. *early,
ripe.*
māximē, adv. *certainly, very,
greatly, especially, particularly.*
māximus, -a, -um, adj. superl.
*greatest, very great, very
strong,* etc. ; nātū, *eldest ;*
quam māximus, *as great as
possible.*
Mēdēa, -ae, f. daughter of Aeetes, king of Colchis.
medicāmentum, -ī, n. *drug,
potion.*
medicīna, -ae, f. *art of healing,
medicine.*
medicus, -ī, m. *doctor.*
medius, -a, -um, adj. *middle,
midst of.*
membrum, -brī, n. *limb.*
meminī, -isse, only pf., *remember, recollect.*
memor, -oris, adj. *mindful.*
memoria, -ae, f. *memory;* w.
teneō, *bear in mind, remember.*
mēns, mentis, f. *mind.*
mēnsa, -ae, f. *table.*
mēnsis, -is, m. *month.*
mentiō, -ōnis, f. *mention, allu-
sion.*
mentum, -ī, n. *chin.*
mercātor, -ōris, m. *trader, mer-
chant.*
mercēs, -ēdis, f. *wages, reward,
fee.*
Mercurius, -ī, m. *Mercury,* god
of trades.
mereō, 2, -uī, -itus, *deserve, be
entitled to, merit.*
mergō, 3, -sī, -sus, *dip, plunge ;*
w. sē, *sink, be swallowed up.*
merīdiānus, -a, -um, adj. *of
midday, of noon.*
merīdiēs, —, acc. -em, *midday,
noon, south.*
meritō, adv. *deservedly, justly.*

meritus, -a, -um, adj. *due, fit,
right, proper.*
messis, -is, f. *harvest.*
mēta, -ae, f. *goal, target.*
metus, -ūs, m. *fear, dread.*
meus, -a, -um, poss. pron. *my,
mine.*
Midās, -ae, m. *Midas,* king of
Phrygia.
migrō, 1, *remove, emigrate,
depart.*
mīles, -itis, m. *soldier, man.*
mīlitāris, -e, adj. *military, mar-
tial, of war.*
mīlle, adj. *thousand,* pl. mīlia ;
mīlle passuum, *mile.*
mina, -ae, f. *a small silver coin.*
minae, -ārum, f. *threats, men-
aces.*
Minerva, -ae, f. *Minerva,* goddess of wisdom.
minimē, adv. superl. *least of
all, very little, by no means.*
minimus, -a, -um, adj. superl.
least, very small; nātū,
youngest.
ministrō, 1, *attend, serve, wait
upon.*
minitor, 1, *threaten, menace.*
minor, -us, adj. comp. *smaller,
less.*
minor, 1, *threaten, menace.*
minuō, 3, -uī, -ūtus, *lessen,
diminish, reduce.*
minus, adv. comp. *less, not at all.*
mīrābilis, -e, adj. *wonderful,
marvellous, strange.*
mīrāculum, -ī, n. *wonder, miracle.*
mīror, 1, *wonder, admire, be
astonished or amazed.*
mīrus, -a, -um, adj. *wonderful,
extraordinary.*
misceō, 2, -uī, mīxtus, *mix,
mingle, prepare.*
miser, -era, -erum, adj. *wretched,
miserable, poor.*

miserē, adv. *miserably, sadly.*

misereor, 2, -itus, *feel pity, have compassion.*

miseret, 2, impers. *it distresses one, one feels pity.*

misericordia, -ae, f. *pity, compassion.*

miseritus, -a, -um, part. of misereor.

mītēscō, 3, —, —, *grow gentle, soften.*

mītigō, 1, *soften, subdue, refine.*

mittō, 3, mīsī, missus, *send, despatch.*

modicē, adv. *moderately.*

modicus, -a, -um, adj. *moderate; modest, temperate.*

modo, adv. *only, merely, simply, at one time, at another.*

modus, -ī, m. *manner, measure, mode.*

molestia, -ae, f. *annoyance, vexation, distress.*

molestus, -a, -um, adj. *troublesome, irksome.*

mollis, -e, adj. *soft, tender.*

moneō, 2, -uī, -itus, *warn, advise.*

mōns, montis, m. *mountain, hill.*

mōnstrō, 1, *point to, show, display.*

mōnstrum, -ī, n. *monster, pest.*

mōntānus, -a, -um, adj. *mountain.*

mora, -ae, f. *delay, hesitation.*

morbus, -ī, m. *sickness, disease.*

Morcius, -ī, m. *Morcius.*

mordeō, 2, momordī, morsus, *bite.*

moribundus, -a, -um, adj. *dying, at the point of death.*

morior, 3, mortuus, *die.*

moror, 1, *delay, retard, hinder.*

mors, mortis, f. *death.*

mortālis, -e, adj. *deadly, fatal, human, mortal, of men.*

mortifer, -fera, ferum, adj. *deadly, fatal.*

mortuus, -a, -um, adj. *dead.*

mōs, mōris, m. *manner, custom, habit, way;* in plur. *manners, conduct.*

mōtus, -ūs, m. *motion, movement.*

moveō, 2, mōvī, mōtus, *move, rouse, stir, inspire, provoke.*

mox, adv. *presently, soon, afterwards.*

mūgītus, -ūs, m. *bellowing.*

mulceō, 2, -sī, -sus, *soothe, stroke.*

mulcta, -ae, f. *fine, penalty.*

mulctrārium, -ī, n. *milking-pail.*

mulier, -eris, f. *woman.*

multiplex, -plicis, adj. *manifold, various.*

multitūdō, -inis, f. *multitude, crowd, number.*

multō, 1, *fine, punish.*

multum, adv. *greatly, a great deal, much, long.*

multus, -a, -um, adj. *many, much.*

mūniō, 4, *build, fortify, protect, defend.*

mūnus, -eris, n. *gift, present.*

mūrus, -ī, m. *wall.*

mūs, mūris, m. *mouse.*

musca, -ae, f. *fly.*

mūtō, 1, *change, alter, exchange.*

Mȳsia, -ae, f. a state of Asia Minor.

N.

nam, conj. *for.*

nancīscor, 3, nactus, *obtain, get.*

nārēs, -ium, f. plur. *nostrils, nose.*

nārrō, 1, *narrate, relate, tell.*

nāscor, 3, nātus, *be born.*

nāsus, -ī, m. *nose.*

natō, 1, *swim, move to and fro, open and shut.*

nātū, adv. *by birth.*

nātūra, -ae, f. *nature, character.*

nātus, -ī, m. *son.*
(nātus, -ūs), m. *birth;* māior
nātū, *elder;* see māximus and
minimus.
naufragium, -ī, n. *shipwreck,*
loss, destruction; facere, *be*
shipwrecked.
nausea, -ae, f. *sea-sickness.*
nauta, -ae, m. *sailor.*
nauticus, -a, -um, adj. *naval,*
nautical, ship-.
nāvigātiō, -ōnis, f. *sailing, navi-*
gation, voyage.
nāvigō, 1, *sail, navigate.*
nāvis, -is, f. *ship, vessel.*
-ne, interrog. particle, *whether.*
nē, conj. *lest, that not;* adv. *not*
nē . . . quidem, *not even.*
nec, conj. *and not, neither,*
nor.
necessāriō, adv. *unavoidably.*
inevitably.
necesse, adj. only nom. and
acc. *inevitable, unavoidable.*
necō, 1, *kill, put to death.*
nefandus, -a, -um, adj. *horrible.*
neglegō, 3, -ēxī, -ēctus, *dis-*
regard, pass by, neglect, omit.
negō, 1, *deny, say no, refuse.*
negōtium, -ī, n. *business, affair,*
task, charge, trouble, effort.
nēmō, dat. nēminī, m. and f. *no*
one, nobody; Nemo, *Nobody.*
nempe, adv. *truly.*
nemus, -oris, n. *wood, grove.*
nepōs, -ōtis, m. and f. *grand-*
son, grand-daughter, nephew,
niece.
neque. *See* nec.
Nerō, -ōnis, *Nero.*
nervus, -ī, m. *sinew, muscle,*
strength, nerve.
nēsciō, 4, -īvī, —, *not know, be*
unaware; w. quis, *some one,*
a certain.
nēscius, -a, -um, adj. *ignorant.*
Nessus, -ī, m. *Nessus.*

nīdus, -ī, m. *nest.*
niger, -gra, -grum, adj. *black.*
nihil, indecl. n. *nothing;* foll.
by part. gen. *no;* as adv.
in no respect, not at all.
nihilum, -ī, n. *not a shred,*
nothing; gen. *of no value.*
nīmīrum, adv. *no wonder, with-*
out doubt, certainly.
nimis, adv. *too much.*
nimium, adv. *too much, very*
much, greatly.
nisi, conj. *unless, if not.*
nīsus, -ūs, m. *struggle, effort.*
nitidus, -a, -um, adj. *shining,*
healthy-looking, sleek, fat.
nītor, 3, nīsus, *strive, push.*
niveus, -a, -um, adj. *snow-white,*
snowy.
nix, nivis, f. *snow.*
nōbilis, -e, adj. *noble, well-born;*
as noun, m. *noble, lord.*
noceō, 2, -cuī, -citūrus, *hurt, do*
harm, injure.
noctū, adv. *by night.*
nocturnus, -a, -um, adj. *by*
night, nightly.
Nōla, -ae, f. *Nola.*
nōlō, nōlle, nōluī, —, *be unwil-*
ling, not wish.
nōmen, -inis, n. *name.*
nōn, adv. *not.*
nōndum, adv. *not yet.*
nōnne, interrog. particle, *not?*
nōnnullus, -a, -um, adj. *some,*
several.
nōn-numquam, adv. *sometimes,*
at times.
nōs, nostrum, *we* (plur. of ego).
noster, -stra, -strum, possess.
pron. *our, ours;* pl. as noun,
our men.
notō, 1, *mark, notice, observe,*
perceive, see.
nōtus, -a, -um, adj. *known,*
well-known, familiar.
novem, num. adj. indecl. *nine.*

novitās, -ātis, f. *newness,strange-ness, novelty.*

novus, -a, -um, adj. *new, strange.*

nox, noctis, f. *night.*

noxia, -ae, f. *harm, hurt.*

nūbēs, -is, f. *cloud.*

nūbō, 3, -psī, -ptus, *marry;* lit. *put on the wedding veil.*

nūdō, 1, *strip, lay bare.*

nūdus, -a, -um, adj. *naked, bare.*

nūllus, -a, -um, adj. *none, no.*

num, interrog. particle, *whether.*

numerō, 1, *count, number, pay.*

numerus, -ī, m. *number.*

nummus, -ī, m. *coin, money.*

numquam, adv. *never, at no time.*

numquid, interrog. adv. *is there anything?*

nunc, adv. *now, at the present time.*

nūntiō, 1, *announce, tell.*

nūntius, -ī, m. *messenger, news, tidings.*

nūper, adv. *lately, recently.*

nūptiae, -ārum, f. plur. *wedding, nuptials.*

nūrus, -ūs, f. *daughter-in-law.*

nūtrīx, -īcis, f. *nurse.*

nux, nucis, f. *nut.*

nympha, -ae, f. *nymph.*

O.

Ō, exclamation, *O!*

ob, prep. *on account of.*

obdūcō, 3, -xī, -ductus, *draw over, cover, overspread.*

obiciō, 3, -iēcī, -iectus, *throw to, give up, cast in the way, ex-pose.*

obiūrgō, 1, *chide, rebuke, re-prove, blame.*

oblātus. *See offerō.*

oblinō, 3, -lēvī, -litus, *smear over, anoint.*

oblītus, -a, -um, part. from oblī vīscor, *forgetful, unmindful.*

oblīvīscor, 3, -lītus, *forget.*

oboediēns, -entis, adj. *com-pliant, obedient.*

obscūrō, 1, *darken, cover.*

obscūrus, -a, -um, adj. *dark, black.*

obsecrō, 1, *implore, beseech pray, beg.*

obserō, 1, *lock, bolt.*

observō, 1, *observe, watch.*

obses, -idis, m. and f. *hostage.*

obsideō, 2, -sēdī, -sessus, *besiege, beset, lay siege to.*

obsolētus, -a, -um, adj. *decayed, worn out, shabby, mean, poor.*

obstruō, 3, -ūxī, -ūctus, *build up, barricade, bar.*

obstupefaciō, 3, -fēcī, -factus, *astonish, amaze, astound.*

obtegō, 3, -ēxī, -ēctus, *cover up, protect, hide, conceal.*

obtestor, 1, *entreat, implore, beseech.*

obtineō, 2, -tinuī, -tentus, *pos-sess, gain, hold, occupy.*

obviam, adv. *to meet; before one, in face of.*

obvius, -a, -um, adj. *in the way, meeting, to meet.*

occāsiō, -ōnis, f. *opportunity, chance, favorable moment.*

occāsus, -ūs, m. *going down, setting, sunset, west.*

occidō, 3, -cidī, -cāsus, *perish, die.*

occīdō, 3, -cīdī, -cīsus, *kill, put to death.*

occulō, 3, -culuī, -cultus, *cover, hide.*

occultō, 1, *hide, conceal.*

occultus, -a, -um, part. *con-cealed, hidden;* in occultō, *in secret.*

occumbō, 3, -cubuī, -cubitum, *fall in death, die.*

occupō, 1, *seize, hold, take pos-session of.*

occurrō, 3, -currī, -cursus, *meet, run up, appear, come upon.*

ōceanus, -ī, m. *ocean.*

octō, indec. adj. *eight.*

oculus, -ī, m. *eye.*

odium, -ī, n. *hatred, enmity.*

odor, -ōris, m. *smell.*

odōror, 1, *smell, smell out, scent.*

Oechalia, -ae, f. *Oechalia.*

offendō, 3, -dī, -ēnsus, *strike upon, hit upon, offend, vex.*

offerō, offerre, obtulī, oblātus, *present, offer, expose.*

officīna,-ae, f. *workshop, labora-tory.*

officium, -ī, n. *duty, service.*

oleum, -ī, n. *oil.*

ōlim, adv. *once upon a time, once, formerly.*

omittō, 3, -mīsī, -missus, *pass by, disregard, omit, neglect.*

omnīnō, adv. *wholly, entirely, altogether, absolutely.*

omnis, -e, adj. *all, every;* as noun, m. pl. *everybody,* n. *everything.*

onerō, 1, *load, burden.*

onus, -eris, n. *burden.*

onustus, -a, -um, adj. *loaded, laden, freighted.*

opera, -ae, f. *pains, task, help, exertion, effort.*

operiō, 4, -uī, -pertus, *cover.*

opīmus, -a, -um, adj. *wealthy, rich.*

opīniō, -ōnis, f. *idea, opinion, belief; reputation, renown, name.*

oportet, 2, -uit, impers. *it is necessary, one must, ought.*

oppidānus, -ī, m. *townsman.*

oppidum, -ī, n. *town.*

oppōnō, 3, -posuī, -positus, *op-pose, resist.*

opportūnus, -a, -um, adj. *con-venient, suitable.*

opprimō, 3, -pressī, -pressus, *overcome, crush, surprise.*

oppūgnō, 1, *attack, besiege.*

(ops), opis, f. *aid;* often pl. *power, might, influence, wealth.*

optō, 1, *wish for, hope for, choose.*

opus, -eris, n. *work, labor, task; work, book.*

ōra, -ae, f. *shore, coast.*

ōrāculum, -ī, n. *oracle.*

ōrātiō, -ōnis, f. *speech, words.*

ōrātor, -ōris, m. *speaker, orator.*

ōrdō, -inis, m. *row;* ex ōrdine, *in succession, one after an-other.*

oriēns, -entis, m. *east (rising sun).*

orior, 4, ortus, *spring forth, rise, arise, begin;* ortā lūce, *at daybreak.*

ōrnō, 1, *fit out, adorn.*

ōrō, 1, *beg, pray, entreat, plead.*

Orpheus, -eī, m. a Thracian bard.

ōs, ōris, n. *mouth, face, lips.*

os, ossis, n. *bone.*

ostendō, 3, -dī, -tus, *show, in-dicate, make known, tell.*

ōstium, -ī, n. *door, entrance.*

ostrum, -ī, n. *purple.*

ōtium, -ī, n. *ease, leisure, holi-day.*

ovīle, -is, n. *sheepfold.*

ovis, -is, f. *sheep.*

ōvum, -ī, n. *egg;* ab ōvō usque ad māla, *from beginning to end.*

P.

pābulum, -ī, n. *food, fodder, sustenance.*

Padius, -ī, m. *Padius.*

paene, adv. *almost, nearly.*

palam, adv. *openly.*

pallium, -ī, n. *cloak, mantle.*

palma, -ae, f. *palm* (the tree), *palm, prize, victory.*

pālus, -ī, m. *stake, bar.*

palūs, -ūdis, f. *marsh, swamp.*

pandō, 3, -dī, passus, *spread out, unfold, open.*

pānis, -is, m. *bread, loaf.*

pannōsus, -a, -um, adj. *ragged, tattered.*

Panurgius, -ī, m. *Panurgius.*

pār, paris, adj. *equal, like, similar.*

parātus, -a, -um, adj. *ready. fitted.*

parcō, 3, pepercī or parsī, parsus, *spare, use sparingly.*

parcus, -a, -um, adj. *thrifty, frugal, sparing.*

parēns, -entis, m. and f. *parent.*

pāreō, 2, -uī, -itus, *obey.*

pariēs, -ietis, m. *wall.*

pariō, 3, peperī, partus, *bring forth, produce.*

pariter, adv. *equally, in like manner.*

parō, 1, *get ready, prepare, build.*

pars, -tis, f. *part, share, direction, place.*

partim, adv. *partly.*

parum, adv. *little, too little.*

parumper, adv. *for a short time, a moment.*

parvus, -a, -um, adj. *small, little.*

pāscō, 3, pāvī, pāstus, *feed, drive to pasture, tend.*

pāscor, 3, pāstus, *browse, feed, graze, support one's self.*

passim, adv. *in all directions.*

passus, -ūs, m. *step, pace;* mīlle passuum, *mile.*

pāstor, -ōris, m. *shepherd.*

patefaciō, 3, -fēcī, -factus, *lay open, throw open.*

pateō, 2, -uī, —, *lie or stand open, be exposed.*

pater, -tris, m. *father.*

paternus, -a, -um, adj. *of or belonging to a father, hereditary.*

patiēns, -entis, adj. *enduring, patient.*

patienter, adv. *patiently, humbly.*

patientia, -ae, f. *endurance, patience.*

patior, 3, passus, *suffer, allow, permit.*

patria, -ae, f. *country, fatherland.*

patrimōnium, -ī, n. *inheritance, estate.*

patruus, -ī, m. *uncle.*

paucus, -a, -um, adj. *few;* as noun, pl. *a few.*

paulātim, adv. *by degrees, gradually.*

paulisper, adv. *for a little while.*

paulō, adv. *a little, shortly.*

paulum, adv. *a little, somewhat.*

pauper, -eris, adj. *poor;* as noun, m. *a poor man.*

paupertās, -ātis, f. *poverty, small means, need, want.*

pavidus, -a, -um, adj. *fearful, timid.*

pāvō, -ōnis, m. *peacock.*

pavor, -ōris, m. *fear, alarm.*

pāx, pācis, f. *peace, harmony.*

pectus, -oris, n. *breast, soul.*

pecūlium, -ī, n. *private purse, property.*

pecūnia, -ae, f. *money.*

pecus, -oris, n. *flock.*

pecus, -udis, f. *cattle.*

pedes, peditis, m. *foot-soldier.*

Peliās, -ae, m. *a mythical king of Thessaly.*

pellis, pellis, f. *skin, hide.*

pellō, 3, pepulī, pulsus, *drive.*

pendeō, 2, pependī, —, *hang, hang down.*

penetrālia, -ium, n. plur. *interior, inner part of a house.*
penna, -ae, f. *feather, wing.*
per, prep. *through, throughout, by means of.*
peragō, 3, -ēgī, -āctus, *accomplish, complete, carry out.*
percipiō, 3, -cēpī, -ceptus, *assume, feel.*
percurrō, 3, -rī, -sus, *run or hasten through, pass through.*
percutiō, 3, -cussī, -cussus, *strike, cleave, crush.*
perdō, 3, -didī, -ditus, *lose, throw away, destroy.*
pereō, -īre, -iī, -itus, *perish, die.*
pererrō, 1, *wander through.*
perferō, -ferre, -tulī, -lātus, *carry through, convey, endure, bear.*
perficiō, 3, -fēcī, -fectus, *complete, accomplish, execute.*
perfidus, -a, -um, adj. *treacherous, faithless, dishonorable.*
perflō, 1, —, —, *flow through or over.*
perforō, 1, *bore, perforate.*
perfringō, 3, -frēgī, -frāctus, *break in pieces, shatter, completely wreck.*
perfugiō, 3, -fūgī, —, *flee for refuge.*
perfugium, -ī, n. *shelter, refuge.*
perfungor, 3, -fūnctus, *perform, fulfil.*
pergō, 3, perrēxī, perrēctus, *continue, go on, go, proceed.*
perīculōsus, -a, -um, adj. *dangerous.*
perīculum, -ī, n. *danger, risk.*
perītus, -a, -um, adj. *skilful, expert.*
perlūstrō, 1, *wander through, view all over, examine carefully.*
permaneō, 2, -mānsī, -mānsūrus, *remain, continue, persist.*

perscrībō, 3, -psī, -ptus, *write at length, describe fully.*
Persae, -ārum, m. *Persians.*
persolvō, 3, -solvī, -solūtus, *release, pay, give.*
persōna, -ae, f. *part, character.*
personō, 1, -uī, —, *resound, re-echo.*
perspiciō, 3, -ēxī, -ectus, *look at, perceive.*
persuādeō, 2, -sī, -sus, *persuade, prevail upon, induce.*
perterreo, 2, —, -itus, *frighten thoroughly, frighten.*
pertinācia, -ae, f. *perseverance, obstinacy, stubbornness.*
pertināx, -ācis, adj. *steadfast, persistent, obstinate.*
perturbō. 1, *disturb, throw into confusion.*
perveniō, 4, -vēnī, -ventus, *arrive at, reach.*
pervicācia, -ae, f. *stubbornness, inflexibility.*
pēs, pedis, m. *foot.*
pestis, -is, f. *plague.*
petō, 3, -īvī or -iī, -ītus, *seek, attack, aim at, make for, go to.*
pharus, -ī, f. *lighthouse.*
Phāsis, -idis, f. *a river flowing into the Black Sea.*
Philippus, -ī, m. *Philip.*
philosophia, -ae, f. *philosophy.*
philosophus, -ī, m. *philosopher.*
Phīneus, -eī, m. *a blind king of Thrace.*
Phrīxus, -ī, m. *son of Athamas.*
Phrygia, -ae, f. *Phrygia,* a country of Asia Minor.
Phyllis, -idis, f. *Phyllis.*
pīctus, -a, -um, adj. *embroidered.*
piger, -gra, -grum, adj. *idle, slow, lazy, inactive.*
piget, 2, -uit, and -itum est, impers. *it disgusts, grieves.*
pinguis, -e, adj. *fat, heavy.*
piscātor, -ōris, m. *fisherman.*

piscis, -is, m. *fish.*
pīstor, -ōris, m. *baker.*
pix, picis, f. *pitch.*
placenta, -ae, f. *cake.*
placeō, 2, -cuī *or* placitus sum, -citus, *please, satisfy.*
placidē, adv. *quietly, calmly.*
plācō, 1, *calm, appease.*
plaga, -ae, f. *net.*
Plancus, -ī, m. *Plancus.*
plaudō, 3, -sī, -sus, *clap the hands, applaud.*
plaustrum, -ī, n. *wagon.*
plausus, -ūs, m. *clapping, applause, cheering.*
plēbs, -is, f. *common people.*
plēnus, -a, -um, adj. *full.*
plērumque, adv. *often, frequently, for the most part.*
plōrō, 1, *bewail, lament, grieve.*
plūrimus, -a, -um, superl. adj. *most, very many.*
plūs, adv. *more.*
Plūtus, -ī, m. *Plutus.*
pōculum, -ī, n. *cup.*
poena, -ae, f. *penalty, punishment;* sūmō poenās, *punish;* dō poenās, *be punished.*
poenitet, 2, -uit, —, impers. *it repents.*
poēta, -ae, m. *poet, bard.*
polliceor, 2, -itus, *promise, bargain, engage.*
Polyphēmus, -ī, m. *a Cyclops.*
Pompēius, -ī, m. *Pompey.*
pōmum, -ī, n. *apple.*
pondus, -eris, n. *weight.*
pōnō, 3, posuī, positus, *place, put, fix;* pass. *lie, rest, depend.*
pōns, -ntis, m. *bridge.*
porculus, -ī, m. *sucking pig.*
porcus, -ī, m. *hog, swine, pig.*
porrigō, 3, -rēxī, -rēctus, *stretch out, offer.*
porta, -ae, f. *gate.*
portentum, -ī, n. *marvel.*
portō, 1, *carry, take.*

portus, -ūs, m. *harbor.*
poscō, 3, poposcī, —, *demand, request, beg for.*
possum, posse, potuī, *be able, can.*
post, prep. *after, behind;* as adv. *afterwards, later.*
posteā, adv. *after that, afterwards, then.*
(posterus), -a, -um, adj. *next, following.*
posthāc, adv. *afterwards, in future.*
postis, -is, m. *door-post.*
postquam, conj. *after that, after.*
postrēmō, adv. *at last, finally.*
postrīdiē, adv. *the day after, on the next day.*
postulō, 1, *ask, request, demand.*
potior, 4, -ītus, *obtain, acquire, possess.*
potius, adv. *rather, more.*
prae, prep. *before, on account of.*
praeacūtus, -a, -um, adj. *sharpened at the end, pointed.*
praebeō, 2, -uī, -itus, *offer, furnish, give, show.*
praecaveō, 2, -cāvī, -cautus, *take care* or *heed, be on one's guard, beware.*
praeceps, -cipitis, adj. *headlong.*
praecipiō, 3, -cēpī, -ceptus, *take in advance, warn, anticipate, charge, order, bid.*
praecipitō, 1, *throw head first, hurl down.*
praecipuē, adv. *chiefly, more than anything else.*
praeclārus, -a, -um, adj. *celebrated, famous, excellent.*
praeda, -ae, f. *booty, prey.*
praedīcō, 3, -xī, -ictus, *foretell, predict.*
praeditus, -a, -um, part. *endowed with.*
praedor, 1, *rob, plunder.*
praefectus, -ī, m. *governor.*

praeficiō, 3, -fēcī, -fectus, *set over, place in command.*

praelambō, 3, -bī, -bitus, *lick first.*

praemium, -ī, n. *reward, recompense, favor.*

praemoneō, 2, -uī, -itus, *warn beforehand.*

praerumpō, 3, -rūpī, -ruptus, *break off.*

praeruptus, -a, -um, adj. *steep.*

praescrībō, 3, -psī, -ptus, *appoint, advise.*

praescriptum, -ī, n. *rule, order.*

praesēns, -entis, adj. *instant, immediate, present.*

praesentia, -ae, f. *presence;* in praesentiā, *for or at the time.*

praesentiō, 4, -sēnsī, -sēnsus, *feel beforehand, have a presentiment.*

praeses, -idis, m. and f. *protector, guardian.*

praesidium, -ī, n. *guard, watch.*

praestāns, -antis, adj. *remarkable, conspicuous.*

praestō, 1, -itī, -itus, *stand before, erect, fulfil, show.*

praesum, -esse, -fuī, *superintend, have charge of.*

praeter, prep. *except, besides.*

praetereō, -īre, -iī, -itus, *go by, pass by, escape.*

praeteritus, -ā, -um, adj. *gone by, past.*

praetermittō, 3, -mīsī, -mīssus, *let go, pass by, neglect, omit, lose.*

praetervehor, 3, -vectus, *ride by, sail by or ahead.*

praetor, -ōris, m. *praetor, chief magistrate.*

praetōrium, -ī, n. *general's tent.*

prātum, -ī, n. *meadow, pasture.*

precēs, -um, f. plur. *prayers.*

prehendō, 3, -dī, -ēnsus, *grasp, seize, snatch.*

premō, 3, pressī, pressus, *press, oppress, check, curb, restrain.*

pretiōsus, -a, -um, adj. *valuable, costly, expensive.*

pretium, -ī, n. *price, value.*

prīdiē, adv. *on the day before.*

prīmō, adv. *at first, at the beginning.*

prīmum, adv. *first, in the first place;* quam prīmum, *as soon as possible.*

prīmus, -a, -um, adj. *first, foremost, chief.*

prīnceps, -cipis, adj. *foremost, chief;* as noun, m. *chief, prince.*

prior, prius, adj. comp. *before, former.*

prīstinus, -a, -um, adj. *former, early, previous.*

prius, adv. comp. *first, before.*

priusquam or prius quam, adv. *sooner than, before.*

prīvātus, -a, -um, adj. *private.*

prīvō, 1, *rob, deprive, bereave.*

prō, prep. *before, for, in return for, in behalf of.*

probitās, -ātis, f. *justice, uprightness.*

probrum, -ī, n. *disgrace, reproach.*

probus, -a, -um, adj. *virtuous, honest.*

prōcēdō, 3, -cessī, —, *go forward, advance.*

procella, -ae, f. *storm, blast, wind.*

prōcērus, -a, -um, adj. *long, extended.*

procul, adv. *far off, far, a great way.*

prōcurrō, 3, -cucurrī, -cursus, *run forward.*

prōdigē, adv. *extravagantly.*

prōdigium, -ī, n. *marvel, miracle.*

prōdigus, -a, -um, adj. *wasteful, extravagant, lavish.*

prōditor, -ōris, m. *traitor.*
prōdō, 3, -didī, -ditus, *give forth,
betray, deliver up.*
prōdūcō, 3, -xī, -uctus, *bring
forward, prolong, extend.*
proelium, -ī, n. *battle, engage-
ment.*
profectiō, -ōnis, f. *going away,
setting out, departure.*
proficīscor, 3, profectus, *set out,
start, go away, depart.*
profundus, -a, -um, adj. *deep.*
prōgredior, 3, -gressus, *advance,
proceed, go on.*
prohibeō, 2, -uī, -itus, *prevent,
hinder, keep from.*
prōiciō, 3, -iēcī, -iectus, *throw
forward, stretch out, let go,
give up;* w. sē, *throw one's
self, fall prostrate.*
prōinde, adv. *accordingly, thereupon, then.*
prōlābor, 3, prolāpsus, *fall
down, slip.*
prōlēs, -is, f. *offspring.*
prōmissum, -ī, n. *promise,
pledge.*
prōmittō, 3, -mīsī, -missus, *engage, promise, assure.*
prōmō, 3, -mpsī, -mptus, *take
out, bring forth, produce.*
prōmptus, -a, -um, adj. *ready,
quick.*
prōpellō, 3, -pulī, -pulsus, *drive
forward, propel.*
properō, 1, *hasten, hurry.*
propīnquus, -a, -um, adj. *near,
neighboring, near by.*
prōpōnō, 3, -posuī, -positus, *display, offer, propose, suggest.*
proprius, -a, -um, adj. *one's
own, special, belonging to.*
propter, prep. *near, hard by,
on account of, for.*
prōra, -ae, f. *prow, bow.*
prōsequor, 3, -secūtus, *follow
up, pursue, continue, go on.*

prōsiliō, 4, -uī, —, *leap forth,
spring up.*
prōsperē, adv. *successfully,
favorably.*
prōstrātus, -a, -um, adj. (p. of
prōsternō), *thrown to the
ground, cast down.*
prōsum, prōdesse, -fuī, *do good
to, benefit, serve.*
prōtinus, adv. *forthwith, direct-
ly, at once.*
prōvehō, 3, -vēxī, -vēctus, *carry
forward;* pass. *advance, proceed, progress.*
prōvocō, 1, *challenge, invite.*
prōvolō, 1, *fly forth.*
prōvolvō, 3, -volvī, -volūtus,
roll forward.
proximus, -a, -um, superl. adj.
last, nearest, next.
prūdentia, -ae, f. *prudence,
foresight.*
pūblicus, -a, -um, adj. *public.*
pudet, 2, -uit, —, impers. *it
shames.*
pudīcus, -a, -um, adj. *modest.*
pudor, -ōris, m. *shame, modesty.*
puella, -ae, f. *girl.*
puer, -ī, m. *boy.*
pūgna, -ae, f. *fight, battle.*
pūgnō, 1, *fight, contend.*
pūgnus, -ī, m. *fist.*
pulcher, -chra, -chrum, adj.
fair, pretty, beautiful.
pullus, -ī, m. *chicken, young.*
pulsō, 1, *beat, knock.*
pulvis, -eris, m. *dust.*
pūnctus, -ūs, m. *prick, sting.*
pungō, 3, pupugī, pūnctus,
prick, pierce.
pūniō, 4, *punish, chastise.*
pūrgō, 1, *excuse, clear.*
purpureus, -a, -um, adj. *purple.*
puteus, -ī, m. *well, pit.*
putō, 1, *think, consider, believe.*
putridus, -a, -um, adj. *rotten,
decayed.*

Q.

quā, adv. *where.*
quadrīgae, -ārum, f. plur. *four-horse chariot.*
quaerō, 3, -sīvī, -sītus, *seek, hunt for, inquire, ask.*
quaesō, 3, —, —, *pray, beg, beseech.*
quālis, -e, pron. *of what sort, what.*
quam, adv. *how, as;* with comparative, *than;* with superlative, *as possible;* quam celerrimē, *as quickly as possible.*
quamobrem, adv. *on which account, why, therefore.*
quamquam, adv. *although.*
quantum, adv. *how far, to what extent, how.*
quantus, -a, -um, adj. *how great?* w. tantus, *so great . . . as.*
quārtus, -a, -um, adj. *fourth.*
quāsī, adv. *as if, just as if.*
quattuor, adj. *four.*
-que, conj. *and.*
quercus, -ūs, f. *oak.*
querēla, -ae, f. *complaint.*
queror, 3, questus, *complain.*
questus, -ūs, m. *complaint.*
quī, quae, quod, interrog. adj. *who? which? what?*
quī, quae, quod, rel. pron. *who, which.*
quia, conj. *because.*
quicumque, pron. *whoever.*
quīdam, quaedam, quoddam *or* quiddam, pron. *a certain man.*
quidem, adv. *indeed;* nē quidem, *not even.*
quiēs, -ētis, f. *rest, freedom.*
quīn, conj. *but that, from.*
quīngentī, -ae, -a, num. adj. *five hundred.*
quīnquāgintā, num. adj. *fifty.*

quīnque, num. adj. *five.*
quis, quae, quid, pron. *who? what?* w. sī *or* nē, indef. *any one, any.*
quisquam, —, quid(quic)quam, indef. pron. *any one, any one at all.*
quisque, quaeque, quodque, *or* quicque, pron. *each.*
quō, adv. *whither.*
quod, conj. *because.*
quōmodo, adv. *how? in what manner?*
quondam, adv. *once upon a time, formerly.*
quoque, conj. *also.*
quot, adj. indecl. *how many? as.*
quotiēns, adv. *as often as, as many times as.*

R.

rādīcitus, adv. *by the roots, utterly.*
radius, -ī, m. *ray.*
rādīx, -icis, f. *root.*
rāmus, -ī, m. *branch.*
rapidus, -a, -um, adj. *swift, rushing, quick.*
rapīna, -ae, f. *robbery, plunder, rapine.*
rapiō, 3, -uī, raptus, *seize, snatch up, carry off.*
raptim, adv. *hurriedly, hastily.*
rāpum, -ī, n. *turnip.*
rātiō, -ōnis, f. *reason, method, plan, way, manner.*
ratis, -is, f. *ship, raft.*
raucus, -a, -um, adj. *hoarse, discordant.*
recēdō, 3, -cessī, -cessus, *retire, go back, give up.*
recēnseō, 2, -suī, —, *review, muster, survey.*
recessus, -ūs, m. *corner, inner room.*

recipiō, 3, -cēpī, -ceptus, *re-cover, regain ;* w. sē, *retreat, withdraw ;* animum recipere, *to recover the senses.*

recreō, 1, *refresh, revive, restore.*

rēctē, adv. *rightly, justly.*

rēctus, -a, -um, adj. *in a straight line, straight, direct.*

recumbō, 3, -cubuī, —, *lie down, sink down.*

recuperō, 1, *recover, regain, be restored to.*

recurrō, 3, -currī, —, *run back, retire, return (to),* w. ad, *rejoin.*

recūsō, 1, *refuse, decline, reject.*

reddō, 3, -didī, -ditus, *give, give back, render, restore.*

redeō, -īre, -iī, -itus, *go back, return.*

redigō, 3, -ēgī, -āctus, *reduce, compel, force, bring.*

reditus, -ūs, m. *return.*

redūcō, 3, -xī, -ductus, *bring back, restore, bring.*

redux, reducis, adj. *returned, come back.*

referō, referre, rettulī, relātus, *relate, refer, bring back, re-turn, repay ;* pedem, *retreat, withdraw.*

reficiō, 3, -fēcī, -fectus, *repair, regain, restore, renew.*

refugiō, 3, -fūgī, —, *turn back, flee for refuge.*

refulgeō, 2, -sī, —, *shine, gleam, glisten.*

rēgia, -ae, f. *palace.*

rēgīna, -ae, f. *queen.*

regiō, -ōnis, f. *country, district, land.*

rēgius, -a, -um, adj. *royal, king's.*

rēgnō, 1, *rule, reign, govern.*

rēgnum, -ī, n. *kingdom, throne.*

regō, 3, rēxī, rēctus, *rule, reign, govern.*

regredior, 3, regressus, *go back, return.*

rēïciō, 3, -iēcī, -iectus, *throw or send back.*

relēgō, 1, *banish, expel.*

relinquō, 3, -īquī, -īctus, *leave, abandon.*

reliquus, -a, -um, adj. *remain-ing ;* as noun, m. pl. *the rest, those remaining.*

remedium, -ī, n. *remedy, cure.*

rēmigō, 1, —, —, *ply the oar, row.*

remittō, 3, -mīsī, -missus, *send back, remit, remove, pardon, forgive.*

removeō, 2, -mōvī, -mōtus, *move back,* pass., *withdraw, pass, disappear.*

rēmus, -ī, m. *oar.*

renovō, 1, *renew.*

renūntiō, 1, *report, declare, an-nounce.*

repellō, 3, -ppulī, -pulsus, *drive away, cast down, deprive.*

repente, adv. *suddenly, unex-pectedly.*

rēperiō, 4, repperī, repertus, *find, discover, devise.*

repertor, -ōris, m. *discoverer, inventor.*

repetō, 3, -īvī, -ītus, *seek again, resume, exact, return to.*

repleō, 2, -ēvī, -ētus, *fill up, fill to the brim.*

repōnō, 3, -posuī, -positus, *replace, restore, put away, store, keep.*

reportō, 1, *carry back, gain, carry off.*

repudiō, 1, *put away, separate from, cast off.*

repūgnō, 1, *fight against, resist.*

requiēs, -ētis, f. *rest, quiet.*

requiēscō, 3, -ēvī, -ētus, *rest.*

rēs, reī, f. *thing, matter, cir-cumstance, condition ;* as adv. rē vērā, *in truth, really.*

VOCABULARY. 181

reserō, 1, *unlock, open.*
resideō, 2, -sēdī, —, *remain, be left, stay.*
resistō, 3, -stitī, —, *makc opposition, resist, oppose.*
resonō, 1, -āvī, —, *resound, echo.*
respondeō, 2, -dī, -sus, *answer.*
respōnsum, -ī, n. *answer, advice, oracle.*
rēspūblica, reī-pūblicae, f. *state.*
respuō, 3, -uī, —, *spit out, reject, refuse.*
restituō, 3, -uī, -ūtus, *restore, replace, reëstablish.*
resurgō, 3, -surrēxī, -surrēctus, *rise again, be revived.*
retineō, 2, -tinuī, -tentus, *hold back, detain, restrain, prevent.*
reus, -ī, m. *prisoner, culprit.*
reveniō, 4, -vēnī, -ventus, *come back, return.*
rē vērā, *in truth.* See rēs.
revertor, 3, -versus, *turn back, come back, return.*
rēx, rēgis, m. *king.*
Rhēnus, -ī, m. *Rhine.*
Ricardus, -ī, m. *Richard.*
rīdeō, 2, rīsī, rīsus, *laugh at, laugh.*
rigeō, 2, —, —, *be numb, stiffen.*
rigidus, -a, -um, adj. *stiff, hard, rough.*
rīma, -ae, f. *crack, chink.*
rīpa, -ae, f. *bank, shore.*
rīsus, -ūs, m. *laugh, laughter.*
rīxor, 1, *quarrel, dispute.*
Robertus, -ī, m. *Robert.*
rōbur, -oris, n. *hardwood, oak.*
rōdō, 3, -sī, -sus, *gnaw.*
rogō, 1, *ask, inquire.*
rogus, -ī, m. *funeral pile, pyre.*
Rollō, -ōnis, m. *Rollo.*
Rōmānus, -a, -um, adj. *Roman;* as noun, m. *the Romans.*
Rōscius, -ī, m. *Roscius.*
roseus, -a, -um, adj. *rosy.*

rōstrum, -ī, n. *beak.*
rumpō, 3, rūpī, ruptus, *break, burst.*
ruō, 3, ruī, rutus or ruitus, *rush forth, rush.*
rūpēs, -is, f. *rock, cliff.*
rūrsus, adv. *back again, once more, again.*
rūs, rūris, n. *country.*
rūsticus, -a, -um, adj. *of the country, country-;* as noun, m. *countryman, peasant.*

S.

saccus, -ī, m. *sack, bag.*
sacer, -cra, -crum, adj. *holy, sacred;* as noun, m. pl. *sacred rites.*
sacerdōs, -dōtis, m. and f. *priest.*
sacra. See sacer.
sacrificium, -ī, n. *sacrifice.*
saepe, adv. *often, frequently.*
saevus, -a, -um, adj. *cruel, savage, fierce.*
sagitta, -ae, f. *arrow.*
sagittārius, -ī, m. *archer.*
Salmydessus, -ī, f. *a town in Thrace.*
saltem, adv. *at least, at all events, anyhow.*
saltō, 1, *jump, dance.*
(saltus, -ūs) m. *leap, bound.*
saltus, -ūs, m. *wood, glade.*
salūbris, -bre, adj. *healthy, sound.*
salūs, -ūtis, f. *health, safety, welfare.*
salūtō, 1, *greet, welcome.*
salvē, *good-day, welcome.*
(salveō), 2, —, —, *be well;* salvēre iubeō, *welcome.*
salvus, -a, -um, adj. *unhurt, well, safe, sound.*
sanguineus, -a, -um, adj. *bloody.*
sanguis, -inis, m. *blood.*
sānō, 1, *cure, heal.*

sānus, -a, -um, adj. *healthy, well.*

sapiēns, -entis, adj. *wise, discreet, sensible.*

sapientia, -ae, f. *wisdom, knowledge, intelligence.*

Sarracēnus, -ī, m. *Saracen.*

sartor, -ōris, m. *cobbler.*

satis, adv. *enough.*

satyrus, -ī, m. *satyr.*

saucius, -a, -um, adj. *wounded.*

saxum, -ī, n. *stone, rock.*

scandō, 3, -dī, -ānsus, *climb.*

scapha, -ae, f. *light boat, skiff.*

scelerātus, -a, -um, adj. *wicked, impious.*

scelus, -eris, n. *crime, wickedness.*

scientia, -ae, f. *knowledge, experience, skill.*

scindō, 3, (-idī), -issus, *tear, separate, cut.*

sciō, 4, -īvī, -ītus, *know, understand, perceive.*

scīpiō, -ōnis, m. *stick.*

scopulus, -ī, m. *rock, cliff, ledge.*

Scōtī, -ōrum, m. *Scots.*

scrībō, 3, -psī, -ptus, *write;* (of troops), *levy.*

scrīptor, -ōris, m. *writer, author.*

scrūtor, 1, *examine carefully.*

Scythia, -ae, f. *Scythia.*

sē, pron. reflex. *himself, herself, itself, themselves;* inter sē, *one another.* See suī.

sēcēdō, 3, -cessī, -cessus, *go apart* or *away, wander, stray.*

secundum, prep. *after, along, according to.*

secundus, -a, -um, adj. *second, favorable, successful.*

secūris, -is, f. *axe.*

sēcūrus, -a, -um, adj. *careless, safe.*

secus, adv. *otherwise.*

sed, conj. *but.*

sedeō, 2, sēdī, sessum, *sit, be seated.*

sēdēs, -is, f. *seat, dwelling.*

sēditiō, -ōnis, f. *revolt, quarrel.*

sēditiōsus, -a, -um, adj. *mutinous.*

sēdulus, -a, -um, adj. *careful, zealous.*

seges, -etis, f. *corn-field.*

sēgnis, -e, adv. *slow, slothful.*

sēgnitia, -ae, f. *slowness.*

semel, adv. *once.*

sēmianimis, -e, adj. *half-dead.*

sēmianimus, -a, -um, adj. *half-dead, half-alive.*

semper, adv. *ever, always.*

senectūs, -tūtis, f. *old age.*

senex, senis, adj. *old, aged;* as noun, m. *old man.*

sēnsus, -ūs, m. *feeling, opinion, view, consciousness.*

sententia, -ae, f. *intention, mind, purpose, desire, wish.*

sentiō, 4, sēnsī, sēnsus, *feel, see, notice, perceive.*

sepeliō, 4, sepelīvī, sepultus, *bury, inter.*

septem, num. adj. *seven.*

septentriōnēs, -um, m. *north.*

septimus, -a, -um, adj. *seventh.*

sepulcrum, -ī, n. *tomb, burial-place.*

sepultūra, -ae, f. *burial.*

sequor, 3, secūtus, *follow, give chase, pursue.*

serēnus, -a, -um, adj. *clear, calm, unruffled.*

sermō, -ōnis, m. *conversation, talk, discourse;* serere sermōnem, *talk, converse.*

serō, 3, sēvī, satus, *sow, plant.*

serō, 3, —, sertus, *sew, bind, join.*

sērō, adv. *late.*

serpēns, -entis, f. *serpent, snake.*

servō, 1, *keep, save, preserve.*

servus, -ī, m. *slave, servant.*

seu, conj. *whether.*

sevērus, -a, -um, adj. *stern, severe.*

sex, num. adj. *six.*

sexcentī, -ae, -a, adj. *six hundred.* Used of any large number, *thousands.*

sī, conj. *if, in case.*

sīc, adv. *so, thus.*

Sicilia, -ae, f. *Sicily.*

sīcut *or* sīcutī, *just as, as.*

sīgnum, -ī, n. *sign, standard.*

silēns, -entis, adj. *silent, still.*

silenter, adv. *silently, quietly.*

sileō, 2, -uī, —, *be silent, be still.*

silva, -ae, f. *wood, forest.*

silvestris, -e, adj. *woody, woodland.*

sīmia, -ae, f. *monkey.*

sīmius, -ī, m. *monkey.*

simul, adv. *together, at same time;* w. āc, *as soon as.*

simulō, 1, *pretend, feign, represent, imitate.*

sine, prep. *without.*

singillātim, adv. *singly, one by one.*

singulāris, -e, adj. *remarkable.*

singulī, -ae, -a, adj. *one to each, one apiece, each.*

sinō, 3, sīvī, situs, *allow, permit.*

Sinōn, -ōnis, m. *Sinon.*

sinus, -ūs, m. *bosom.*

sistō, 3, stitī, status, *stop, stay, check.*

sitiēns, -entis, adj. *thirsty.*

sitis, -is, f. *thirst.*

sīve, conj. *whether;* sīve seu, *whether . . . or.*

societās, -ātis, f. *alliance, league.*

socius, -ī, m. *ally, partner, companion.*

sōl, sōlis, m. *sun.*

solea, -ae, f. *shoe.*

soleō, 2, -itus, semi-dep. *be wont, be accustomed.*

Solimanus, -ī, m. *Soliman.*

solitus, -a, -um, part. soleō.

solium, -ī, n. *throne.*

sollemnis, -e, adj. *solemn, appointed, common.*

sollicitūdō, -inis, f. *anxiety, care.*

sollicitus, -a, -um, adj. *anxious, disturbed, troubled.*

sōlum, adv. *only.*

solum, -ī, n. *soil, ground.*

sōlus, -a, -um, adj. *alone, only.*

solvō, 3, solvī, solūtus, *loose, unbind, weigh anchor, set sail, pay.*

somnium, -ī, n. *dream.*

somnus, -ī, m. *sleep.*

sonitus, -ūs, m. *sound, noise.*

sonō, 1, -uī, -itus, *sound, make a noise.*

sonōrus, -a, -um, adj. *noisy, loud, resounding.*

sonus, -ī, m. *sound, noise.*

sopor, -ōris, m. *sleep, slumber.*

sordidus, -a, -um, adj. *dirty, unclean, foul.*

soror, -ōris, f. *sister.*

sors, -rtis, f. *lot, drawing of lot, decision.*

sortior, 4, *cast lots, draw lots.*

spargō, 3, -sī, -sus, *strew, scatter, sprinkle.*

Spartacus, -ī, m. *Spartacus:*

spatium, -ī, n. *space, distance.*

speciēs, -ēī, f. *figure, kind, appearance.*

spectāculum, -ī, n. *sight.*

spectō, 1, *look at, look, face, front.*

spēlunca, -ae, f. *cave, cavern, den.*

spernō, 3, sprēvī, sprētus, *despise, reject, scorn.*

spērō, 1, *hope, expect.*

spēs, -eī, f. *hope.*

spīritus, -ūs, m. *breath.*

splendidē, adv. *magnificently.*

splendidus, -a, -um, adj. *splendid, fine, handsome, magnificent.*

spoliō, 1, *rob, deprive, steal.*

(spōns, -ontis), f. only abl. sing. ; w. suā, *of one's own accord, voluntarily.*

spōnsa, -ae, f. *betrothed, sweetheart.*

spōnsus, -ī, m. *betrothed, lover.*

spūma, -ae, f. *foam, lather.*

stabulum, -ī, n. *stable, stall.*

stāgnum, -ī, n. *pond.*

statim,adv. *immediately,at once.*

statiō, -ōnis, f. *position, post, picket-duty.*

statuō, 3, -uī, -ūtus, *stop, halt, decide, conclude, determine.*

stella, -ae, f. *star.*

stō, 1, stetī, status, *stand, take position, stop.*

stolidus, -a, -um, adj. *stupid, dull.*

strēnuus, -a, -um, adj. *vigorous, active, courageous.*

strepitus, -ūs, m. *noise, rustling.*

strīdor, -ōris, m. *squeaking.*

stringō, 3, -inxī, -ictus, *draw, unsheathe.*

struō, 3, -ūxī, -ūctus, *build, devise, arrange.*

studium, -ī, n. *desire, zeal, pursuit, study, practice.*

stultitia, -ae, f. *folly.*

stultus, -a, -um, adj. *foolish, stupid, simple.*

stupefaciō, 3, -fēcī, -factus, *astonish, stun.*

stupēns, -entis, adj. *astounded, amazed, struck with astonishment.*

suāvis, -e, adj. *sweet, delightful.*

sub, prep. *under, close to.*

subdūcō, 3, -dūxī, -ductus, *withdraw, remove from under, steal; draw up, reach.*

subeō, -īre, -iī, -itus, *undergo, submit to, sustain, endure.*

subiciō, 3, -iēcī, -iectus, *throw or place under.*

subitō, adv. *suddenly.*

subitus, -a, -um, adj. *sudden, unexpected.*

sublevō, 1, *raise, lift, support.*

submergō, 3, -sī, -sus, *sink, overwhelm, submerge.*

submoveō, 2, -mōvī, -mōtus, *remove, supplant.*

subsidium, -ī, n. *help, aid, protection.*

succēdō, 3, -cessī, -cessus, *come up, succeed, follow.*

successus, -ūs, m. *success.*

sūcus, -ī, m. *juice, sap.*

suffōcō, 1, -āvī, —, *choke, strangle.*

suffrāgium, -ī, n. *vote, ballot.*

suī, sibi, sē, reflex. pron. *himself, herself, itself,* etc.

sum, esse, fuī, —, *am, be.*

summus, -a, -um, sup. adj. *highest;* summus mōns, *the top of the hill.*

sūmō, 3, sūmpsī, sūmptus, *take, take up, seize, exact, inflict.*

sūmptus, -ūs, m. *expense.*

super, prep. *over, above.*

superbia, -ae, f. *pride.*

superbus, -a, -um, adj. *proud, haughty.*

superior, comp. adj. *higher, preceding.*

superō, 1, *surpass, conquer, overcome.*

supersum, -esse, -fuī, *survive, remain.*

suppetō, 3, -īvī, -ītus, *be equal to, suffice.*

suppleō, 2, -ēvī, -ētus, *fill up.*

supplex, -icis, adj. *suppliant.*

supplicium, -ī, n. *punishment.*

suppōnō, 3, -posuī, -positus, *place under, apply.*

suprā, adv. *above, beyond, before.*

suprēmus, -a, -um, adj. superl. *highest, latest, last, final.*

surdus, -a, -um, adj. *deaf, heedless.*

surgō, 3, surrēxī, surrēctus, *rise, swell, surge.*

sūs, suis, m. and f. *pig.*

suscipiō, 3, -cēpī, -ceptus, *undertake, incur.*

suscitō, 1, *arouse.*

suspendō, 3, -dī, -ēnsus, *hang.*

suspicor, 1, *suspect, mistrust.*

suspīciō, -ōnis, f. *suspicion.*

sustineō, 2, -tinuī, -tentus, *sustain, endure.*

susurrus, -ūs, m. *whisper.*

suus, -a, -um, poss. adj. *his own, their own.*

Symplēgadēs, -um, f. danger- ous rocks in the Euxine Pontus.

T.

taberna, -ae, f. *shop, booth.*

tabernāculum, -ī, n. *tent.*

tābēscō, 3, -buī, —, *pine, waste away.*

taceō, 2, -cuī, -citus, *be silent.*

tacitē, adv. *silently, quietly.*

tacitus, -a, -um, adj. *silent, meditating.*

taedet, 2, -uit, —, impers. *it disgusts, wearies.*

taenia, -ae, f. *ribbon.*

taeter, -tra, -trum, adj. *repulsive, hideous, horrid.*

talentum, -ī, n. *talent.*

tālis, -e, adj. *such.*

tam, adv. *so very, so.*

tam-diū, adv. *so long.*

tamen, conj. *nevertheless, but.*

tamquam, adv. *just as, like as.*

tandem, adv. *at length, at last, finally ;* in questions, *pray ?*

tangō, 3, tetigī, tāctus, *touch, strike.*

tantus, -a, -um, adj. *so great, as much, such ;* n. as adv. *only, merely, so much.*

tardus, -a, -um, adj. *slow.*

Tarentum, -ī, n. *Tarentum.*

taurus, -ī, m. *bull.*

tēctum, -ī, n. *roof, house, palace.*

tegō, 3, tēxī, tēctus, *cover, conceal.*

tēlum, -ī, n. *dart, weapon.*

temerē, adv. *rashly, thoughtlessly.*

tempestās, -ātis, f. *storm, weather.*

templum, -ī, n. *temple.*

tempus, -oris, n. *time, occasion.*

tendō, 3, tetendī, tentus *or* tēnsus, *stretch, draw, bend, aim.*

tenebrae, -ārum, f. *darkness.*

teneō, 2, tenuī, —, *hold, keep to, follow, keep back, restrain.*

tener, -era, -erum, adj. *tender, delicate.*

tentō, 1, *try, attempt, attack.*

tenuis, -e, adj. *meagre, thin, light.*

ter, adv. *thrice.*

tergum, -ī, n. *back.*

terminō, 1, *bound, limit.*

terō, 3, trīvī, trītus, *rub.*

terra, -ae, f. *earth, land.*

terreō, 2, -uī, —, *alarm, frighten.*

terribilis, -e, adj. *dreadful, frightful.*

territus, -a, -um, adj. *frightened.*

terror, -ōris, m. *fear, fright, alarm.*

tertius, -a, -um, adj. *third.*

testis, -is, m. and f. *witness.*

Thēbae, -ārum, f. *Thebes,* the greatest city of Boeotia.

thermae, -ārum, f. *baths.*

thēsaurus, -ī, m. *treasure, hoard.*

Thēseus, -eī, m. a mythical king of Athens.

Thessalia, -ae, f. a country in the northeastern part of Greece.

Thrācia, -ae, f. a country north- east of Greece.

tībia, -ae, f. *pipe, flute.*
tībīcen, -inis, m. *piper, flute-player.*
tigris, -is or idis, m. or f. *tiger.*
timeō, 2, -uī, —, *fear, be afraid, dread.*
Tīmōn, -ōnis, m. *Timon.*
timor, -ōris, m. *fear, dread, alarm.*
tingō, 3, -nxī, -inctus, *dye, tinge.*
Titus, -ī, m. *Titus.*
toga, -ae, f. *toga, cloak,* an outer garment made of a single piece of cloth.
tolerō, 1, *endure, bear.*
tollō, 3, sustulī, sublātus, *raise, set up;* ancorās, *weigh, hoist; take away, remove.*
tondeō, 2, totondī, tōnsus, *cut, shave.*
tōnsor, -ōris, m. *barber.*
torqueō, 2, torsī, tortus, *twist, turn.*
torquis, -is, m. *necklace, chain.*
torreō, 2, torruī, tostus, *burn, bake, cook.*
torvus, -a, -um, adj. *grim, fierce, savage.*
tostus, -a, -um, part. torreō.
tot, adj. indecl. *so many.*
tōtus, -a, -um, adj. *all, the whole.*
trabs, trabis, f. *beam, timber.*
tractō, 1, *handle, feel of.*
trādō, 3, -didī, -ditus, *hand over, deliver up, surrender; recount, tell.*
trahō, 3, trāxī, tractus, *draw, drag.*
Trāiānus, -ī, m. *Tray.*
trāiciō, 3, -iēcī, -iectus, *carry across, transport.*
trānō, 1, *swim across.*
tranquillē, adv. *quietly.*
tranquillitās, -ātis, f. *calmness, stillness, calm, quiet.*
tranquillus, -a, -um, adj. *quiet, calm, still.*

trāns, prep. *across, beyond, on the other side of.*
trānseō, -īre, -iī, -itus, *cross over, cross.*
trānsfīgō, 3, -xī, -xus, *pierce through, stab.*
trānsfodiō, 3, -fōdī, -fossus, *pierce through, run through, stab.*
trānsmittō, 3, -mīsī, -missus, *cross, send over.*
trānsportō, 1, *carry across.*
trānsvolō, 1, *fly across.*
trecentī, -ae, -a, num. adj. *three hundred.*
trēs, tria, num. adj. *three.*
tribuō, 3, -uī, -ūtus, *give, bestow, assign, render.*
tribūtum, -ī, n. *tribute.*
trīgintā, num. adj. *thirty.*
trīstia, -ae, f. *sadness, grief, gloom.*
trīstis, -e, f. *sad, gloomy, melancholy.*
Trōia, -ae, f. *Troy.*
truncus, -ī, m. *trunk.*
tū, pron. *you, thou.*
tuba, -ae, f. *trumpet.*
tubicen, -inis, m. *trumpeter.*
tum, adv. *then.*
tumultus, -ūs, m. *tumult, uproar, confusion.*
tumulus, -ī, m. *mound, bank of earth, dike.*
tunica, -ae, f. *tunic, shirt.*
turba, -ae, f. *crowd, throng.*
turbō, 1, *disturb, throw into confusion.*
turbō, -inis, m. *whirlwind, hurricane.*
turbulentus, -a, -um, adj. *troublesome, boisterous, disordered.*
turpis, -e, adj. *base, disgraceful.*
turris, -is, f. *tower.*
tussis, -is, f. *cough.*
tūtus, -a, -um, adj. *safe, secure.*

tuus, -a, -um, poss. adj. *your, yours.*

U.

ubi, adv. *where, where? when.*
ubīque, adv. *everywhere.*
ūdus, -a, -um, adj. *wet, moist.*
ulcīscor, 3, ultus, *avenge one's self* or *take vengeance on, punish.*
Ūlixēs, -ī *or* -eī, *Ulysses.*
ūllus, -a, -um, adj. *any.*
ūlterior, -us, comp. adj. *further.*
ūltimus, -a, -um, adj. *farthest, last, latest.*
ūltrā, adv. *beyond, past.*
(ululātus, -ūs), m. *howling, crying.*
umbra, -ae, f. *shade, shadow.*
umerus, -ī, m. *shoulder.*
umquam, adv. *ever.*
ūnā, adv. *together with.*
unda, -ae, f. *wave.*
unde, adv. *from which, whence.*
undecim, num. adj. *eleven.*
undique, adv. *from all parts, all around, everywhere.*
unguentum, -ī, n. *ointment.*
unguis, -is, abl. -e, m. *nail, claw, talon.*
unguō *or* ungō, 3, unxī, ūnctus, *smear, rub, anoint.*
ūnicus, -a, -um, adj. *single.*
ūniversus, -a, -um, adj. *all together.*
ūnus, -a, -um, num. adj. *one.*
urbānus, -a, -um, adj. *of the city, city-, town-.*
urbs, -bis, f. *city.*
urgeō, 2, ursī, —, *press on, drive.*
ūrō, 3, ūssī, ūstus, *burn, consume, dry, parch.*
ursa, -ae, f. *she-bear.*
usque, adv. *up to.*
ūsus, -ūs, m. *use, value, service.*

ut, conj., with indic. *as, when;* with subj. *in order that, so that.*
ūter, -tris, m. *leather bottle, skin* (of wine).
uter, -tra, -trum, interrog. adj. *which of two?*
uterque, utra-, utrum-, adj. *each of two, each, both.*
ūtilis, -e, adj. *useful, suitable.*
ūtilitās, -ātis, f. *advantage, benefit, welfare.*
utinam, adv. *would that.*
ūtor, 3, ūsus, *use, employ; sail.*
utrimque, adv. *on both sides, one on each side.*
utrum, adv. *whether.*
uxor, -ōris, f. *wife.*

V.

vacca, -ae, f. *cow.*
vācuus, -a, -um, adj. *empty, idle.*
vādō, 3, —, —, *walk, go.*
vadum, -ī, n. *ford, shallow.*
vagor, 1, *wander, rove.*
valdē, adv. *strongly, intensely, very.*
valeō, 2, -uī, -itūrus, *be strong, be able, well, have power, succeed; valē, good-bye.*
validus, -a, -um, adj. *strong, stout, powerful.*
vallis, -is, f. *valley.*
vāllum, -ī, n. *rampart, wall, barricade.*
vānus, -a, -um, adj. *empty, groundless.*
varius, -a, -um, adj. *of different colors, different, diverse.*
Vārus, -ī, m. *Varus.*
vās, vāsis, n. *vessel, pot* (pl. vāsa, -ōrum), *jar.*
vāstō, 1, *ravage, lay waste, ruin.*
vāstus, -a, -um, adj. *waste, immense.*

vehementer, adv. *violently, eagerly, earnestly, strongly.*

vehō, 3, vēxī, vēctus, *carry, convey ;* pass. *ride, sail.*

Veiī, -ōrum, m. *Veii.*

vellus, -eris, n. *pelt, fleece.*

vēlum, -ī, n. *sail.*

velut or **velutī,** adv. *just as, as if.*

vēnātiō, -ōnis, f. *hunting.*

vēnātor, -ōris, m. *hunter.*

vēndō, 3, -didī, -ditus, *sell.*

venēnum, -ī, n. *poison, magic drug.*

venia, -ae, f. *grace, pardon, forgiveness.*

veniō, 4, vēnī, ventus, *come.*

vēnor, 1, *hunt.*

venter, -tris, m. *belly.*

ventus, -ī, m. *wind.*

vēr, vēris, n. *spring.*

(verber), -eris, n. *lash, whip, blow.*

verberō, 1, *lash, beat, strike.*

verbum, -ī, n. *word.*

vereor, 2, veritus, *fear, be afraid.*

vērō, adv. *indeed, in fact, however, but.*

Verrēs, -is, m. *Verres.*

verrō, 3, —, —, *brush, sweep.*

versō, 1, *turn ;* pass. *be engaged, be.*

vertō, 3, vertī, versus, *turn, turn back.*

verū, -ūs, n. *spit* (for roasting).

vērum, adv. *truly, but, yet.*

vērus, -a, -um, adj. *true;* adv. phrase, rē vērā, *in very truth, actually, in fact.*

vēsānus, -a, -um, adj. *mad, wild, maddening, raging.*

vescor, 3, —, *enjoy, eat, feed.*

vesper, -erī and -eris, m. *evening.*

vesperī, adv. *in the evening.*

vester, -tra, -trum, poss. adj. *your, yours.*

vestīgium, -ī, n. *footstep, trace.*

vestīmentum, -ī, n. *garment.*

vestiō, 4, *dress, clothe.*

vestis, -is, f. *garment, robe.*

vetō, 1, -uī, -itus, *forbid.*

vēxō, 1, *injure, annoy, molest.*

via, -ae, f. *way, street, road, gap, path, drive.*

viātor, -ōris, m. *traveller.*

vīcīnus, -a, -um, adj. *neighboring ;* as noun, m. *neighbor.*

victor, -ōris, m. *conqueror.*

victōria, -ae, f. *victory.*

victus, -ūs, m. *nourishment, sustenance, food.*

vīcus, -ī, m. *village, hamlet, district, street.*

videō, 2, vīdī, vīsus, *see, perceive.*

videor, 2, vīsus, *seem, appear.*

viduus, -a, -um, adj. *widowed, bereft.*

vigilanter, adv. *watchfully, carefully.*

vigilantia, -ae, f. *watchfulness.*

vigilia, -ae, f. *wakefulness, watch, guard.*

vigilō, 1, *watch, guard.*

vīgintī, num. adj. *twenty.*

vīlis, -e, adj. *cheap, worthless.*

villa, -ae, f. *country house, villa, farm.*

vīmen, -inis, n. *pliant twig, withe, osier.*

vinciō, 4, vinxī, vinctus, *tie, bind, fetter.*

vincō, 3, vīcī, victus, *conquer, vanquish.*

vinculum, -ī, n. *chain, bond.*

vindicō, 1, *lay claim to, demand, appropriate.*

vīnum, -ī, n. *wine.*

violentia, -ae, f. *fury, vehemence.*

violō, 1, *profane, dishonor, violate, break.*

vir, virī, m. *man, husband.*

virga, -ae, f. *rod, stick.*

virgō, -inis, f. *maiden, girl.*

virgultum, -ĭ, n. *thicket, shrub-
  bery.*
viridis, -e, adj. *green.*
virīlis, -e, adj. *manly, man's.*
virtūs, -ūtis, f. *courage, virtue.*
vīs (vĭs), f. *force, power, might,
  violence;* pl. vīrēs, -ium,
  powers, strength.
vīsō, 3, -sī, -sus, *see, view, go
  to see, visit.*
vīsus, -ūs, m. *sight, vision, appearance.*
vīta, -ae, f. *life.*
vitium, -ĭ, n. *fault, defect.*
vītō, 1, *avoid, shun.*
vitulus, -ĭ, m. *calf.*
vīvō, 3, vīxī, —, *live, dwell,
  reside.*
vīvus, -a, -um, adj. *alive, living.*
vix, adv. *hardly, scarcely.*
vocō, 1, *call, summon, invite.*
Volcānus, -ĭ, m. *Vulcan, god
  of fire.*
volgō, 1, *publish, proclaim.*
volgō, adv. *publicly, before all
  the world.*
volitō, 1, *fly to and fro, flit
  about, hover.*

volnerō, 1, *wound, injure, hurt.*
volnus, -eris, n. *wound, injury,
  hurt.*
volō, 1, *fly.*
volō, velle, voluī, —, *wish, be
  willing.*
volpēs, -is, f. *fox.*
voltur, -uris, m. *vulture.*
voltus, -ūs, m. *face, counte-
  nance, looks, expression, eyes.*
volucer, -cris, -cre, adj. *winged;*
  as noun, f. (sc. avis), *flying
  creature, bird.*
voluptās, -ātis, f. *pleasure,
  choice.*
volvō, 3, volvī, volūtus, *roll,
  ponder, meditate.*
vōs, pl. of tu, *you.*
vōtum, -ĭ, n. *vow, prayer, wish.*
vōx, vōcis, f. *voice.*

Z.

Zēnō, -ōnis, m. *Zeno,* a philosopher.
Zephyrus, -ĭ, m. *zephyr,* a
  gentle west wind.
Zētes, -ae, m. an Argonaut, son
  of the north wind.